En 27 días

En 27 días

Copyright © 2012 Alison Gervais
Published by arrangement with The Zondervan Corporation L.L.C,
a division of HarperCollins Christian Publishing, Inc.

© de la traducción: Rosa Fragua Corbacho

© de esta edición: Libros de Seda, S.L.
Estación de Chamartín, s/n, 1ª planta
28036 Madrid
www.librosdeseda.com
www.facebook.com/librosdeseda
@librosdeseda
info@librosdeseda.com

Diseño de cubierta: Rasgo Audaz
Maquetación: Marta Ruescas

Imágenes de cubierta:
© Stuart Monk/Shutterstock (cementerio); © Songchai W/Shutterstock (chica)

Primera edición: mayo de 2018

Depósito legal: M-11101-2018
ISBN: 978-84-16973-55-2

Impreso en España – *Printed in Spain*

Queda rigurosamente prohibida, sin la autorización escrita de los titulares del copyright, bajo las sanciones establecidas por las leyes, la reproducción total o parcial de esta obra por cualquier medio o procedimiento, comprendidos la reprografía y el tratamiento informático, y la distribución de ejemplares mediante alquiler o préstamo públicos. Si necesita fotocopiar o reproducir algún fragmento de esta obra, diríjase al editor o a CEDRO (www.cedro.org).

En 2 días

Alison Gervais

Capítulo 1

El día en que algo no iba bien

Había algo que no iba bien. No sabía decir lo que era exactamente, pero ahí estaba.

«Sí, algo no encaja», pensé mientras me apeaba del autobús y bajaba a la acera frente al instituto John F. Kennedy. El lugar tenía el mismo aspecto que cualquier otro día, con sus ladrillos rojos, sus banderolas de vivos colores colgando por todas partes y el batiburrillo de estudiantes dando vueltas por delante de las puertas principales. El centro educativo llevaba allí más de un siglo y desprendía ese aire del Viejo Nueva York. No había nada fuera de lo normal.

Sin embargo, las nubes negras que se acercaban presagiaban algo, traían consigo un sentimiento de sospecha y de... tristeza. Una tristeza casi sofocante. Nueva York era la ciudad que nunca dormía, el lugar de las mil caras. Pero nunca antes la había visto como la veía hoy.

—Vamos, Hadley, estás en medio.

Me desplacé rápidamente a un lado cuando Taylor Lewis, mi mejor amiga, bajó del autobús.

La primera vez que vi a Taylor fue durante el periodo de orientación para nuevos estudiantes, mientras yo me dedicaba a recorrer los pasillos a solas en busca del aula que me tocaba. De ahí en adelante, ella había decidido tomarme bajo su protección porque las dos llevábamos la misma camiseta de American Apparel, y también sería quien me enseñara todo lo que ya sabía sobre el panorama social en el JFK. Sin ella, hubiera estado perdida del todo —literalmente, de manera figurada y desde luego socialmente—. Ahora, después de dos años, seguíamos siendo amigas, y yo continuaba tan feliz a la sombra de Taylor, una persona que, socialmente, era de las que iban de flor en flor.

—¿Por qué tienes esa mirada tan extraña? —me preguntó mientras las dos seguíamos a la masa de estudiantes para cruzar las puertas principales.

Miré hacia un grupo de profesores que estaban reunidos en el pasillo frente a administración, todos con las cabezas juntas, susurrando, y fruncí el ceño al mirar a Taylor.

—¿Qué mirada?

Volvió los ojos y me dio un codazo.

—No importa. ¿Estás preparada para el examen de Gobierno de los Estados Unidos? Con trabajo puedo entender lo que dice Monroe la mitad de las veces, y, además, no sirve para nada que nos sepamos incluso cuántos miembros hay en el gabinete o lo que sea, y yo... Hadley, ¿me estás escuchando?

Estaba concentrada en una pareja de policías de uniforme que se encontraban en el pasillo donde estaba mi taquilla, de pie, hablando con la directora, la señora Greene. Por lo rígido y severo de la cara que ponían podía adivinarse que habían estado hablando de algo muy desagradable. Pero ¿qué habría traído a la policía hasta el instituto?

—Lo siento, Taylor, es solo que... —Era incapaz de articular las palabras para expresar cómo me sentía—. No sé, supongo que estoy preocupada por el examen.

Taylor soltó una carcajada mientras yo buscaba el libro de Química en mi taquilla.

—¿Qué te preocupa, Hadley? De hecho, tú eres la única que se las arregla para no dormirse en la clase de Monroe.

—Creo que no es más que suerte. —Suerte o que tenía un padre abogado al que le daría un ataque si no sacaba una nota decente en Gobierno.

Dejé a Taylor y me encaminé hacia la clase, ahora sintiéndome como si alguien me estuviera pisando los talones, respirándome en el cuello. Me senté en un sitio que estaba en las primeras filas del aula y centré la atención en mantener la respiración regular, algo que conseguí hasta que sonó el primer timbre y nuestra profesora no apareció.

La señora Anderson, la profesora de alemán, era probablemente la persona más amable con la que jamás me hubiera topado. Casi siempre hablaba tan bajo que lo único que se oía era su respiración y siempre sonreía a cualquiera que se cruzara en su camino. Yo no tenía suficiente paciencia para aprender alemán —me había costado muchísimo superar los dos años obligatorios de español—, pero la señora Anderson era como si ululara, y hacía soportable la clase a pesar de que fuera a una hora tan ridículamente temprana.

El hecho de que la señora Anderson hubiera llegado tarde no hacía más que añadir inquietud a lo que ya sentía. Mi amiga Chelsea estaba convencida de que la profesora vivía en el JFK porque siempre estaba en alguna parte del edificio con un café y un donut y atendía a todas las funciones escolares y el fútbol. Así que, ¿dónde había estado? Ella nunca llegaba tarde.

Pasaron más de cinco minutos antes de que la puerta se abriera y apareciera la señora Anderson entrando en clase. Tenía una mancha de café en el delantero del jersey y llevaba las gafas un poco torcidas. Dejó un montón de carpetas sobre su escritorio al tiempo que decía:

—Disculpad, he llegado tarde, lo siento, es que ha habido un... —Se le quebró la voz y se mordió un labio, al tiempo que se frotaba la mancha del jersey con una servilleta—. Ha sucedido algo... bastante desafortunado.

En los segundos que pasaron entre palabra y palabra, el corazón empezó a latirme con un ritmo desacompasado. No había manera de saber qué era ese algo «desafortunado» que había sucedido, pero por la manera en que se me retorcieron las tripas me dije a mí misma que tenía que ser algo malo.

La señora Anderson sonrió al tiempo que lanzó la servilleta en la papelera y se apoyó en su escritorio, cruzando los brazos sobre el pecho.

—Anoche, uno de los alumnos del JFK se suicidó.

Me senté en mi asiento, sintiéndome desinflada al tiempo que dejaba escapar un jadeo agudo.

«¿Qué?».

Desde el momento en que bajé del autobús hacía ahora veinte minutos sabía que algo había sucedido. Pero ¿qué? Quería preguntar quién se había quitado la vida, pero me di cuenta de que era incapaz de hablar. De repente, tenía la boca más seca que el desierto del Sáhara y la lengua como si fuera papel de lija.

—¿Quién ha sido? —preguntó un chico que se sentaba unas cuantas filas más atrás que yo pasados los primeros momentos de silencio tenso.

La señora Anderson jugueteó con el bajo del jersey.

—Archer Morales.

Ese nombre me resultaba… muy familiar. Lo había oído antes, pero no era capaz de ponerle cara.

«Espera un momento», me dijo una vocecilla interior. El chico nuevo de la clase de inglés.

Eso es. La clase de inglés para nuevos alumnos de la señora Casey. Archer Morales era el chico con quien me senté durante el primer semestre. De momento, al decirlo la señora Anderson, no me había dado cuenta porque Archer no había pronunciado más de tres palabras en todo el año.

La voz de la señora Anderson despareció en el fondo mientras mencionaba que los consejeros de la escuela estarían a nuestra disposición durante el resto de la semana, por si queríamos hablar de lo que había sucedido. Pronto, me resultó imposible oírla, nada, tratando de recordar cualquier cosa relativa a Archer Morales.

Había sido un chico muy silencioso que siempre iba con la cabeza gacha, o casi siempre, y seguía con diligencia cualquier texto que estuviéramos leyendo. La única vez que le había visto bien la cara fue cuando nos obligaron a contestar una batería de preguntas sobre *Frankenstein*.

Puede que hubiera sido fácil olvidar a un muchacho que rara vez hablaba, pero es que este chico era la persona que más me distraía, nunca había conocido a nadie así. Me quedé casi sin poder decir palabra el segundo en que me miró con aquellos brillantes ojos de color avellana que hacían que me sintiera como si me estuviera atravesando con rayos x.

Ahora que recordaba aquella clase, me daba cuenta de que había tratado de olvidar todo lo sucedido porque durante todo el tiempo en que trabajamos juntos, en aquella cara tan atractiva nunca vi otra cosa que no fuera una expresión de disgusto. ¿A qué chica le gustaría recordar el momento en que un muchacho dejaba claro que le apetecería hacer cualquier cosa menos mirarla?

Ahora que lo pensaba, así había sido Archer Morales, esa había sido su actitud con respecto a todo. El JFK era un instituto grande, pero yo le veía de vez en cuando por los pasillos, y era fácil localizarlo, porque era alto y tenía el pelo oscuro y revuelto. Siempre se las arreglaba para estar solo, por lo que todo el mundo le daba la espalda.

Archer Morales era o, mejor dicho, «había sido», un marginado social en el JFK. Y ahora se había ido.

Me volví y me enderecé en mi asiento cuando sonó la sirena que marcaba el final de la primera clase, sacándome de mi ensoñación. Los demás ya habían abandonado sus pupitres y estaban saliendo, hablando en tono serio los unos con los otros en lugar de charlar y reírse como solían hacer. El cambio de atmósfera era ahora incluso más obvio. Me abrí camino con trabajo por los pasillos hasta el aula de Química, aturdida, incapaz de dejar de pensar en que uno de mis compañeros de clase estaba muerto.

No es que yo conociera mucho a Archer Morales. Ni siquiera se nos podía llamar amigos, de ninguna manera. Él no había sido más que un extraño para mí. Entonces, ¿por qué tenía esa sensación de haber fracasado?

Para cuando salimos del instituto, la temperatura exterior había bajado, lo que hacía que el aire estuviera frío y resultara incómodo cuando me encaminé hacia uno de los autobuses de la parada. Lo que de verdad me hacía falta era meterme en la cama, hacerme un ovillo y olvidarme de que este día hubiera existido.

Me senté en uno de los asientos vacíos de atrás y apoyé la cabeza en la ventanilla, cerrando los ojos. Por suerte, gracias a Dios Taylor había decidido ese día dejarme plantada para pasar tiempo con su último amor. Ninguna de las otras chicas con las que nos relacionábamos iba en el mismo autobús, así que tendría la oportunidad de pensar en silencio. El movimiento del vehículo resultaba tranquilizador, me distraía un poco de los pensamientos que me sacudían como un huracán, pero el trayecto acabó pronto, casi sin que me enterase.

Me levanté el cuello del abrigo y crucé los brazos sobre el pecho, al tiempo que empezaba a caminar hacia el edificio de apartamentos donde había vivido casi toda mi vida. El complejo estaba justo en el límite del Upper East Side, así que era un poco más ostentoso que otros edificios de Manhattan.

A menudo me sentía sola, encerrada en casa mientras mis padres trabajaban con horarios imposibles, pero jamás me había dado tanto miedo llegar a un apartamento vacío como aquella tarde. La familiaridad de mi habitación, tan desordenada, y la seguridad de las mantas y sábanas de mi cama nunca me habían apetecido tanto.

—Buenas tardes, Hadley —dijo Hanson, el portero, según me acercaba al edificio de cristal gris—. ¿Qué tal en el instituto?

Por unos instantes me planteé contarle lo que había pasado. Hanson era un hombre amable y siempre parecía de veras interesado en cómo me había ido el día. Pero no quería hablar de lo sucedido en voz alta, no quería decir que uno de mis compañeros de clase se había suicidado, porque todavía no quería creerme que eso había sucedido de veras.

—Fantástico —dije al fin, mientras él me sujetaba la puerta para que entrase.

—Recuerdo cuando yo iba al instituto —dijo Hanson mientras yo atravesaba el umbral de la puerta—. En el momento en que dejes ese lugar, el mundo te parecerá un lugar mucho mejor.

Tenía mis dudas, pero me gustó que me dijera aquello.

Crucé el vestíbulo, revestido de mármol y con una fuente, en dirección a los ascensores y subí hasta la séptima planta. Caminé por el pasillo, fastuosamente decorado, saqué las llaves del bolso y abrí la puerta 7E.

Mis padres nunca habían sido lo que podría llamarse «humildes».

Nuestra casa estaba llena de muebles de piel brillantes, alfombras de color crema y fotos de buen gusto de la ciudad colgadas de las paredes, que complementaban los ventanales que iban del suelo al techo que perfilaban el salón y el comedor. La cocina, a la última, era de color cromo y casi era una obra de arte en sí misma. Mi madre pasaba muy poco tiempo en ella, así que resultaba increíble que hubiera tenido el suficiente para decorarla, eso para empezar.

Mi padre era abogado, y mi madre asistente de un director financiero, así que mis padres tenían unos horarios de trabajo muy exigentes y rara vez se lo pensaban cuando dejaban la ciudad en viaje de negocios y yo me quedaba atrás sola, a veces una semana entera o incluso más. Cuando eso sucedía, mi vecina de ochenta y siete años, la señora Ellis, venía de vez en cuando para asegurarse de que yo estaba bien, pero eso no era lo mismo que tener a tu madre y a tu padre contigo.

Sabía que era más que afortunada por vivir en un sitio tan bonito y tener tanto dinero a mi disposición, pero todo eso de ser «rica» me hacía sentir un poco incómoda, de verdad, incluso aunque fuera algo que había sabido desde siempre. Mis padres no habían ganado siempre unos sueldos estelares. A veces echaba de menos la sencilla casita donde vivíamos en Chelsea antes de que promocionaran a mamá y de que papá se encargara de la dirección de su empresa. Al menos entonces pasábamos tiempo como una familia y cenábamos juntos cada noche.

Suspiré aliviada una vez entré en mi habitación y cerré la puerta con llave.

Me gustaba mi habitación, era alegre. Las luces de Navidad se encendían en el balcón, las paredes estaban decoradas con entradas de espectáculos de Broadway y con un panel de corcho, colgado sobre el escritorio, en el que estaban clavadas las fotos de Taylor y de nuestro grupo. Tenía hileras e hileras de DVDs y CDs que había ido coleccionando a lo largo de los años... Mi habitación era el escape perfecto por contraposición al sofocante mobiliario de piel y las fotografías profesionales de la ciudad, que mis padres habían comprado en alguna galería del SoHo, que dominaban en el salón.

Medio descorazonada intenté memorizar algunas fórmulas de la asignatura de Química, pero pasados cinco minutos lo dejé, tiré el libro de texto contra la pared y me eché bocabajo en la cama.

Me sentía como si una parte de mí me faltara, ahora que Archer Morales estaba muerto y había desaparecido de la faz de la tierra. Eso hacía que deseara desesperadamente que todavía estuviera aquí, a pesar del hecho de que él y yo solo habíamos intercambiado unas cuantas palabras. De alguna manera no podía entender por qué estaba ayer y hoy ya no... Se había ido para siempre. De nuevo, no tenía mucha familiaridad con la muerte. Había ido al funeral de mi abuela Louise cuando tenía seis años, pero esa había sido la única vez que había vivido el hecho de que una persona a la que conocía, al menos un poco, se hubiera ido. Recuerdo que no me gustó nada ver su cuerpo en el ataúd de la misma manera que no me gustaba la idea de que Archer estuviera ahora mismo yacente en algún sitio frío.

Me metí en la cama y enterré la cara en la almohada. Luego, me puse a llorar.

Capítulo 2

Dos días después

Dos días, un breve informe y una esquela en un periódico local. Archer Morales estaba muerto, era cierto. Detestaba la idea de que uno de mis compañeros de clase se hubiera sentido tan desesperado como para creer que acabar con su vida fuera la única salida, esa era la verdad. Más de una vez, yo misma me había sorprendido poniéndome de puntillas en el vestíbulo del instituto para ver si lo veía, pero era inútil. Siempre había estado ahí, en alguna parte en el fondo, pero ya no lo vería más.

Me quedé de pie frente al espejo de cuerpo entero de mi habitación, estirándome el bajo del vestido negro de encaje que había encontrado apretujado en el armario. Me sentía incómoda y torpe llevando un vestido cuando solía ponerme unos *jeans* y una camiseta, pero quería lucir algo bonito para el funeral de Archer. En la clase, el día antes, la señora Anderson había anunciado que todos los alumnos eran bienvenidos al funeral de Archer para presentarle sus respetos, pero la verdad es que aquello no sonaba a verdadera invitación. La esperanza de que esa noche llegaría a alguna conclusión, de que encontraría algún sentido al hecho de que no pudiera dejar de pensar en él, me superó.

Tras decidir que estaba más que presentable, me puse el abrigo, tomé mi bolso y salí de mi habitación. El taxi que había pedido tenía que llegar de un momento a otro. Pensé que debería como mínimo intentar comer algo antes de salir.

Según iba por el pasillo en dirección al salón, oí una voz suave y educada que hablaba. Cuando doblé la esquina, me sorprendió ver a mi padre tumbado en el sofá, con el iPhone en la mano, charlando animadamente.

¿Qué estaba haciendo el gran Kenneth Jamison tan pronto en casa? Eran poco más de las seis y cuarto de la tarde. Nunca antes había llegado tan pronto. La vez que llegó más pronto que yo pudiera recordar en los últimos tres años había sido a las ocho.

—Oye, Rick, tengo que irme —dijo mientras me miraba según pasaba por delante de él—. Hadley se está preparando para salir.

Colgó y lanzó el teléfono sobre la mesita centro, poniéndose en pie y estirando los brazos por detrás de la cabeza al tiempo que bostezaba.

—¿Qué haces en casa, papá? —pregunté—. Nunca vienes tan pronto.

—Lo sé —dijo él, siguiéndome a la cocina—. Pero Rick y yo hemos cerrado hoy el caso Blanchard-Emilia, así que vamos a tomarnos el resto de la noche libre para celebrarlo.

—Vaya. Eso está bien.

Un silencio incómodo que podría haberme ahorrado cayó sobre nosotros mientras yo abría el frigorífico, rebuscando en su interior algo para comer.

Siempre era igual cuando me encontraba con mi padre.

Era mi padre, sí, pero por lo general estaba tan ocupado con su trabajo que en realidad nunca había tenido la oportunidad de pasar mucho tiempo con él. Una tarde en casa era una preocupación secundaria para uno de los abogados más famosos de la ciudad.

—Sí.

Regresé del frigorífico con un puñado de uvas y una botella de agua, mirando a mi padre con el ceño fruncido, confundida.

—¿Sí?

—Sí. —Se aclaró la garganta, apoyándose sobre la encimera, con los brazos cruzados—. Vas a ir al funeral de ese chico.

—Mmm... sí —dije—. Al funeral de Archer Morales.

Frunció el ceño, pensativo, por un instante.

—Morales... ¿Por qué me resulta ese nombre tan familiar?

Me encogí de hombros, metiéndome un par de uvas en la boca.

—Ni idea. Probablemente haya cientos de personas en la ciudad con ese nombre.

—Quizá.

Saboreé unas cuantas uvas más, con la esperanza de que el portero automático sonara de un momento a otro, indicando la llegada del taxi, para así escapar de aquella conversación tan incómoda.

No quería hablar con mi padre sobre Archer Morales.

Lo que de verdad quería hacer era armarme de valor para decir adiós a un chico al que casi no conocía, encontrar la manera de dejarlo ir y no sentirme tan inusualmente culpable como me sentía. Pedirle perdón por no haberle prestado más atención, por no haber estado ahí de alguna manera para echarle una mano.

—¿Taylor va a ir al funeral contigo? —preguntó mi padre después de un rato.

—No, voy a ir sola —dije—. Taylor está ocupada.

Mi padre frunció el ceño otra vez, mostrando su desacuerdo ante la perspectiva de que fuera a la ciudad yo sola.

—¿Estás segura? La verdad, no... me gusta la idea de que salgas por la ciudad de noche —dijo—. Siempre podría, mmm... acompañarte...

Le corté rápido, antes de que fuera más allá con una frase de lo más innecesaria.

—Papá. Por favor. Ya sé cuáles son las normas para salir de noche por la ciudad. Todo irá bien. Te lo prometo.

—Está bien. Pero llévate el teléfono móvil, ¿de acuerdo? Y no vuelvas muy tarde.

Afortunadamente, el portero automático sonó con fuerza justo en ese momento, evitando así que siguiera con aquella conversación.

—Ahí está el taxi —anuncié, bebiéndome lo que me quedaba de la botella de agua—. Tengo que irme.

—Eh, sí, claro.

Le di a mi padre un abrazo rápido y murmuré un adiós, luego salí rápidamente de la cocina, dando gracias a Dios por estar yéndome ya.

El aire era helador, me mordía la piel según salía a la temprana noche de diciembre. Hanson me concedió una sonrisa y me guiñó un ojo al tiempo que sujetaba la puerta del taxi que me esperaba en la esquina.

—¿Vas a alguna parte?

—A... un funeral —admití—. Uno de mis compañeros de clase, bueno, se ha suicidado.

Hanson se quedó en silencio durante un rato. No dijo que lamentara oír aquello, sino que me dio un golpecito en el hombro. Eso, creo, era lo que me hacía falta.

Me deslicé en el asiento, y me abroché el cinturón al tiempo que Hanson cerraba la puerta.

—¿Adónde vamos? —preguntó el taxista desde la parte delantera, con un fuerte acento de Brooklyn.

Le di la dirección de la iglesia que la señora Anderson había mencionado. El taxi salió y se incorporó al tráfico mucho más rápido de lo que debería para mi gusto. Apoyé la cabeza en el asiento y apreté los ojos, inspirando por la nariz y espirando por la boca.

No tenía ni idea de qué esperar una vez llegase. El último funeral al que había ido era algo que ya casi no recordaba. ¿Iría todo el mundo de negro y todos estarían llorando? ¿Habría música? ¿Estallaría alguna pelea entre los miembros de la familia de Archer si alguien hablaba a destiempo o decía algo equivocado? Cosas así parecían suceder en los funerales que había visto por la televisión, pero no pensaba que eso significase nada en el mundo real.

Cuando el taxi llegó a la parada de enfrente de la iglesia, saqué unos billetes del monedero para pagar la carrera, luego salí y me planté en la acera antes de que pudiera convencerme a mí misma de que aquello era una idea terrible y pedir que me llevara de vuelta a casa.

Me abracé a mí misma mientras notaba la brisa que soplaba calle abajo, levantándome el pelo por detrás. Esperaba encontrarme con una multitud fuera, compartiendo la pena, pero lo cierto es que el lugar estaba tan vacío como las estanterías de una tienda después del Black Friday. Sin embargo, el mismo sentimiento de estar siendo observada crecía en mi interior mientras subía las escaleras delanteras de la iglesia.

Entré. El olor del incienso que se había utilizado durante la misa me golpeó de inmediato la nariz. Hacía bastante desde la última vez que había entrado en una iglesia: habíamos dejado de ir cuando las carreras profesionales de mis padres despegaron. Sin embargo, la familiaridad del lugar me confortó en cierto modo.

El vestíbulo donde me encontraba ahora estaba tan vacío como las escaleras de fuera, lo que hizo que me inquietase. ¿Dónde estaba todo el mundo? Saqué el teléfono móvil del bolso para comprobar que no me había equivocado de hora.

6:58.

No podía irme ahora sin más.

Inspiré hondo, sumergí los dedos en la pila de agua bendita que tenía a la izquierda, hice la señal de la cruz y luego caminé hacia el interior de la iglesia. El altar principal estaba decorado con ramos de flores blancas y tapetes, casi como si aquello fuera una misa de Navidad, pero con un aire mucho más sobrio. En una plataforma frente al altar se encontraba un modesto ataúd cubierto con más flores blancas.

La iglesia en sí era bonita, con vitrales y columnas de mármol, pero parecía más grande de lo que era debido a las filas y filas de bancos vacíos que había. Solo las dos primeras estaban ocupadas.

Vi a algunos profesores: el señor Gage, uno de los profesores de Matemáticas; y la señora Keller, que enseñaba Literatura. Y luego un pequeño grupo de gente que iba al JFK y a los que solo conocía de vista aunque no sabía cómo se llamaban.

Una parte de mí había esperado que la iglesia estuviera llena. Rompía el corazón ver que no había más gente allí para mostrar sus respetos a Archer Morales y su familia. Mantuve los ojos fijos al frente mientras me abría paso a toda prisa hacia el centro, decidida a no encontrarme con la mirada de nadie. Sin querer llamar la atención, pues me daba cuenta de que me había presentado exactamente dos minutos antes de que empezara el servicio religioso, me senté en una de las filas vacías de atrás, apretando las manos sobre el regazo y esperando a que empezara la ceremonia.

La misa empezó oficialmente según lo previsto. Los allí congregados se pusieron en pie mientras un pequeño coro que estaba junto al altar comenzaba a cantar una melodía suave y tranquila. Un cura acompañado de dos diáconos y un monaguillo se abrió paso hacia el altar. Cuando el cura llevaba solo unos minutos hablando sobre la pérdida de una vida tan joven, empezaron los llantos.

No parecía que ninguno de los que estaban cerca de mí estuvieran llorando, pero después de un rato de mirarme a los pies, vi a una mujer en la primera fila a la que estaba sujetando el hombre que se encontraba junto a ella. Claramente, la mujer sollozaba en el hombro de él. No podía verle la cara y no tenía manera de saber quién era, pero no me costó mucho darme cuenta de que aquella mujer debía de ser la madre de Archer Morales.

Entonces me di cuenta de que pocas cosas en la vida podían romperte el corazón como ver a una madre llorando por la pérdida de su hijo. Había muerto un chico y eso no debería haber ocurrido nunca. Después de eso, pensé que yo también podía permitirme llorar.

Empecé a derramar lágrimas rápido, con furia, mientras el señor Gage subía al púlpito para decir unas palabras sobre Archer y lo buen estudiante que era. Estaba llorando mientras un chico con los mismos ojos de Archer se puso en pie y pronunció una especie de elogio sincero. Y estaba sollozando cuando me dieron una rosa blanca y luego me acerqué al altar para dejarla sobre el ataúd del fallecido.

Puede que me quedase allí más tiempo del necesario, pero ¿qué se suponía que debía decir? ¿Lo siento, nunca habíamos hablado? ¿Lamento que creyeras que debías acabar con tu vida? ¿Ojalá todavía estuvieras vivo?

—Archer, soy...

—¿Conocías a mi hermano mayor?

Me volví rápidamente y vi a una niña de pie frente a mí, con unos rizos negros preciosos y unos ojos azules brillantes, mirándome confundida. La niña no debía de tener más de cinco años, lo que, de algún modo, lo hizo todo más difícil. No sabía que Archer tuviera una hermana tan pequeña.

—Mmm... sí —dije, secándome las lágrimas de los ojos—. Iba con tu hermano al instituto.

La niña sonrió y le vi los dientes.

—Está muy guapo, ¿verdad?

Otra oleada de tristeza me invadió al escuchar las palabras de la pequeña.

No había dicho «estaba». Había dicho «está». Hablaba como si su hermano siguiera vivo. No sabía muy bien qué edad tenía, pero parecía lo suficientemente joven como para no entender del todo lo que significaba la muerte. No me gustaría nada estar en el puesto de la persona que tuviera que explicarle que su hermano no regresaría a casa jamás.

Me esforcé lo que pude por devolverle una sonrisa.

—Desde luego.

—Soy Rosie —dijo la niña, dándome la mano como si fuera un adulto.

—Hola, Rosie —dije, dándole la mano—. Soy Hadley.

—Mamá dice que no debo hablar con extraños, pero como conoces a Archer y eres guapa, creo que le parecerá bien —dijo Rosie de corrido.
—Vaya —dije, sin saber muy bien cómo continuar—. ¿Gracias?
—Vamos, ven. ¡Tienes que conocer a mi mamá!

Rosie me agarró de la mano y tiró de mí para llevarme hacia donde estaban los bancos, donde un grupo de gente se había congregado y hablaba.

—¡Mamá! ¡Mamá! —gritaba la niña, colándose por entre las piernas de la gente—. ¿Conoces a Hadley?

Una mujer de pelo largo y negro, teñido con unas cuantas mechas de gris y con unos ojos enormes de color avellana se apartó de la mujer mayor con la que había estado hablando y se volvió hacia Rosie con una mirada de reprobación.

—Rosie, ¿cuantas veces te he dicho que no te pongas a correr? —le regañó, con la mano en la cadera—. ¡Me sacas de quicio cada vez que lo haces!

La pequeña pareció olvidarse de eso y me miró.

—Mamá, ¿conoces a Hadley?

La mujer se volvió hacia mí sorprendida. Tenía algo que me resultaba vagamente familiar a pesar de que estaba segura de no haberla visto nunca antes. En realidad, era bastante guapa, pero tenía ojeras y los ojos rojos. Por su mirada parecía que no hubiera dormido nada durante días.

—Hadley, ¿verdad? —Sonrió un poco y alargó el brazo para darme la mano—. Gracias por atender a mi hija.

—No hay problema —dije rápidamente—. Ningún problema. Yo solo...

—¿Ibas al instituto con Archer?

—Mmm. Sí. —Me aclaré la garganta, nerviosa, mientras ella me miraba. Era una mirada inusualmente amable a pesar de lo cansada que parecía estar—. Fuimos juntos a clase de inglés el primer año.

—Qué bien —dijo con suavidad—. Soy Regina, la ma-madre de Archer.

La voz se le rompió al decirlo, pero inspiró hondo al tiempo que levantaba a Rosie del suelo, la tomaba en brazos y le daba un beso en la mejilla, obviamente tratando de distraerse. Pues claro que me resultaba familiar. Sus ojos. Era difícil olvidar unos ojos así.

Regina Morales debía de ser la mujer más fuerte del mundo. Su hijo acababa de morir y a pesar de todo trababa de sonreírle a su hija. No había nada que pudiera decirle. Ninguna palabra de condolencia que pudiera pronunciar serviría para nada. Así que, a pesar de que era una completa extraña, le di un abrazo. No pareció molestarle.

Quince minutos después, salí de la iglesia. Hacía tanto frío que podía ver el vaho dibujando nubes frente a mí cada vez que exhalaba. Sorteé el bordillo y sacudí al aire una mano, tratando de parar un taxi. Los que vi pasaban zumbando, ninguno mostraba signos de frenar.

—Una chica joven como tú no debería andar sola por la ciudad a estas horas de la noche, ¿no te parece?

Me volví hacia el sonido de aquella voz fuerte y profunda que acababa de hablar justo detrás de mí.

La luz de la farola que quedaba a pocos metros de donde yo estaba no parecía lo suficientemente brillante como para iluminar la escalinata, pero pude ver la figura de un hombre sentado en el último escalón, con las piernas abiertas.

¿Cómo podía no haberlo visto antes? ¿Estaba ahí cuando bajé las escaleras?

Las palabras me salieron a trompicones.

—¿Quién...? ¿Qué...? ¿Qué quiere?

—No mucho.

Tropecé hacia atrás cuando el hombre se puso en pie, entrando do bajo la luz de la farola.

Al mirarlo hacia arriba deseé no haber salido nunca de mi casa esa noche. Era alto y tenía el pelo oscuro y pegado a la cabeza. Llevaba una cazadora de piel negra, *jeans* y botas de media caña con cordones. No podía distinguir sus rasgos faciales, pero con aquellos ojos hundidos y aquella cara tan chupada, parecía no haber comido en toda su vida.

Eso no era lo más raro, no obstante. Lo más extraño eran sus ojos. Esos ojos negros y profundos que me miraban hacían que me sintiera como si él pudiera conocer cada pensamiento que hubiera cruzado mi mente hasta el momento.

—Yo... Yo no busco problemas —dije, incapaz de evitar el temblor en mi voz—. Creo que usted...

—Oh, no estoy aquí para causarte ningún problema, Hadley Jamison —dijo el hombre, dejando escapar una sonrisa que me provocó una punzada de miedo en la columna vertebral.

¿Quién era ese tipo?

—¿Cómo...?

—¿Cómo sé cómo te llamas? Lo sé todo, Hadley. Digamos que es algo que forma parte de mi trabajo.

Puede que yo no fuera un genio, pero sabía lo suficiente para entender que era algo de fuera de este mundo y podía decir que había algo extraño en él. Algo muy extraño.

—Mire, no sé quién es usted —dije incómoda—, pero será mejor que se aleje de mí.

El hombre se puso a rebuscar en sus bolsillos y sacó un cigarrillo, que encendió de inmediato para luego darle una profunda calada. No pude hacer otra cosa que taparme cuando el humo acre me llegó a la nariz.

—Y si no lo hago, ¿qué? —dijo, levantando una ceja—. ¿Te pondrás a gritar?

El corazón me latía tan aprisa que pensé que me vendría abajo y me desmayaría. Calculé rápidamente las posibilidades que tenía de salir corriendo, o al menos de correr y atrapar el primer taxi que pasara, pero como llevaba tacones, las probabilidades a mi favor no eran muchas. Dudaba que pudiera quitarme los zapatos lo suficientemente rápido como para empezar a correr sin que me atrapasen con facilidad.

¿Qué se suponía que debía hacer?

—¿Quién es usted? —pregunté.

Otra sonrisa amplia y misteriosa curvó la boca de aquel hombre al tiempo que daba una segunda calada a su cigarrillo. Encogió un hombro.

—Se me conoce por muchos nombres diferentes, en realidad. La Parca. El ángel Azrael. Mefistófeles. Pero supongo que, para simplificar, puedes llamarme simplemente la Muerte.

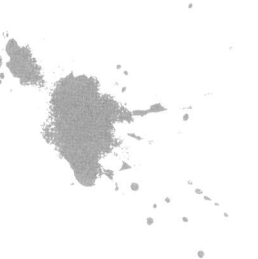

Capítulo 3

El contrato

Cuando tenía cuatro años tuve la no muy brillante idea de saltar dentro de la piscina de mi tía Theresa a pesar de que no tenía ni idea de nadar. El golpe del agua fría impactando contra mi piel me congeló hasta el mismo centro. Cuando por fin me sacaron, me había pasado unos cuantos minutos luchando por respirar.

La misma sensación desagradable y que me atemorizó entonces era la que sentía ahora, de pie en la acera, fuera de la iglesia, mirando a los profundos ojos negros del hombre que decía ser la Muerte.

—Eh… —Cerré la boca para evitar que me castañetearan los dientes—. Mmm… Creo… Yo…

Cada fibra de mi ser clamaba para que me moviese, para que me echase a correr sin mirar atrás, pero fui incapaz de hacerlo.

Una expresión casi de diversión cruzó la cara de la Muerte.

—Debes de estar hecha de un material mucho más duro de lo que pensaba, Hadley Jamison. Lo que yo esperaba es que ya hubieras echado a correr gritando.

—Deme un segundo más y lo haré —conseguí decir, incapaz de ocultar un escalofrío.

—Vaya, no creo que sea eso lo que quieres hacer —dijo la Muerte sacudiendo la cabeza. Dejó caer el cigarrillo al suelo y lo pisó con la punta de las botas que llevaba—. Creo que te interesará lo que tengo que decir.

—Yo... No, no me...

—Demos un paseo, ¿te parece?

La Muerte me agarró del brazo de repente y empezó a tirar de mí en dirección al tráfico.

—¿Qué, está loco? —grité, tratando de liberarme de su agarre de acero—. ¡Nos van a atropellar!

Dejó escapar una sonrisa de disgusto, clavándome las uñas en el brazo.

—Oh, tranquilízate, ¿de acuerdo? Sé cuándo morirás, y puedo asegurarte que no será esta noche.

De alguna manera, eso no resultaba tranquilizador.

La Muerte se subió a la acera al otro lado de la calle y se puso a caminar a paso rápido, al tiempo que tiraba de mí para que lo siguiera. Traté de clavar los tacones en el suelo, al tiempo que tiraba del brazo que me agarraba, pero temía que si seguía resistiéndome acabaría por romperme algún hueso. Pensé en gritar todo lo que los pulmones me permitieran, tal vez agarrar a alguien que pasara por allí, pero ninguna de las personas que pasaban por la acera me miró siquiera. Era como si no pudieran ver a la adolescente que estaba siendo arrastrada calle abajo por un hombre que parecía un extra de *Entrevista con el vampiro*.

Caminamos dos manzanas antes de que la Muerte se detuviese de repente y se inclinase para susurrarme al oído:

—Tú y yo sabemos que te agarraré y te arrastraré del pelo si tratas de salir corriendo. Así que te sugiero que me sigas la corriente, ¿mmm?

Tragué saliva con dificultad, tratando de controlar la bilis que me subía por la garganta. No me consideraba una debilucha. Era neoyorquina; podía cuidar de mí misma. Pero ¿en ese momento? No estaba muy segura de si alguna vez había estado tan asustada en toda mi vida.

—De acuerdo —dije, con la voz que casi era un grito.

—Buena chica.

Dejé de intentar escapar, aunque la urgencia de hacerlo había devenido abrumadora.

Para cuando la Muerte se detuvo al fin, me dolían los pies embutidos dentro de aquellos zapatos de tacón.

—Ya hemos llegado —dijo la Muerte, abriendo la puerta de un Starbucks con una pequeña reverencia.

Me abrí camino en la cafetería, abrazándome fuerte a mí misma. Aquello tenía que ser alguna pesadilla rara, terrorífica; ¿un tipo que decía ser la Muerte y que había aparecido justo en el funeral de un compañero de clase acompañándome hasta un Starbucks? Las manos de la Muerte descendieron por mis hombros y me obligaron a apoyarme en el mostrador. La muchacha que atendía la caja registradora me miró con una sonrisa que desapareció en cuanto puso los ojos en él.

—Eh...

—Buenas tardes —dijo la Muerte, en un tono repentinamente formal—. Querríamos dos cafés solos, por favor.

La muchacha asintió mecánicamente con la cabeza y se puso a dar vueltas en busca de las tazas agitando las manos. La Muerte dejó un billete de diez dólares nuevecito en el mostrador, sonriendo con amabilidad.

—Quédese el cambio.

—Eh... gracias.

Por el modo en que la chica se movía, a tropezones y sin mirarnos, resultaba obvio que mi plan de gritar «socorro» no iba a funcionar. Tomé las dos tazas de café cuando la camarera me las pasó y la Muerte tiró de mí hasta una mesa que había junto a la ventana, debajo de una tira de copos de nieve de papel. Se me revolvió el estómago cuando se sentó, al ver cómo la luz fluorescente que teníamos encima iluminaba su cara.

Era como mirar a un enfermo terminal; tenía la piel del color del pergamino, tirante, marcándole las facciones, y los ojos hundidos. No me sorprendía que fuera por ahí diciendo que era la

Muerte. Tenía todo el aspecto. Más extrañas incluso resultaban las marcas negras que tenía por las manos, ascendían a lo largo de los brazos ocultas por las mangas de la cazadora, y luego le salían por el cuello de la camisa que vestía. Me llevó un segundo darme cuenta de que las marcas eran en realidad pequeños relojes toscamente perfilados.

La Muerte torció los labios en una sonrisa severa mientras me miraba, haciendo un gesto en dirección al asiento de la mesa donde estaba. Cuando movió el brazo, habría jurado que las manecillas de cada uno de los relojes se movían.

—Toma asiento.

Me senté con mucho cuidado, sujetando mi taza de café.

—De acuerdo. —Me aclaré la garganta, con la esperanza de reunir hasta la mínima cantidad de coraje que tuviera para pasar por aquello, fuera lo que fuese—. ¿De qué se trata?

Dejó su taza de café en la mesa y se frotó las manos, inclinándose por encima de la mesa en mi dirección.

—Creo que podríamos charlar un poco sobre Archer Morales.

Me tragué un sorbo de café, mientras el líquido caliente me quemaba la garganta, y me estremecí al notar su sabor amargo.

—Yo no... —Agarré la taza de café de manera compulsiva—. Creo que usted es... —No sabía si no podía hablar por la situación en que me encontraba con la Muerte, o porque la Muerte quería hablar sobre Archer Morales—. Yo... Yo creo que debería...

Me puso la mano en el hombro, forzándome a que me sentara antes de que ni quisiera me hubiese levantado.

—Escúchame con atención, Hadley, porque solo voy a decirlo una vez. Voy a ofrecerte la posibilidad de volver atrás en el tiempo veintisiete días para evitar que Archer Morales se quite la vida.

Era bastante probable que el corazón dejase de latirme durante el silencio que siguió a las palabras de la Muerte. Quería que hiciera... ¿qué?

—Disculpe, ¿qué me acaba de decir?

—Te dije que solo lo diría una vez.

—¿Se trata de algún tipo de broma? —De alguna manera, me había levantado y me estaba inclinando sobre la mesa, mirando a la Muerte directamente a la cara—. ¿Acaso le parece divertido que uno de mis compañeros de clase se quitara la vida?

Me miró con los ojos en blanco antes de echarse a reír.

Intenté contenerme. Era todo lo que podía hacer para evitar agarrar mi café y tirárselo a la cara.

—Al contrario, Hadley —dijo después de un rato, todavía riéndose—. Para mí, esto es un asunto muy serio.

Chasqueó los dedos.

Lo que siguió tenía que ser lo más extraño que jamás hubiera visto. Todo se ralentizó, como sumergido entre la niebla, y una a una, hasta la última persona que había en el Starbucks, se congeló justo en mitad de lo que fuera que estuviera haciendo. El vapor del líquido que se estaba vertiendo de una cafetera de espresso permaneció suspendido en el aire. Una mujer que estaba sonándose la nariz se detuvo con la cara congestionada y una expresión extraña. Un hombre y una mujer que entraban en el local, con un niño que iba con ellos y se frotaba las manos, se detuvieron justo en el umbral de la puerta mientras una brisa fría entraba desde la calle.

—Qué…

—Te aseguro que estoy hablando muy en serio —dijo la Muerte, apoyando la barbilla sobre las manos—. Ahora, ¿te importaría sentarte para que podamos tener una conversación racional y tranquila?

Me senté en el sillón, con las piernas incapaces de sostenerme. Quise pellizcarme, me pareció una buena idea, pero no logré hacerlo, porque ni el brazo ni la mano me obedecieron.

—¿Cómo…? —Tragué saliva otra vez, tratando de pensar en qué decir.

—¿Cómo detengo el tiempo? —acabó de decir la Muerte por mí—. Bueno, es parte de mi trabajo. —Se encogió de hombros, tomando un sorbo de café—. Es una pena, ¿verdad? Archer Morales era muy buen chico. Pertenecía a una buena familia. Era el niño de su mamá. Quería mucho a su hermana pequeña. Y tú, Hadley Jamison, no quieres verlo muerto.

—Pues claro que no —solté.

—El regalo de la vida es valioso, algo que hay que cuidar como un tesoro —continuó diciendo la Muerte—. Y es una parodia cuando algo tan valioso se pierde tan pronto. Llevo por aquí miles de años, he visto millones de cosas, pero nunca me acostumbraré a algo tan terrible como un alma a la que se llevan cuando no debería ser así. Así que, dime, Hadley. Si tuvieras la oportunidad de evitar que algo malo sucediera, a pesar de tuvieras miedo de lo que pudiera pasar… ¿lo harías?

Pensé en Archer Morales y en todo lo que había perdido. Nunca iría al baile de graduación ni terminaría el instituto ni iría a la universidad, nunca conocería al amor de su vida, no se casaría, nunca tendría hijos, no vería el mundo ni tendría la oportunidad de cambiarlo.

Pensé en Regina, su madre, y en su hermana pequeña, Rosie, y en que no se había dado cuenta todavía de que su hermano se había ido. Pensé en lo mucho que le echarían de menos.

¿Cómo no iba a hacer lo que se me ofrecía? Incluso a pesar de que no estuviera más que jugando con una especie de loco que tenía el poder de detener el tiempo.

—De acuerdo.

La Muerte me echó una mirada de curiosidad.

—De acuerdo… ¿qué?

—Lo… Lo haré. Lo que sea que tenga que hacer para… para salvar a Archer.

—¿De verdad?

Asentí con la cabeza, no estaba segura de poder contestar con palabras.

La Muerte mantuvo los ojos fijos en mí durante un buen rato mientras yo seguía sentada allí sin más, tratando de convencerme a mí misma de que aquello era real, y de que tal vez, solo tal vez, me estaban dando de verdad la oportunidad de salvar a Archer.

—No voy a prometerte que esto vaya a ser fácil.
—No soy tan estúpida como para pensar algo así.
—Buena chica.

Se metió la mano en la cazadora de piel que llevaba y sacó un montón de papeles fuertemente enrollados que dejó sobre la mesa frente a mí.

—¿Un contrato? —Ese pequeño pedazo de cliché de película parecía de algún modo ridículo en mitad de una situación tan seria—. Pero yo pensaba...

—No me hagas reír.

Me acerqué el rollo de papeles y miré la primera página.

—A ver, ¿cómo exactamente se supone que voy a leer este contrato si ni siquiera puedo ver lo que hay escrito en él? —señalé, golpeando el papel con un dedo—. Todos estos símbolos negros tan raros no son algo que me enseñaran a leer en la guardería.

—El idioma que hablas no es el único que hay en el mundo. Este contrato no es más que una formalidad —me aseguró—. Confía en mí.

—¿Y por qué debería confiar en usted?

Se llevó una mano al interior de la cazadora que llevaba otra vez y sacó un bolígrafo. Me lo ofreció.

—Un último acto de fe.

Estaba empezando a sentir que aquello sería más que un acto de fe si lo firmaba.

—Mi padre es abogado, ¿sabe? —dije—. No soy tan estúpida como para firmar sin más sobre la línea de puntos sin saber cuál es el precio.

—No hay precio —dijo la Muerte, con las cejas levantadas, como si le hubiera sorprendido, como si no pudiera creerse que se me ocurriera pensar que pudiera engañarme—. No mentiría.

Menudo sarcasmo. Sin embargo, preferí no hacer ningún comentario al respecto. Además, no sabía nada sobre la Muerte, pero era obvio que el hombre era cualquier cosa, menos humano. Su intento de tratar de convencerme de que lo era daba risa.

—Cuanto más tardes en decidirte, más difícil será enviarte al pasado. Ya hace dos días que Archer murió.

La sola mención de Archer fue suficiente para hacer que tomara el bolígrafo y me fuera a la última página. Pasé un momento de tensa duda antes de firmar en el espacio reservado a ello y luego le di el montón de papeles por encima de la mesa.

—Ahora, ¿qué se supone que va a suceder? —pregunté—. ¿Y por qué tengo solo veintisiete días?

No creía que veintisiete días fueran tiempo suficiente para convencer a alguien de que no tenía que acabar con su vida. No parecía que fuera a haber tiempo suficiente en el mundo para convencer a alguien de algo así.

—El tiempo estipulado en cada contrato nunca es el mismo —me dijo la muerte mientras alargaba la mano para recoger los papeles y se los guardaba en el bolsillo de la cazadora—. En este caso, veintisiete días es el tiempo que le llevó a Archer Morales pensar por primera vez en quitarse la vida y en llevarlo a cabo finalmente.

El corazón me latía en el pecho como si fuera dando tumbos. Me costó un rato respirar hondo para no sentirme como si fuera a echarme a llorar otra vez. No quería pensar en cómo debería de haberse sentido Archer.

—Pero tengo que advertirte —dijo la Muerte, apartándome de pensamientos tan dolorosos.

Naturalmente tenía que haber alguna coletilla, algo que se le había olvidado mencionar hasta que hube firmado el contrato.

—¿Advertirme de qué? —pregunté, dudando.

—En este mundo hay cosas que siguen… un orden —dijo la Muerte cuidadosamente, como si estuviera eligiendo las palabras—, y a veces hay… «cosas» que no resultan muy agradables cuando ese orden se ve alterado. A veces no les gusta.

Estaba claro que la Muerte no estaba más que pasando de puntillas por lo que era su advertencia, y eso no resultaba tranquilizador. Si la propia Muerte era una de esas cosas, ¿con qué más podría encontrarme?

—Debería habérmelo dicho «antes» de que firmara el contrato, ¿no le parece?

—Sí, bueno, verás, yo de ti no dejaría que esa bonita cabecita tuya se preocupase «demasiado» —repuso la Muerte—. Que tengas suerte, muchacha.

Chasqueó los dedos una vez más antes de que pudiera protestar y luego todo se volvió negro.

Capítulo 4

Que empiecen los juegos.
27 días antes

—Discúlpeme, ¿señorita Jamison? ¿Señorita Jamison? ¡Señorita Jamison! —Me sacudí y me desperté con un grito, casi me caigo al suelo desde el asiento.

El señor Monroe, el profesor de Gobierno de Estados Unidos, calvo y una lata, me estaba mirando, con la desaprobación escrita en la cara.

—Muchas gracias por despertarse y acompañar al resto de la clase, señorita Jamison —dijo con desprecio.

—Lo siento, señor Monroe, no se qué me ha pasado, no quería quedarme dormida, yo…

Se me rompió la voz al mirar a mi alrededor y darme cuenta de que estaba sentada en medio de la clase, rodeada de mis compañeros, que se reían disimuladamente, con la fecha escrita en verde sobre la pizarra blanca.

11 de noviembre.

Fue como un frenazo y todo empezó a chocar a mi alrededor, 11 de noviembre. ¿Qué? La última vez que había mirado en qué día estábamos era el 9 de diciembre. Acababa de ir al funeral de

Archer Morales porque se había suicidado y luego yo... había llegado a un acuerdo con la Muerte.

Había llegado a un acuerdo con la Muerte. Archer Morales se había suicidado y yo había llegado a un acuerdo con la Muerte para detenerlo. ¿De veras estaba sentada en la clase de Gobierno de Estados Unidos veintisiete días antes?

—Per-Perdón, señor Monroe. Necesito... —Me levanté, agarré mi abrigo y mi bolso y salí trastabillando hacia la puerta—. Tengo que...

¿Echarme a correr? ¿Vomitar? ¿Desmayarme? Cualquier cosa sonaba mejor que quedarme ni un solo minuto más dentro de aquella clase.

Corrí pasillo abajo, todo estaba vacío, con las taquillas alineadas a un lado y otro, hasta llegar al aseo de las chicas. Comprobé los cubículos donde estaban los váteres para asegurarme de que el lugar estaba vacío de verdad, luego me derrumbé sobre la encimera, respirando con dificultad.

Abrí el grifo y me eché agua fresca en la cara, por suerte no iba maquillada. Después, con otra respiración profunda, empecé a mirarme en el espejo sucio, esperando al menos reconocerme a mí misma.

Fue un alivio ver que todavía era yo; seguía siendo morena y teniendo los mismos ojos marrones y la nariz recta, pero tenía las mejillas tan pálidas como la cera y cara de susto. Incluso llevaba puestos unos *jeans* y una blusa que recordaba haber vestido semanas atrás y que vi por última vez en el suelo de mi armario.

Recordaba con claridad el aire de depresión que volaba sobre la escuela cuando nos enteramos de que Archer se había suicidado, lo vacío y triste que había sido su funeral, y desde luego sabía que había conocido a la madre de Archer, Regina, y a su hermana pequeña, Rosie.

Y no había forma, ni siquiera en mis peores pesadillas, de que hubiera podido imaginarme a alguien como la Muerte. Jamás podría olvidar su cara cadavérica o su sonrisa inquietante, la manera en que me miraba con esos ojos negros antinaturales, o incluso esas páginas llenas de símbolos circulares y extraños que me había visto obligada a firmar: el contrato.

—De acuerdo, Hadley —dijo mi reflejo—. O has tenido un sueño de locos o esto es real y has viajado en el tiempo sin más.

Me sentí ridícula con solo decir esas palabras en voz alta para mí misma. Por suerte no había nadie cerca para oírme hablar con mi reflejo. Salí del aseo y me apoyé en la pared de fuera, apretando los ojos. Necesitaba un plan, pero me había quedado en blanco de un modo espectacular. No era un personaje de ciencia ficción, y por lo que sabía podía haber unas cuantas leyes para viajar en el tiempo que se suponía que debía seguir. Puede que ya hubiera roto unas cuantas en cinco minutos desde que abrí los ojos.

¿Debería volver a la iglesia? ¿Volver al Starbucks, ver si la Muerte estaba allí y tratar de ponerme en contacto con él de alguna manera?

Y, de repente, me vino a la cabeza la respuesta, me sentía estúpida por que no se me hubiese ocurrido antes.

«Busca a Archer».

Incluso si esto era un sueño —y de pronto deseé que no lo fuera y que Archer estuviera vivo—, tenía que encontrarlo. Antes de que pudiera organizar mis ideas para convertirlas en acciones, me puse a caminar por el pasillo, doblé varias esquinas, hasta que llegué jadeando a la biblioteca. Google había sido inventado para algo, y yo iba a aprovecharlo.

Encontré un ordenador libre cerca de donde estaba la sección de no ficción y me senté, lo puse en marcha utilizando mi contraseña de alumna.

Mientras buscaba en Google, eché un vistazo más para asegurarme de que no había nadie que me estuviera mirando, luego tecleé: «Manhattan, Archer Morales, Defunciones».

Salieron cientos de resultados.

Revisé los primeros *links*, pero ninguno de los artículos o de las esquelas ofrecían la información que estaba buscando. No había titulares diciendo *Trágica historia de suicidio de un chico de la localidad* o

Misa funeral en memoria de un estudiante de instituto ni nada parecido. Me pasé unos buenos diez minutos buscando cualquier rastro de información que pudiera resultar útil, y cuando vi que no existía, salí del ordenador.

¿Y ahora qué? ¿Recorrer los pasillos y mirar en cada aula con la esperanza de encontrar a Archer en alguna? El timbre sonó con fuerza, señalando el final de las clases. Comprobé la hora en el reloj de pared que había a mi lado y me di cuenta de que había llegado la hora del almuerzo.

Salí de la biblioteca y seguí a la corriente de estudiantes que llenaba las escaleras y se dirigía a la cafetería. Salté a la cola de la comida detrás de un grupito de chicas de primero y me lancé sobre la primera bolsa de patatas fritas que pude.

—¡HADLEY! ¡Aquí estás!

Me volví hacia la voz y vi a Taylor abriéndose paso por la cola hasta llegar adonde yo estaba.

—¿Dónde estuviste anoche? —me preguntó, entrecerrando los ojos—. Te llamé por teléfono y te envié mensajes, algo así como unas cien veces, ¡y no me contestaste! ¿Acaso te olvidaste de que habíamos quedado para ir al Javabean?

—¿De veras? —Saqué el teléfono móvil del bolsillo y me puse a comprobar los mensajes. Tenía tres llamadas perdidas y diecinueve mensajes de texto sin leer—. Oh. Lo siento. Tenía que ponerme al día con los deberes y me fui a dormir pronto.

Taylor levantó las cejas.

—¿Qué te pasa? Ni siquiera has venido en el autobús esta mañana.

—Esto... sí. Me he levantado tarde y tuve que tomar un taxi. Me he perdido la primera clase.

Era una mentirosa lamentable. Me sorprendió que Taylor no me lo dijera.

—Vaya, vaya. —Mi amiga tomó un bol de ensalada y me siguió hasta la caja—. Porque te levantas tarde muy a menudo.

—Mira, ha sido un fallo —dije—. Lo prometo, no pasa nada. Estoy bien.

Soltarle la verdad a Taylor y contarle todo lo que acababa de pasar con pelos y señales hubiera sido un alivio, pero no habría manera de que me creyera si lo hubiera hecho así. Nadie se tragaría nunca una historia tan alocada. Ni siquiera estaba segura de creérmela yo del todo. Tenía que ver a Archer con mis propios ojos, ver que estaba vivo y que respiraba, antes de poder considerar siquiera que esta era la nueva realidad alterada en la que me encontraba.

Taylor se quedó mirándome durante un rato más, perpleja, antes de ceder finalmente, dejando escapar un fuerte suspiro.

—De acuerdo.

Entonces se sentó en un sitio que quedaba libre cerca de su actual novio, un jugador de fútbol americano que se llamaba Noah Parker, mientras yo le daba un poco de cambio a la mujer que atendía la caja registradora y me ponía a buscar una mesa a la que sentarme. Todo había vuelto a la normalidad para Taylor. Qué pena que yo no pudiera decir lo mismo.

El almuerzo pasó en un abrir y cerrar de ojos. Yo había desconectado de Taylor y de las demás chicas y devoraba mis patatas fritas. Discretamente traté de examinar a cada persona que pasaba por la mesa, y a los que se sentaban a mi alrededor, con la esperanza de que la suerte me sonriera y viera aparecer aquellos ojos color avellana o aquel pelo negro, los de Archer Morales. No hubo suerte.

Tan pronto como acabé el almuerzo, me acerqué a mi taquilla para sacar los libros correspondientes a las siguientes clases. Seguir como si todo fuera normal y como si nada que pudiera alterar el día a día acabase de ocurrir era lo que menos me apetecía, pero si lo que quería era localizar a Archer, era lo mejor que podía hacer. Así que eso hice durante todo el día, y cuando digo que eso hice me refiero a que me las apañé para comportarme con la normalidad suficiente como para que la gente no notase que había algo en mí que no iba bien.

Caminé vacilante desde la clase de séptima hora hasta mi taquilla para así sacar mis cosas e irme a casa. Tenía una cita con la cama, un par de paracetamoles para acabar con el doloroso pálpito que notaba por encima del ojo izquierdo y una taza de té. Esperaba que, tras todo eso, pudiera dormir de un tirón. Si lo lograba sería capaz de pensar con más claridad y que se me ocurriera algún plan para encontrar a Archer. Asumiendo que todo esto no era un sueño, claro. Nunca antes me había dado cuenta de lo fina que era la línea que separaba los sueños de la realidad. De hecho, no era nada difícil confundir a los unos con la otra si no estabas muy bien… Y ese era, claramente, mi caso.

Metí todas mis cosas en el bolso tras abrir la taquilla, luego me di la vuelta para ir hacia el autobús y entonces me topé con alguien y me caí al suelo.

—¡Oh!

—Lo siento.

Dejando escapar un gruñido, me retiré el pelo de los ojos y miré hacia arriba a la persona con la que accidentalmente me había topado. Era Archer Morales.

—¡Tú! —jadeé, luchando para ponerme en pie—. ¿Qué haces aquí?

Él levantó una ceja y me miró confundido.

—La respuesta a eso es que yo estudio en este instituto. ¿Qué estás haciendo aquí, Hadley?

Era como si el cerebro se me hubiera puesto de repente en modo súper directo, y fuera incapaz de decir palabra o de actuar de un modo que no me hiciera parecer una loca. La cara que puso Archer mientras me miraba me dejó claro que ya era demasiado tarde para eso.

Asintió con la cabeza, educadamente, y se fue pasillo abajo a buen paso. ¿Solo treinta segundos de interacción y ya estaba alejándose de mí? Desde luego, no era una buena señal.

—¡Oye, espera un segundo! —Casi tuve que echar a correr para alcanzarlo—. ¿Cómo sabes mi nombre?

No creía haber dejado tal huella en él, aparte de que me recordara por una clase de hacía dos años.

Archer se detuvo al lado de las escaleras y se volvió para mirarme.

—Eres Hadley Jamison, la hija de ese impresionante abogado y de su esposa, una mujer de negocios. Fuimos juntos a clase de inglés el primer año. Te ponías colorada como una langosta cada vez que te miraba.

«Vaya, se acuerda de eso», pensé al tiempo que volvía los ojos. Pues qué bien.

—Bueno, supongo que yo... Espera un momento, ¿adónde vas?

Fui trastabillando escaleras abajo tras Archer mientras él seguía caminando a grandes zancadas. Puede que tuviera poca experiencia con los chicos, pero no era una tonta; estaba claro que estaba tratando de poner entre nosotros toda la distancia que le fuera posible. Por desgracia para él, dejarlo a solas no era opción para mí.

—Lejos de ti —gritó por encima del hombro.

Eso acabó por confirmar mis sospechas.

—Eso no... En fin, yo solo...

Me resultaba imposible pensar de manera coherente. Movía los pies más rápido que el cerebro, y eso no es que fuera de mucha ayuda para causarle una buena primera impresión.

—Lo que quiero decir..., lo que quiero decir es, ¿cómo estás? —pregunté, atragantándome con las palabras—. Ha pasado bastante tiempo desde la última vez que te vi. Quería hablar contigo.

—Claro, porque las chicas como tú habláis muy a menudo con chicos como yo —dijo él con un resoplido que bien podría haber sido una carcajada.

Alcancé la puerta antes de que se me cerrara en las narices y salí.

—¿Qué quieres decir con eso de «las chicas como yo»?

—Niñas ricas que no saben nada de nada —dijo impávido, algo que estaba acostumbrado a hacer, si lo pensaba bien.

Me hubiera echado a reír de no haber sido porque ese comentario me dolió mucho.

—¡Oye! ¡Si ni siquiera me conoces! —le grité.

—No me hace falta —respondió. Se metió entre una multitud que caminaba por la acera y desapareció de mi vista en unos pocos segundos.

Lo vi partir, sintiéndome derrotada para mis adentros. Aquello no había ido bien.

Como estaba desesperada y parecía estar pendiendo de la poca cordura que me quedaba, tomé el tren que cruzaba la ciudad para llegar hasta la iglesia donde había tenido lugar el funeral de Archer con la esperanza de encontrar al menos alguna señal de la Muerte que probara que todo esto no era más que una pesadilla.

Las puertas de la iglesia estaban cerradas con llave y no había ni una sola alma a la vista, así que tras husmear por allí durante unos minutos y sentirme absolutamente estúpida, decidí volver al Starbucks.

La cafetería estaba llena de gente, como cada tarde. Sin embargo, sabía desde el primer momento en que me puse de puntillas para mirar por allí que la Muerte no estaba entre toda aquella gente. Hubiera dejado escapar un grito de frustración de no haber sabido que, si lo hacía, me echarían a patadas de allí. En lugar de eso, decidí pedir un café moca y volver al metro.

Me llevó una hora o así llegar por fin a casa. Me las arreglé para meterme en mi habitación, donde me eché en la cama bocabajo y me quedé dormida enseguida. No soñé con nada y, cuando me desperté, fuera estaba oscuro, yo estaba rígida y no me sorprendió demasiado ver que en mi teléfono móvil la fecha que se veía era el 11 de noviembre.

Me levanté de la cama y fui al cuarto de baño, me quité la ropa y me metí bajo la ducha caliente durante media hora. La ducha no sirvió para ayudarme a que me relajara, como hubiera sido lo normal en cualquier otra ocasión. Salí y, tras envolverme en una toalla, me sentía más tensa y ansiosa que antes.

Me acerqué al lavabo para lavarme los dientes y, al ver las rayas negras que tenía en el brazo, dejé escapar un jadeo.

Cuando me acerqué el brazo a la cara un poco más, pude ver los pequeños números que tenía dibujados de una manera torpe en la muñeca. 27.

«Te quedan veintisiete días para evitar que Archer Morales se quite la vida».

Me froté los números con agua caliente, jabón y una esponja durante unos minutos, pero estaban como tatuados. Abrí el cajón donde guardaba mi variado surtido de bisutería y me puse a buscar hasta que encontré la ristra de perlas fantasma de los indios navajo que me había traído mi amiga Chelsea tras uno de sus viajes para visitar a su familia en Nuevo México. Me la puse en la muñeca y le di varias vueltas, improvisando un brazalete que fuera lo suficientemente grande como para tapar los números. Cuanto menos los viese, mejor. Según la leyenda, las perlas fantasma protegían contra los malos espíritus y las pesadillas y también contra el mal tiempo, algo que probablemente necesitaría durante los próximos veintisiete días.

Me puse el pijama una vez salí del baño y me deslicé de nuevo bajo las mantas de mi cama. No me dormí hasta bien pasada la medianoche, demasiado preocupada para cerrar los ojos y enfrentarme a lo que pudiera ver mientras soñara.

Capítulo 5

Un sueño puede ser real...
26 días antes

Estuve durmiendo durante lo que me parecieron cinco minutos cuando me desperté al sentir un dolor ardiente y muy fuerte en la muñeca. Me mordí los labios para evitar gritar; así de doloroso era. Me di la vuelta y encendí la lámpara de la mesilla, tirando de las perlas fantasma que me había enrollado en la muñeca. Notaba la piel de la muñeca más sensible según me iba sacando con cuidado el brazalete. El número 27 que había visto impreso en negro antes, había desaparecido sustituido por el número 26.

¿«Así» era como la Muerte iba a recordarme el poco tiempo que tenía para evitar que Archer se suicidara?

—Esto es una locura —murmuré para mis adentros, acunándome el brazo contra el pecho.

Eché un vistazo al despertador mientras me ponía con cuidado las perlas fantasma en la muñeca otra vez, y vi que eran las 2:49 de la madrugada. Solo me llevó un momento entender lo que estaba pasando. Si perdía un día a estas horas de la madrugada, eso debía de querer decir que era el momento en que Archer se había quitado la vida.

Me costó un rato volver a dormirme después de darme cuenta de esa circunstancia.

La lluvia caía fuera cuando volví a abrir los ojos. La frente me latía con fuerza. Durante la noche, me las había arreglado para enredarme entre las mantas. Rodé y saqué una mano en dirección a la mesilla para buscar el teléfono móvil. Al ver la hora que era, grité.

Eran las siete menos cuarto, lo que quería decir que no me quedaban más que quince minutos para vestirme y recoger todas mis cosas si quería llegar al autobús que paraba a la vuelta de la esquina y llevaba al instituto. Una pequeña parte de mí quería creer que lo de ayer había sido en realidad una pesadilla, pero la fecha que aparecía reflejada en mi teléfono móvil decía que hoy era 12 de noviembre.

—¿Qué es esto? —grité al techo. El techo no me respondió.

Salí rodando de la cama con un gruñido y me puse rápidamente la primera prenda de ropa limpia que encontré a mano. Después metí de cualquier manera todo lo que tenía que llevar en el bolso y entré en el cuarto de baño para cepillarme el pelo y ponerme un poquito de maquillaje para estar al menos mínimamente presentable. Me comí a toda prisa una barrita de cereales y me tragué un poco de zumo de naranja. Salí a la puerta, llamé al ascensor, entré y luego, tan pronto como las puertas del ascensor se abrieron, me eché a correr por el vestíbulo para llegar al autobús que esperaba fuera.

Se me había olvidado tomar un paraguas del armario del recibidor, así que para cuando llegué a poner el pie en los escalones del autobús estaba completamente empapada.

—¡Jesús! —Taylor dejó escapar un silbido bajo al tiempo que yo me dejaba caer en el asiento que estaba a su lado—. Tienes pinta de haber salido arrastrándote de un pantano.

—Gracias —dije—. Me hacía falta que me dijeran algo así.

Cuando llegué al instituto, esquivé a mis amigos, centrada en encontrar a Archer. Pensaba en qué iba a decirle cuando supiera dónde estaba: claramente, no lo había hecho muy bien el día anterior. No me hacía falta repetir la menos-que-amable conversación que habíamos mantenido. Tenía que ponerme las pilas y pensar en la mejor manera de acercarme a él.

No vi a Archer en toda la mañana, y cuando sonó el timbre de la hora del almuerzo, pasé de largo la cafetería y me fui a la biblioteca. La noche anterior estaba tan cansada que me había ido a la cama sin hacer los deberes, y ahora tenía que acabar una pequeña redacción sobre *El gran Gatsby* antes de la clase de inglés de quinta hora. Me senté a una de las mesas que estaba en la parte de atrás de la biblioteca, una zona tranquila, y me puse a redactar la explicación de por qué la novela de F. Scott Fitzgerald era una de las grandes obras del siglo XX, mientras pensaba que escribir aquello no era ni la mitad de importante que lo que debería estar haciendo: buscar a Archer.

Pasaron veinticinco minutos y casi había acabado la redacción. Me eché para atrás en la silla, estirando y agitando una mano para que se me quitara un calambre, cuando casi me caigo al suelo. Archer Morales estaba sentado en un sillón que había en un rincón, pasadas las estanterías de Ficción, Q-S, junto a una mesita baja en la que había depositado sus cosas.

Esto era real. Esto era increíble y terroríficamente real. Lo de ayer no había sido un sueño. Archer Morales estaba vivo de verdad.

Recogí mis deberes, lo metí todo en el bolso y me acerqué a él sin pensármelo dos veces. Levantó la vista del libro en que tenía metida la cabeza e inmediatamente volvió los ojos. Me apostaría algo a que estaba murmurando «otra vez tú».

Reprimí el sonrojo y me puse a hablar mientras todavía me quedara un poco de dignidad.

—Me siento como si ayer hubiéramos acabado mal. Soy Hadley Jamison.

Levanté la mano para dársela y la miró como si estuviera cubierta de sanguijuelas. Soltó un bufido medio carcajeándose.

—Totalmente innecesario, Hadley. —El modo en que pronunció mi nombre hizo que pareciera el remate de alguna broma—. Ya te dije ayer que ya sé quién eres.

—Yo, bien, es solo que pensaba que tal vez estaría bien que nos conociéramos mejor —dije—. Pareces un chico simpático y...

—Deja que te detenga justo ahí —dijo él, poniéndose en pie. Tuve que echar la cabeza hacia atrás para sostenerle la mirada, él era muy alto—. No sé a qué juego crees que estás jugando, pero si fuera tú, lo dejaría mientras estuviera a tiempo. A mí no me gusta.

—¿Qué? —De momento, me quedé parada—. No estoy jugando a nada. En realidad, solo... quería que fuéramos amigos, ¿sabes? —Para mis adentros pensé en lo ridículo que aquello debía de sonar. Ojalá se me hubiera ocurrido algo mejor.

—Bien, entonces, es problema tuyo —me dijo Archer mientras metía sus cosas en la mochila—. No soy un chico simpático y no quieres conocerme.

La verdad, yo no creía que no fuera simpático, ni tampoco pensaba que fuera esa su personalidad. Era cierto que se comportaba con tal calma que aquello me parecía que tenía que ser forzado. Entonces, ¿por qué se dedicaba a apartar constantemente a la gente de él? ¿Actuaba así con todo el mundo o solo con los que le decían más de cinco palabras seguidas?

Sonó el timbre, señalando el final de la hora del almuerzo y el principio de la quinta clase. Archer aprovechó la oportunidad para cortar la conversación y salió caminando rápidamente a través de la biblioteca.

—¿Por qué no me escuchas solo un segundo, Archer? —dije, corriendo tras él y agarrándolo de un brazo.

—Nunca antes habías hablado conmigo, Hadley —dijo él, mirándome. Le solté del brazo rápidamente y di un paso atrás—. ¿Por qué has cambiado de opinión, a ver? ¿Es alguna apuesta? ¿Es que se ha puesto de moda hacerse amigo de los parias del JFK?

—¡No! ¡Claro que no!

La Muerte me había dicho que no sería fácil, pero no tenía ni idea de que Archer pudiera ser tan… tan grosero.

—Déjame en paz —dijo él bruscamente—. Estoy empezando a cansarme un poco de permitir que me hagas perder un tiempo que no tengo.

«Amigo, no tienes ni idea del poquito tiempo que tienes», pensé.

—Todo lo que te estoy pidiendo —empecé a decir, respirando hondo— es que al menos tengamos la oportunidad de conocernos. Quizá podamos pasar un rato juntos una o dos veces. Lo que quiero decir es que nunca se sabe, ¿no te parece? Podríamos tener mucho en común o lo que sea.

Por la cara de curiosidad que puso, parecía como si se estuviera pensando de verdad lo que acababa de pedirle.

—¿Por qué? —preguntó al fin, poco después.

—¿Por qué qué?

—¿Por qué siquiera te importa?

Por medio segundo, estuve a punto de decirle la verdad. Que sabía que muy dentro de él se sentía suficientemente herido y desesperado como para quitarse la vida, y quería ayudarle por eso. Nadie se merecía pasar por todo eso solo.

—Porque… porque yo… —Me mordí el labio, tenía el estómago revuelto—. Bien, nadie debería estar solo. Todo el mundo necesita tener un amigo, ¿no?

Me di cuenta del error que había cometido tan pronto como esas palabras salieron de mi boca. Archer endureció su expresión y sus labios se convirtieron en una fina línea.

—¿He dicho yo que estuviera solo? —dijo él, con las cejas levantadas—. Dime, Hadley, ¿no se te ha ocurrido nunca que me guste estar solo? ¿No se te ha ocurrido nunca que en realidad no me gusta la gente y punto?

Aquello se me había ocurrido más de una vez desde nuestro encuentro de ayer, pero de alguna manera esperaba que me estuviera tomando el pelo.

—No, pero… lo llevas escrito en la cara —dije.

Era una tontería de niños, pero nos embarcamos en una tensión épica durante un rato. La intensidad de su mirada casi hizo que me temblaran las rodillas. Si iba siempre en ese plan, ya entendía por qué la gente lo evitaba siempre como si fuera la peste.

—De verdad, no pienso que seas tan difícil como la gente cree —solté—. Podrías tener un amigo.

Estrechó los ojos y su expresión, ya hosca, se intensificó.

—Parece que a partir de ahora tendré que ser más imbécil. No puede ser que la gente vaya por ahí sin pensar que soy «demasiado difícil».

Mentalmente archivé ese comentario para otro momento. Era algo de Archer sobre lo que tendría que fijarme más, y era el lugar perfecto para empezar a entenderle. O estaba bromeando, y eso lo dudaba, sinceramente, o de verdad apartaba a la gente de él a posta.

—Archer, yo…

—Mira, no necesito tu compasión —dijo él en un tono de voz plano—. Guárdate tu actuación de buena samaritana y déjame en paz.

Se alejó, sin mirar atrás ni una sola vez.

Yo me quedé allí sin más, sabiendo que iba a llegar tarde a clase y preguntándome qué sería lo siguiente que debería hacer.

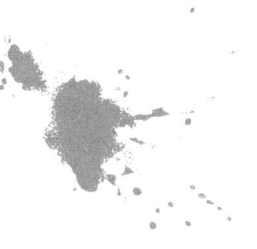

Capítulo 6

A la tercera...

Fue un alivio escapar de la clase de Gobierno de Estados Unidos para almorzar. La larga presentación del señor Monroe sobre la cámara de representantes me había provocado un dolor de cabeza, y era un milagro que no me hubiera dormido otra vez. Dejé mis cosas en la taquilla y regresé a la biblioteca. Esta vez no tenía deberes que acabar, pero esperaba que Archer estuviera en su escondrijo y poder hablar con él otra vez.

Me sentía como si fuera una acosadora, merodeando por ahí en busca de Archer, espiando su calendario de clases para saber dónde iba a estar. Caminé con rapidez a través de la biblioteca, mirando entre las estanterías, pero no lo vi ni a él ni a ese ceño permanentemente fruncido que siempre ponía por ninguna parte. Tal vez hoy había decidido tomar el almuerzo y acudir a la cafetería como cualquier otro alumno del instituto.

Bajé a la cafetería, me colé en la fila donde la gente esperaba para la comida, y compré una ensalada y unas patatas fritas, para luego plantarme en lo alto de las escaleras cerca del salón sénior e intentar localizar a Archer. Taylor no había venido hoy al instituto: me había enviado un mensaje anoche para decirme que pasaría el día visitando la ciudad con sus abuelos de Milwaukee, así que no almorzaríamos juntas.

Archer estaba sentado solo al fondo de la cafetería, a una pequeña mesa, con un libro abierto frente a él. Me las apañé para abrirme paso hasta él y me senté enfrente, abrí la tapa del bol de la ensalada y pinché un poco de lechuga y tomate con un tenedor, como si fuera normal que Archer y yo tomásemos el almuerzo juntos cada día.

La mirada de sorpresa que se dibujó en su cara dio paso rápidamente a otra de enfado mientras me miraba por encima del libro.

—¿Qué estás haciendo? —preguntó.

—Almorzar —dije—. ¿Qué si no?

Se atrevió a sacudir las manos ante mí en un gesto de rechazo.

Hundí el tenedor en la ensalada y entrecerré los ojos para mirarlo.

—Puedo sentarme donde quiera, ¿sabes?

Archer tomó su libro otra vez y lo abrió, señalando obviamente que nuestra conversación había terminado.

Alargué el brazo sin pensar y le arrebaté el libro.

—¿Qué estás leyendo? —Eché un vistazo por las páginas, manteniendo el libro lejos de él ya que intentó recuperarlo inmediatamente.

—¿*Romeo y Julieta*? —dije sorprendida, mirándolo de nuevo—. ¿Estás leyendo *Romeo y Julieta*? No te tenía por uno de esos tipos a los que les gusta Shakespeare.

—No sabes nada de mí, Hadley —me soltó. Me sorprendió ver que las mejillas se le ponían ligeramente coloradas. ¿Le daba vergüenza que hubiera descubierto que estaba leyendo *Romeo y Julieta*?—. Tengo que tomar notas para la clase de Literatura. Devuélvemelo.

Volví a mirar la página que tenía delante, en la que se narraba el primer beso que se habían dado Romeo y Julieta durante la fiesta en casa de los Capuleto. Al margen, con mala letra, había una nota sobre Romeo:

> Romeo es un idiota. Está ciego de amor por una chica a la que casi ni conoce. No se da cuenta de que el amor será su perdición. Sería mejor que en adelante dejara de pensar en Julieta. El amor nunca acaba bien para nadie.

Después de leer aquello, no supe qué pensar.

No era una fan de aquella historia de amor tan tontorrona, pero parecía como si Archer la detestara. Me preguntaba si aquel muchacho tendría una idea pesimista y equivocada del amor y si en realidad estaba perdiendo la paciencia con Shakespeare.

Le devolví el libro y lo guardó en su mochila, y mientras lo hacía todavía le quedó tiempo para lanzarme una mirada asesina.

—¿Sueles ser siempre así de asqueroso? —protesté—. Solo intento conocerte. Lo que quiero decir es, a ver, fíjate en lo que tenemos ya en común: a ninguno de los dos nos gusta Shakespeare, a los dos nos gusta la carne con patatas fritas. Imagínate qué más podríamos tener en común si saliéramos.

—Qué convincente —dijo él con sarcasmo.

—Pero es algo por lo que empezar —señalé.

Me miró con dureza durante un buen rato. Seguro que tenía la cabeza llena de ruedas dentadas dando vueltas, casi podía verlas, las ruedas y los dientes de las ruedas.

«Por favor, intentémoslo», pensé.

Fue como si hubieran pasado eones antes de que dijera algo. Su voz me pareció entrecortada y firme al tiempo que sopesaba cuidadosamente sus palabras.

—Muy bien. De acuerdo. Solo para que veas que no tenemos nada en común. Así dejarás de hacer el experimento social que sea en el que estés embarcada y me dejarás en paz.

—¿De acuerdo? —repetí. No me enteré de la última parte acerca de que lo dejara en paz—. ¿De verdad?

Una ligera sonrisa curvó su boca al tiempo que se echaba hacia atrás en su asiento, cruzando los brazos sobre el pecho.

—A no ser que ya no quieras. Personalmente, espero que ese sea el caso.

—¡No, no, no lo es! —dije a toda prisa—. Yo solo... Estoy sorprendida, eso es todo. Sorprendida de que hayas aceptado, la verdad.

—Aceptar es una palabra muy fuerte —dijo con frialdad—. Nos vemos fuera, frente a la puerta de entrada, cuando suene el último timbre. Y date prisa. No voy a quedarme ahí esperándote.

Tan pronto como acabó de hablar, sonó el timbre. En un segundo se puso en pie, colgándose la mochila del hombro, y yo hice lo mismo.

—Entonces —dije—, te veo después de clase, ¿no?

Ladeó la cabeza y me echó una mirada más o menos confusa.

—De acuerdo. Lo que sea —dijo.

Salió y rápidamente desapareció entre el gentío de estudiantes que salían de la cafetería. Parecía que me esperaba una tarde poco agradable.

—Hadley, Hadley, Hadley —murmuré, masajeándome las sienes—. ¿En qué lío te has metido?

Capítulo 7

Pastelillos de cereza y Geometría

Encontré a Archer fuera, apoyado contra el poste de una farola, una vez hubieron terminado las clases, con la nariz metida en *Romeo y Julieta* otra vez. No pude disimular un suspiro de alivio. No me había dejado plantada. Esa era una buena señal.

—Hola —dije, nerviosa, según me acercaba hacia él.

Levantó los ojos del libro y asintió ligeramente con la cabeza a modo de saludo.

—Bien. —Me tambaleé sobre los tacones, con las manos juntas detrás de la espalda—. ¿Qué quieres hacer?

Archer guardó el libro en la mochila, se la colgó al hombro e hizo un gesto señalando a la acera.

—Se me ha ocurrido algo. Por aquí.

Casi tuve que correr para seguirle el paso, daba zancadas muy largas, mientras pasábamos de largo los autobuses que esperaban en la parada de fuera del instituto. Habíamos hecho medio camino bajando por la acera cuando oí que alguien me gritaba desde atrás:

—¡Hadley! ¡Espera! ¡Oye, Hadley!

Me volví y vi a una de mis amigas, Brie Wilson, corriendo hacia mí. Se le cambió la cara cuando vio a Archer junto a mí.

—Hola, Brie —dije mientras se acercaba, lanzándole a Archer una mirada ansiosa.

—Hola —dijo ella sin respiración—. Mmm... Me estaba preguntando...

La cara que mi acompañante estaba poniendo era casi de risa, mientras Brie lo miraba como si estuviera viendo al mismísimo diablo.

—¿No vas a...? ¿No vas a ir a casa de Chelsea esta noche? —me preguntó, mordiéndose un labio—. Como los abuelos de Taylor están en la ciudad, vamos a ver *America's Next Top Model*. ¿Recuerdas?

—Pues... no, lo siento. Yo iba a...

—Lo lamento, Brie —dijo Archer educadamente—. Hadley y yo íbamos a salir juntos hoy.

—Oh. Vaya. Claro. —Brie levantó una ceja como indicando que no entendía nada al tiempo que empezaba a retirarse—. Claro.

—Fui a una clase de Arte con Brie el pasado semestre —dijo Archer cuando empezamos a caminar otra vez—. Es una chica «lista» de veras.

La voz de Archer desprendía sarcasmo, lo que me resultó bastante incómodo. No hacía falta que insultara a mis amigas cuando ni siquiera las conocía. Brie era «lista» de verdad, lo que pasaba era que prefería aparentar que no lo era porque creía que a los chicos del instituto les gustaban más las chicas despistadas, algo que fastidiaba al resto de nuestro grupo, que le repetíamos que ella era estupenda tal como era.

Apreté el paso para seguir a Archer cuando este se puso en marcha por la acera otra vez. Para cuando se detuvo, habíamos recorrido una distancia considerable y los pies empezaban a dolerme.

Estábamos de pie en la acera en la parte más descuidada de Manhattan, junto a un edificio de ladrillo rojo que se encontraba en un estado bastante lamentable. Por encima de la puerta, balanceándose con la brisa helada, colgaba un cartel en azul y blanco que decía: Cafetería Mama Rosa's... ¡Un toque de sabor italiano desde 1898! Estaba escrito en letras negras medio descascarilladas.

El lugar era viejo, eso estaba claro, pero tenía cierto encanto, aunque no sabría bien decir por qué.

—Caramba. —Miré a Archer—. ¿Qué es esto?

—Es una cafetería de la familia —gruñó antes de entrar.

Me apresuré a sujetar la puerta y de inmediato, según cruzaba el umbral, un aire acogedor me envolvió. Pronto, el rico aroma del chocolate y el café me llegó a la nariz según miraba a mi alrededor.

Las paredes de madera estaban cubiertas por unos tapices tejidos con gran complejidad y también había cuadros de lo que parecían ser distintos paisajes campestres. A la izquierda había una gran chimenea de mármol en la que ardían unos troncos, algo que te daba una cálida bienvenida cuando venías del frío de fuera. Frente a ella se encontraba un sofá rojo lleno de gente, acompañado de sillones a juego. A un lado, apoyado contra una de las paredes, había un viejo piano que parecía haber estado acumulando polvo durante años.

Los suelos de madera estaban rayados y eran de esos que crujen cuando alguien camina sobre ellos. Varias mesas redondas y cuadradas estaban repartidas por todo el lugar con tres o cuatro sillas alrededor de cada una de ellas. Había gente sentada a las mesas, tazas de café y pasteles a medio comer o boles de sopa frente a ellos mientras jugueteaban con sus ordenadores portátiles o leían libros o revistas.

Hacia la parte delantera de la cafetería había una barra larga con una caja registradora antigua y una vitrina con pastelería del día. Una enorme pizarra colgada de la pared mostraba escritos en tizas de colores los distintos tipos de comida o bebida que el local ofrecía.

A Archer no parecía importarle que hubiera otras personas en la cafetería, porque gritó mientras entraba por detrás de la barra y cruzaba una puerta:

—¡Mamá! ¡Abuela!

Oí una voz áspera que gritaba en algo que pensé que era italiano y luego una mujer mayor bastante bajita salió bulliciosa desde una puerta de atrás.

Tenía el cabello de tonos grises, recogido hacia atrás en un moño tenso que le quedaba a la altura del cuello, y llevaba unas gafas colgando de la punta de una nariz algo torcida. Vestía una falda larga de color gris y un cárdigan a juego, y un minuto después me di cuenta de que había visto antes a aquella mujer, en una realidad que afortunadamente no era la que estaba viviendo ahora. Era la abuela de Archer, aunque no me acordaba de cómo se llamaba.

—Bueno, ya era hora de que vinieras, muchacho —ladró la anciana. Tenía la voz como si se fumara un paquete de cigarrillos al día—. Me preguntaba cuándo te dejarías ver.

—Lo siento —dijo Archer, tomando un pastelillo de cerezas de la vitrina—. Yo...

Una mujer a la que de inmediato reconocí como la madre de Archer apareció desde la misma puerta, casi con el mismo aspecto que tenía cuando la vi por primera vez, salvo porque ahora estaba sonriendo. Llevaba un suéter de color rojo desteñido y un delantal negro cubierto de harina, pero a pesar de lo cansada que parecía se la veía guapa.

Aquello era demasiado raro para expresarlo con palabras.

La última vez que había visto a aquellas dos mujeres había sido en el funeral de Archer, y ahora él estaba ahí, junto a ellas, contrariado mientras se comía un extraño pastelillo de cerezas.

—Hola, cariño —le dijo Regina Morales—¿Has...? Oh.

Se detuvo a media frase y me miró con unos ojos color avellana bien abiertos.

—Lo siento —repitió Archer—. Estuve esperando a alguien al salir del instituto.

La mirada que me dirigió decía con claridad que era yo ese «alguien» a quien había estado esperando.

—Oh —dijo Regina otra vez, todavía sorprendida—. Hola.

—Hola. —Podía sentir cómo las mejillas se me ponían coloradas.

—¿Es tu novia, muchacho? —preguntó la anciana sin rodeos, mirando por encima de la montura de las gafas que llevaba para evaluarme con ojos astutos.

—«No» es mi novia —gruñó Archer al tiempo que daba un mordisco al pastel.

—Bien, ¡hola! —dijo Regina, alargando la mano para dármela, con una sonrisa educada en la cara que desechó cualquier resto de fatiga de ella—. Soy Regina, la madre de Archer.

—Hola —dije, haciendo todo lo que pude por devolverle la sonrisa—. Soy Hadley.

Ver a Regina y comportarme como si nunca la hubiera visto antes cuando sabía muy bien que sí la había visto... ¿Cómo se suponía que iba a actuar con esta gente?

—Soy Victoria —dijo la anciana, sin ofrecerme la mano para que se la diera—. La abuela de Archer.

—Encantada de conocerla —dije educadamente.

Victoria resopló, como si yo le pareciera inaceptable, y se volvió hacia Archer.

—Bien, será mejor que te pongas a trabajar, muchacho. Hay platos sucios en la trastienda.

—Muy bien —dijo Archer, comiéndose lo que quedaba del pastelillo de cerezas—. Deja solo que...

—Oh, Archer no tiene que trabajar hoy, mamá —dijo Regina rápidamente, posando las manos en los hombros de su madre—. Seguramente tendrá deberes que hacer. Y no estaría bien que dejara sola a Hadley.

—Preferiría estar lavando platos —murmuró Archer.

Cuando se diluyó en el aire aquel comentario, casi me llevé una mano a la frente. Naturalmente.

Archer me había traído aquí para poder trabajar, pensando que no querría estar por ahí dando vueltas para que no me hicieran caso y quedarme sola. No era más que un truco para que me fuera tan pronto como fuese posible. Y no solo eso, habíamos venido a pie hasta aquí desde el instituto JFK cuando sabía de sobra que habríamos podido tomar el tren y hacer el trayecto en mucho menos tiempo y sin que luego me dolieran los pies. Archer trataba de conseguir que abandonara, y estaba segura de que no sería la última vez.

—Tontorrón —refunfuñó Victoria, sacudiendo la cabeza, como si todos los problemas del mundo se debieran a que su nieto no fuese a lavar los platos—. Bien, al menos, tendrás que ir a cuidar de tu hermana cuando vaya a buscarla. Ya es tarde. Date prisa, ¿de acuerdo?

La mujer se fue por la puerta de atrás con otro gruñido de desaprobación.

—Disculpa a mi madre —me dijo Regina, avergonzada—. El lóbulo central del cerebro se le dañó hace unos años tras un infarto. No piensa lo que dice. ¿Por qué no os vais Archer y tú a hacer los deberes y luego os llevo yo algo para picar y un chocolate caliente? —Me dedicó otra sonrisa antes de echar una reprimenda con la mirada a su hijo que decía a las claras que tenía que dejar aquella actitud.

Archer la fulminó con la mirada, disgustado, pero sin atreverse a contrariarla.

—Vaya —dije—. Eso sería… estupendo, gracias.

La verdad era que se me estaba haciendo difícil no echarme a reír a carcajada limpia al ver la cara que ponía Archer al darse cuenta de que sus planes para dejarme plantada no le habían salido como esperaba. Fue detrás del mostrador y sacó una mesa de la parte de atrás. Sonreí a Regina agradecida y seguí a Archer. Yo también intentaría hacer parte de los deberes. Me senté a la mesa frente a él y me acerqué el bolso, para luego sacar el cuaderno de Geometría. Aquella asignatura era la que menos me gustaba, así que siempre tardaba más en hacer los deberes.

Archer estaba hurgando en su mochila y acabó sacando el libro de Cálculo, lo que parecía el de Literatura, *Romeo y Julieta*, *La vida de Frederick Douglas* y un puñado de cuadernos.

—Mierda —dije—. ¿Tienes que hacer todo eso? ¿A qué clases vas?

Dejó el puñado de cuadernos en la mesa y miró a mis deberes.

—No es Geometría correctiva, eso seguro.

—Divertido —murmuré, volviendo los ojos—. No soy buena en Matemáticas. Muy bien.

Estuvimos un rato en silencio, no sabía qué decir, antes de que Regina pasara y nos trajese dos tazones llenos de chocolate caliente con crema, un toque de canela y trocitos de chocolate espolvoreados. También trajo un plato con galletas, otro pastelillo de cerezas y un enorme rollo de canela.

El chocolate caliente estaba delicioso y me calentó hasta los dedos de los pies. Tomé nota mental de pedirle la receta más tarde.

—Bien. Mmm. —Me eché hacia atrás en la silla, dando un mordisco al rollo de canela—. ¿Tienes una hermana pequeña?

Archer levantó la mirada de lo que estaba haciendo y frunció el ceño.

—Sí. Rosie.

Contuve una sonrisa, recordando lo adorable que había sido la niña la noche en que la conocí, y eso a pesar de haberlo hecho bajo unas circunstancias menos que deseables.

—¿Cuántos años tiene? —pregunté.

—Cinco —repuso él, rápidamente. Siguió mirando hacia abajo, moviendo el lápiz con diligencia—. Hace que me suba por las paredes más a menudo de lo que me gustaría.

Esa vez, sonreí.

—Pero la quieres.

Archer apretó los labios en una fina línea al mirarme otra vez.

—¿Ya has acabado con tu psicoanálisis, Freud?

Volví a mi trabajo de Geometría, mordiéndome el labio para evitar responderle.

Si el gigantesco rollo de canela y el chocolate caliente me distraían, mirar a Archer hacer los deberes me distraía mucho más. Los hacía casi sin esfuerzo. Ojalá yo pudiera hacerlos así.

Pero no era el caso, especialmente porque seguía mirando a Archer al tiempo que intentaba aplicar una fórmula mientras tamborileaba con los dedos sobre mi pierna. Sentía ese miedo irracional de que, si dejaba de mirarlo, desaparecería, y entonces me despertaría y pensaría que todo había sido un sueño.

Y cuantas más miradas le echaba, más cuenta me daba de lo atractivo que era. Llevaba una camisa negra arremangada hasta los codos, y parecía que hacía suficiente ejercicio como para mantenerse en forma. El pelo se le empezaba a rizar en el cuello y parecía suave al tacto. Tenía una cara tan bonita que parecía imposible que estuviera siempre frunciendo el ceño y pensativo todo el rato. Fruncir el ceño no le pegaba.

Cuando Archer me sorprendió mirándolo me di cuenta de que me había pasado así los dos últimos minutos. Metí la cabeza en mis deberes a toda prisa, pero no antes de que pudiera ver que me echaba una mirada como diciendo «esta está mal de la cabeza».

«Céntrate en la geometría», me dije a mí misma. Aunque eso era mucho más emocionante.

Una hora después, había caído la noche, y ya hacía rato que habíamos devorado el plato de galletas y los rollos de canela. También me había quedado ya más que claro que este trimestre suspendería Geometría. Eso, y también que Archer era el segundo maldito Albert Einstein.

—Déjalo. —Yo estaba gimoteando de un modo patético—. Que le den a la Geometría. Debería abandonar el instituto ahora y salir en busca de una caja de cartón y…

Archer tomó mi libreta de Geometría y le echó un vistazo. Le llevó medio segundo echarse a reír. No es que dejara escapar una risilla ni nada de eso, es que se puso a reír con todas sus fuerzas, sacudiendo los hombros y echando la cabeza hacia atrás. Se estaba riendo tan fuerte que la poca gente que había sentada a nuestro alrededor nos lanzaba miradas de curiosidad.

Me sorprendió con la guardia baja verlo reírse con una risa tan profunda. No me importaría volver a escuchar a Archer Morales reírse otra vez. Me di cuenta de que me gustaría que lo hiciera más a menudo.

—¿Esto? —dijo Archer con un jadeo—. ¿Tienes problemas con el teorema de Pitágoras?

Crucé los brazos con fuerza, tratando de no hacer caso del calor que me inundaba las mejillas.

—No todos somos genios de las Matemáticas.

—Sí, pero el teorema de Pitágoras se aprende en primaria —me dijo, altivo—. Hasta tú tendrías que poder hacer esto.

—¡Oye! ¿Qué quieres decir con eso de «hasta yo»? —pregunté indignada.

Archer no me hizo caso, pasó a una página en blanco de mi cuaderno y empezó a escribir números.

—¿Qué estás haciendo? —pregunté.

—Voy a enseñarte cómo se hace.

Lo miré con los ojos muy abiertos. No podía creerme que me estuviera ofreciendo su ayuda.

—¿De verdad?

Volvió los ojos, haciendo un ruido de enfado.

—No lo hago por ti. Es que ver cómo haces los ejercicios de Matemáticas me da urticaria. Pitágoras debe de estar revolviéndose en su tumba ahora mismo.

No me importaba demasiado la mordacidad de sus afirmaciones, pero por desgracia, parecía que él sabía lo que hacía, y a mí me hacía falta toda la ayuda adicional que pudiera conseguir. Unas cuantas clases particulares no le hacían mal a nadie.

Me costó otros buenos quince minutos poder decir con confianza:

—¿Así que sustituyo A2 y B2 con diecisiete y tres y luego despejo C2?

Archer soltó el lápiz, echándome una mirada de exasperación.

—¡Por fin! ¡Lo ha entendido!

—Muchas gracias por tu ayuda —dije amargamente—. Es bueno saber que eres un profesor tan altruista.

—¿Cómo puede ser que no seas capaz de resolver un simple problema de Geometría pero que utilices palabras como «altruista»? —dijo Archer frunciendo el ceño, empujando hacia mí los deberes.

Había dado en el clavo, supongo, y es que las Matemáticas me daban igual. Todo lo que tenía que ver con ellas hacía que quisiera hacerme un ovillo y echarme a llorar. Lengua era una asignatura mucho mejor en mi opinión.

—No puedo con las Matemáticas porque son un invento del diablo —dije—. Y me gusta dormir con un diccionario bajo la almohada.

A juzgar por cómo me miró, creo que pensó que yo era un bicho raro.

—Eres un bicho raro —dijo—. Bastante raro.

Tenía razón. ¿No había firmado un contrato con la Muerte? Era rara, sí.

Eran cerca de las siete cuando empecé a empaquetar mis cosas para irme a casa. Mama Rosa's cerraba a las siete y Archer dijo que tenía que ayudar a su madre a cerrar.

—Gracias por ayudarme con las Matemáticas y todo eso —le dije mientras él organizaba todos sus deberes, que ya tenía hechos—. Este local vuestro es muy acogedor.

—Claro —dijo él, aunque con bastante poco entusiasmo.

Supuse que aquella sería la mejor despedida que me ofrecería, así que me encaminé hacia la puerta de entrada tras agradecer a Regina una vez más el chocolate caliente y lo demás. Fue entonces cuando se me ocurrió una idea, una manera de hacer que Archer quisiera ser mi amigo sin necesidad de rebajarme a rogárselo.

—Tengo una propuesta que hacerte —dije, volviéndome de nuevo hacia él cuando estaba ya a medio camino de la puerta.

Archer levantó la vista de uno de sus libros, que estaba guardando en la mochila, como si se hubiera quedado de piedra.

—¿Qué clase de propuesta?

—Te propongo que me des clase de Geometría.

Me miró expectante, con las cejas levantadas.

—¿Y?

—Solo eso —dije—. Simplemente, te agradecería mucho que me ayudaras con la Geometría. Mi madre me matará si saco otra C en Matemáticas.

El año pasado casi había suspendido Álgebra, a pesar de que iba a clase tres veces por semana y de que hice un montón de trabajo extra para los créditos. No me apetecía nada repetir la experiencia, y esta parecía la excusa perfecta para poder acercarme a Archer. A pesar del poco tiempo que habíamos pasado juntos, sabía que él no sería tan desagradable y grosero como trataba de aparentar. Ningún tipo grandote y duro se derretiría cuando le hablabas de su hermana pequeña como él lo había hecho.

—¿Y qué gano yo con darte clase? —dijo Archer, cruzando los brazos sobre el pecho.

El corazón me dio ese saltito estúpido en el pecho. ¿Lo estaba pensando de verdad?

—Disfrutarás de mi encantadora compañía —dije, intentado sonreír—. De mis encantadoras miradas. Y comeremos toda la carne con patatas fritas que quieras.

Tal vez fuera un efecto de la luz, o quizá mi sobreestimulada imaginación que estaba a tope, pero juraría que Archer se había puesto colorado. Tenía las mejillas de un color rosa brillante cuando apartó la mirada, al tiempo que se aclaraba la garganta mientras hacía como que estaba muy ocupado con su mochila. ¿Qué había podido decir yo para que se pusiera colorado?

—Lo haré por las patatas fritas.

Traté de no dejar escapar un grito de éxtasis.

—¡Fabuloso!

—No te emociones demasiado —murmuró—. De verdad tengo que ayudar a cerrar el local, así que, si no te importa… —Apuntó a la puerta con un dedo, en una clara invitación para que me fuese.

Dije buenas noches y le agradecí de nuevo su ayuda, a lo que él respondió con un gruñido. Estaba claro que ya había hablado lo suficiente por hoy.

Salí de la cafetería, sintiéndome un poquitín satisfecha. Tomé el tren que cruzaba la ciudad y pasé lo que quedaba del día haciendo los deberes que había dejado de lado para apretar más en Geometría. Todavía me sorprendía que Archer hubiera siquiera aceptado ayudarme, aunque si era el perfeccionista que yo empezaba a ver, tenía sentido que quisiera ayudarme en algo que para él era tan fácil como la Geometría.

Corrí de camino a casa hasta el edificio de apartamentos donde vivía, deseando haberme llevado esa mañana una prenda de abrigo más gruesa. Hacía demasiado frío para esta época del año, y no me gustaba. Mientras me acercaba al edificio, Hanson, el portero, miró a su reloj de pulsera.

—Llegas un poco más tarde de lo normal para ser un día laborable, ¿no te parece?

—Había quedado con un amigo —dije, sin poder ocultar una sonrisilla.

—Bueno, bueno —dijo Hanson, también con una sonrisa—. ¿Un nuevo amigo?

—Sí —repuse—. Incluso me ha ayudado a acabar los deberes de Geometría.

A Hanson le sorprendió aquello. Nunca había ocultado que no me gustaban las Matemáticas, así que el hecho de que no estuviera llorando amargamente por los deberes era un cumplido de proporciones épicas.

—Bien, eso es estupendo, ¿no?

—Hanson, no se hace una idea.

Capítulo 8

A palabras necias...
22 días antes

—Hoy no vas a almorzar con nosotros, ¿verdad?

Cerré de un portazo mi taquilla mientras sujetaba los cuadernos y los libros en los brazos, ofreciendo a Taylor una mirada de disculpa. Era lunes, y era demasiado pronto para que se me ocurriese una buena respuesta a esa pregunta.

Ella estaba apoyada contra la taquilla que estaba junto a la mía, con los brazos cruzados sobre la camiseta brillante de diseño que llevaba. Estaba poniendo una cara poco habitual. Tenía los ojos juntos y estaba más o menos haciendo un mohín, pero al mismo tiempo parecía como si estuviera muerta de ganas porque le contara algo más.

—Así que vas a sentarte con Archer otra vez —dijo al ver que no le contestaba.

No me resultaba fácil decir si estaba enfadaba porque no le hubiera hecho mucho caso últimamente, o si se estaba divirtiendo a mi costa.

—No es un mal chico, Taylor —dije tensa—. En realidad, es... encantador.

De acuerdo, decir que Archer era «encantador» estaba bastante lejos de la realidad, pero me había dado cuenta en los últimos días de que había momentos en que no era como quería aparentar ante la gente para apartarla. Y eso me lo tomé como una victoria.

Taylor levantó una ceja, mirándome como si no se lo creyera, pero entonces dejó escapar una sonrisa y luego le dio la risita tonta. Siguió así hasta que se quedó sin resuello, haciendo que yo me sintiera más confusa de lo que estaba antes.

—¿Qué es lo que te hace tanta gracia? —exigí, preguntándome si debería sentirme ofendida o no.

—Oh, nada, nada, claro que no —dijo Taylor, sacudiendo una mano—. Es solo que debes de estar bastante mal si crees que alguien como Archer es «encantador».

—¿Perdón?

—Vamos, Hadley, sé que no eres «tan» tonta.

—¿De qué hablas?

Me temía que sabía exactamente lo que iba a decirme, pero deseaba equivocarme.

—Admítelo —soltó Taylor, sonando exasperada—. Archer te gusta.

—¿Qué? ¡No!

Debería haber sabido desde el principio que era ahí adonde Taylor quería ir a parar. Apreté los dientes mientras ella empezaba a parlotear acerca de que no podía creerse que me hubiera enamorado de alguien como Archer Morales, entremezclando la risa y las palabras.

—Mira, Taylor —dije mientras metía mis cosas en el bolso, enderezándome—. Sé que estoy un poco dispersa ahora, lo siento, pero te juro que no estoy enamorada de Archer, ¿de acuerdo? Él solo es… solo es…

En realidad, ¿qué era Archer para mí? Me habría estado mintiendo a mí misma si dijera que no sentía algo por él, porque lo sentía. Pero no de esa manera. Esto no iba de eso. No podía ser, no. Ni siquiera era una opción cuando los días corrían sin cesar en mi contra. Lo que sentía era preocupación. Posesividad. Una necesidad de asegurarme de que estaba vivo. Estaba bastante segura de que la Muerte no quería que me estrellara, así que no lo haría. Entonces, ¿qué me pasaba con él?

—Archer es solo… ¿Qué? —preguntó Taylor, parecía divertida.

—No es más que un chico —dije de un modo poco convincente para acabar la frase, aunque sabía que era mucho más que eso.

—Pues has estado pasando mucho tiempo con ese «chico» últimamente —dijo Taylor, otra vez con la risa tonta—. No estoy muy segura de lo que ves en él, pero llevo tiempo esperando a ver si mostrabas interés por alguien, así que supongo que Morales tendrá que ser suficiente por ahora.

—¿Perdona? —solté, sorprendida con la guardia baja—. Solo porque no me ponga a perseguir chicos no quiere decir que…

—¿Te ha pedido una cita?

—¡No! Nosotros no…

—¿Te ha besado?

—¡No!

Taylor soltó un suspiro mientras se peinaba la melena por encima del hombro, pretendiendo aparentar que la había herido.

—Bien, cuando decidas que quieres contarme la verdad sobre Archer, ya sabes dónde encontrarme.

—¡Te estoy diciendo la verdad! —Era una pérdida de tiempo intentar quitarle de la cabeza la ridícula idea de que Archer me gustaba. No podía decirle la verdad y contarle por qué iba siempre con él.

—Es solo que…

Taylor interpretó otra sonrisa dramática antes de alejarse, echándose a reír en cuanto lo hizo. No sabía decir si para ella todo esto era lo más divertido que le había ocurrido nunca, o si solo estaba tratando de sonsacarme. Probablemente las dos cosas.

Me apoyé sobre mi taquilla y exhalé profundamente, frotándome la sien con el talón de la mano. Una parte de mí quería echar a correr tras ella y contarle todo lo que estaba pasando, por qué no tenía otra elección que seguir a Archer como si fuera un perrillo perdido y estúpido; habría sido un alivio compartir aquello al menos con una persona. Y Taylor «era» mi mejor amiga. Pero incluso así, pensaba que no me creería. No podía permitirme perder ni una sola oportunidad de pasar tiempo con Archer, pero echaba de menos sentarme con las chicas a la hora del almuerzo. Y salir con Taylor después del instituto. E incluso nuestras maratones de *Top Model*.

Pero me quedaban veintidós días. Ya era suficientemente malo no poder molestar a Archer durante el fin de semana para saber más de él. Habían pasado dos días. El sábado dudé si ir a Mama Rosa's y ver si él se encontraba allí, pero pensé enseguida que sería acosarlo demasiado. Tenía que poner el límite en alguna parte. Y sospechaba que, si lo presionaba demasiado, se retiraría a aquel rincón de la biblioteca y no volvería a hablarme nunca más.

A pesar de mi casi discusión con Taylor, aquella mañana sucedió algo bueno. Me puse a hacer cola para el almuerzo y tan pronto como tomé unas patatas fritas y un sándwich de pavo, me puse a mirar por la cafetería a ver si veía a Archer.

Y había novedades. Novedades de verdad.

Traté de no gritar cuando por fin llegué a la mesa en el fondo de la cafetería, con éxito.

—¡Archer!

Dejé mi comida sobre la mesa y me senté en la silla que quedaba frente a él.

El alargó un brazo para hacerse con un puñado de mis patatas fritas y se metió una en la boca, ofreciéndome una especie de sonrisa divertida.

—¿Tanto te emociona verme?

—No, no seas tonto —dije, con la esperanza de que no se diera cuenta de que casi no podía respirar—. Pero mira.

Saqué del bolso el examen de Geometría y lo dejé en la mesa para que pudiera contemplar el milagro por sí mismo.

Lo miró y sonrió.

—¿B+? ¿Estás contenta con un B+?

—Bueno, verás. Suspendí el último examen. —Tras las clases en Mama Rosa's y una sesión extra en la biblioteca a principios de semana, pensaba que estaba empezando a ser bastante buena en Matemáticas, la verdad.

Me puse a desenvolver el sándwich de pavo y le di un mordisco mientras Archer parecía como si fuera a empezar a reírse otra vez.

—Bien —dijo, empujando el examen hacia mí—. Parece que no eres un caso perdido. Debo de ser un buen profesor.

—No presumas —bromeé—. Solo has tenido sido suerte.

—Sí, claro —resopló—. ¿Suerte? ¿Yo? De acuerdo.

—Eres tremendamente pesimista —dije—. ¿Lo sabías?

Archer se atragantó con un par de patatas fritas, encogiéndose de hombros.

—La mayor parte de las veces, la gente tiene un motivo para reaccionar de una manera.

No estaba bromeando. Yo tenía mis razones para firmar aquel contrato, y quería creer desesperadamente que eran buenas. Archer había tenido sus razones para quitarse la vida en el pasado. Y con suerte pronto sería capaz de hacer que las compartiera conmigo y así evitar que hiciera lo que hizo.

—De acuerdo —asentí lentamente—. Pero… mira. Con solo dos clases y ya he superado la Geometría. No está tan mal que me siente contigo durante el almuerzo, ¿no?

—Quizá, para ti no.

Mantuve los ojos fijos en la mesa mientras jugueteaba con el envoltorio del sándwich.

—¿De verdad te molesto tanto durante el almuerzo?

No habría cambiado nada que Archer me dijera que yo era la pesadilla de su existencia. Se diera cuenta o no, nuestros destinos estaban unidos hasta nuevo aviso. Yo solo quería conocer la respuesta por mí misma.

Archer se pasó bruscamente una mano por el pelo.

—Hadley, solo porque yo...

—Bien, ¿qué tenemos aquí? Por fin Archer Morales tiene novia.

Ambos nos volvimos al oír la voz altanera que interrumpió nuestra conversación. De pie junto a nuestra mesa había un muchacho alto y fornido con el pelo cuidadosamente engominado y la sonrisa más arrogante que cualquiera pudiera poner. Era Ty Ritter, el chico de oro del JFK porque su padre era un fiscal de éxito que poseía una buena parte del Upper East Side. Ya había hablado antes con él —Taylor tenía a gala flirtear con los chicos que iban con Ty— pero no podía imaginarme qué estaba haciendo, rebajándose a hablar con los pobres. De acuerdo con las normas del instituto, Archer no estaba en el mismo círculo social que Ty. A juzgar por la cara de disgusto de Morales, sabía bien quién era Ty, y yo suponía que nunca había habido una charla amable entre ambos.

Me preguntaba si tendría algo que ver con el dinero. Los estudiantes del instituto JFK llegaban aquí bien porque eran inteligentes o bien porque sus padres podían pagarlo. Yo estaba en el segundo grupo, aunque tenía notas altas en inglés e Historia, lo que tendía a equilibrar las notas no tan buenas que conseguía en todo lo que tenía que ver con las Matemáticas. Mi profesora de inglés, la señorita Graham, que era seguramente mi favorita, hacía que estar en este instituto fuera divertido para mí con sus alegres clases y su tendencia a regalar caramelos a los alumnos que respondían correctamente a sus preguntas. Un caramelo era algo que siempre me motivaba.

Incluso aunque no hubiera visto el lugar en el que su familia trabajaba, era obvio simplemente por el modo en que vestía que no tenían dinero. El hecho de que no llevara *jeans* de marca cuando la mayoría de los chicos de nuestra clase vivían pegados a los diseñadores de la Quinta Avenida o iban a tiendas *vintage* ridículamente caras, era un buen indicador de que él solo estaba aquí por sus logros académicos. No me sorprendía que hubiera sido tan mordaz conmigo y me viera como una niña rica. Tenía que trabajar duro para seguir aquí, cuando la gente como Ty o yo podíamos hacerlo sin más. Me sentí un poco avergonzada.

—¿En qué puedo ayudarte? —dijo a Ty, de un modo que sonó como si prefiriese hacer cualquier cosa antes que eso.

Él no le hizo caso y se sentó junto a mí, tirando de mis patatas fritas hacia donde estaba.

—La verdad, te hemos echado de menos el fin de semana pasado en la fiesta de Bennett, Hadley.

—Las fiestas no son lo mío —dije, manteniendo la atención fija en Archer. No estaba segura de si le daría un puñetazo en la cara o si se marcharía gruñendo. Desde luego, estaba incómodo, sentado al borde de su asiento.

—Una pena —dijo Ty, con la boca llena de patatas fritas—. Todos estamos un poco tristes al no verte mucho últimamente. Taylor decía que era porque estabas pasando todo el tiempo con Morales.

«Debes de estar tomándome el pelo», pensé sin creérmelo. «Ty Ritter quiere hablar con Archer sobre mí». ¿Por qué habría de importarle? Me daba la sensación de que lo único que buscaba era una excusa para meterse con él.

Archer se echó para atrás en su silla, cruzando los brazos sobre el pecho.

—No creo que eso sea culpa mía. Puedes quedarte con ella, Ritter.

—Sabes, tengo que decírtelo, Morales —dijo Ty, ahora mirando a Archer—. Debes de ser algo especial si puedes tener contigo a una chica como Hadley. No es alguien que juegue en tu liga, hermano.

—Oh, lo sé muy bien —dijo Archer secamente—. ¿Hay alguna razón en particular por la que te creas en la necesidad de compartir esa información conmigo, o es que tienes un rato libre para hacerme perder el tiempo?

Ty se encogió de hombros de nuevo.

—Sí, y también quiero darte un consejo. Sabes, ya que soy un tipo tan amable y todo eso.

Abrí la boca para decirle a Ty lo que iba a hacer con lo que me quedaba del sándwich si no cerraba el pico, pero la mirada que me echó Archer hizo que me tragase las palabras.

—¿Y cuál es?

—Bien, los chicos y yo hemos estado hablando del asunto —empezó a decir Ty lentamente— y estábamos pensando, ya sabes, puesto que tu viejo está en prisión y todo eso, que puede que un día tú también acabes allí, así que sería mejor que dejaras a Hadley en paz. Ya sabes, algo así como que te mantengas alejado de ella a más de doscientos metros. Una chica tan bonita como ella no puede...

La cara se me puso como si se me hubiera encendido en llamas. No sabía de qué estaba hablando, pero ya había ido demasiado lejos.

—¿Por qué no le dejas en paz? ¡En serio! ¿Podrías dejar de hacer el capullo, Ty?

Ty me miró con los ojos muy abiertos unos minutos mientras estuve sentada allí, corto de resuello, rojo. Yo no podía mirar a Archer. Temía cuál podría ser su reacción. Lo último que me hacía falta era que por un idiota de las narices como Ty Ritter Archer se fuera y perdiera todo lo que había logrado progresar con él durante la semana pasada, por poco que fuera.

—Bien, creo que eso responde a tu pregunta —dijo Archer, sorprendiéndonos a Ty y a mí—. Ahora, adiós.

Ty se apartó de la mesa y se levantó, golpeándola con las manos e inclinándose hacia Archer.

—Simplemente piénsatelo. Puede que te haga bien.

Respiré hondo y de manera regular y miré a Archer, reforzada por su reacción. Me miraba con desprecio.

—Mira, Archer, yo...

—No vuelvas a hablar conmigo. —Los ojos le brillaban mientras me hablaba—. Puede que creas que me has hecho un favor, pero ha sido exactamente lo contrario. Puedo cuidarme solo. Así que te agradeceré que no te metas en mis cosas. Y lo mismo va para el idiota de tu amigo Ty Ritter.

No me dio la oportunidad de responder cuando ya había salido de la cafetería. La gente que estaba de pie cerca automáticamente se movió para abrirle paso y él desapareció rápidamente de la vista.

Puede que yo me hubiera precipitado, gritando a Ritter de aquel modo, pero ¿cómo no hacerlo cuando estaba diciendo cosas tan espantosas? Sin embargo, ahora estaba bastante segura de que Archer nunca más querría nada conmigo. ¿Podía culparle? Salir con él ya le estaba exponiendo en mayor medida al escrutinio y las manos de imbéciles como Ty. Eso no estaba ayudándome en mi cometido. Era la excusa perfecta para mantenerse tan lejos de mí como le fuera posible, y ya podía despedirme de que fuéramos amigos.

Durante el resto del día, seguí pensando en lo que Ty había dicho a la hora del almuerzo una y otra vez. Cuanto más pensaba en aquella conversación, más mala me ponía. Ritter le había dicho que acabaría en prisión «como su viejo». ¿Cómo podía habérseme pasado por alto algo tan importante como que el padre de Archer estaba en la cárcel?

Solo ese hecho hacía que surgieran más cuestiones acerca de toda esta situación de las que yo me sentía capaz de manejar. Quería creer que Ty estaba exagerando, pero no era así a juzgar por la mirada que le devolvió Archer cuando oyó esas palabras. Ty le había dado en su punto débil, y lo sabía.

Pero al menos, ahora sabía qué secreto de los que guardaba Archer tenía que desvelar en primer lugar.

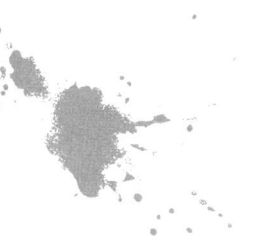

Capítulo 9

Tiempos desesperados exigen medidas desesperadas.
21 días antes

Había empezado a planificar la rutina matutina tras la firma del contrato con la Muerte. Iría en el autobús con Taylor por la mañana, nos separaríamos en las taquillas y luego pasaría la primera mitad del día hablando con Brie por los pasillos entre las clases. Prestaría toda la atención que pudiera en clases como Gobierno de Estados Unidos y Química, en las que charlar con mi compañera, Chelsea, era mucho más divertido que aprenderse la tabla periódica de los elementos. Archer y yo no íbamos juntos a ninguna clase, pues en penúltimo año de secundaria era cuando las clases se dividían y había cursos avanzados para los mejores: Archer era desde luego suficientemente inteligente como para ir y había decidido aprovecharlo.

Cuando llegara la hora del almuerzo, me compraría un sándwich o una ensalada y unas patatas fritas en la cafetería y me sentaría con Archer a la mesa del fondo. El almuerzo era la única oportunidad que teníamos de pasar tiempo juntos durante el día. Había decidido que hoy le pediría otra vez que me ayudara con la Geometría y le daría la lata con que organizásemos un horario para que pudiera ayudarme con las fórmulas, algo que también me serviría para conocerle mejor. Puede que me hubiera metido en su vida a mi manera, pero de lo que no tenía ni idea era de si había conseguido cambiar algo en lo que respectaba a su decisión de quitarse la vida.

Al no ver a Archer en nuestra mesa de siempre al fondo de la cafetería el martes, no supe qué hacer. Miré a mi alrededor con rapidez, poniéndome de puntillas, buscando cualquier señal que delatara su presencia, y pronto me di cuenta de que no estaba allí. Nuestro grupo de penúltimo año contaba con algo menos de doscientos alumnos. Si Archer estuviera almorzando, ya le habría visto.

No quería admitirlo, pero tenía miedo. No era realista que yo esperase poder saber en todo momento qué estaba haciendo él, pero mi nivel de estrés se disparó hasta el techo cuando vi que no tenía ni idea de dónde estaba. Casi había pasado una semana desde que había vuelto atrás en el tiempo y ya me había acostumbrado a estar cerca de él. Saboreaba cada momento que pasábamos juntos, y había empezado a notar ese sentimiento de vacío en el estómago que siempre aparecía cuando nos separábamos.

Lo primero que pensé fue en ir a la biblioteca y buscarlo allí, tal vez dejarle una nota en su taquilla, pero me daba la sensación de que eso solo le molestaría. Y entonces me acordé de lo que había pasado el día anterior a la hora del almuerzo con el tonto de Ty. Contuve un gruñido, apretando mi sándwich entre los dedos. Después de eso, tenía sentido que Archer evitase la cafetería. Y a mí.

—Archer está bien —murmuré para mis adentros según cambiaba de dirección y me iba a la mesa de Taylor, Brie y Chelsea, que solían sentarse con otras chicas de nuestra clase a la hora del almuerzo—. Claro que está bien.

—Caramba —dijo Taylor cuando me senté frente a ella—. ¿Problemas en el paraíso?

—No, es solo que me apetecía pasar un rato contigo —dije con seguridad, tratando de convencerme a mí misma tanto como a mi amiga—. Archer está ocupado de todos modos. Está en todas las clases de los cursos avanzados, así que siempre tiene muchos deberes.

Aquello no sonaba a cierto, aunque desde luego estaba segura de que Archer tenía muchos deberes. Las chicas tampoco parecían convencidas.

—Tienes que contarme algo, amiga mía, porque la verdad es que no lo entiendo —Chelsea metió baza, inclinándose hacia mí—. ¿Qué ves en ese chico? Es como muy serio.

Tragué saliva con dificultad mientras desenvolvía el sándwich blando con las manos temblorosas. «Pues veo muchas cosas», quería decir. Más de las que nadie a mi alrededor era capaz de ver, por lo menos eso.

—Me ha estado ayudando con la Geometría —medio mentí, y las tripas se me revolvieron por la sensación de culpa.

No quería descubrir la verdad, y desde luego no quería hacerlo delante de mis amigas, pero ¿qué podía hacer si no llegados a este punto?

—Vaya, vaya —dijo Taylor, que no se había creído nada—. Claro.

—¡En serio! —Metí la mano en mi bolso y me puse a rebuscar hasta que saqué el examen de Geometría del otro día, y luego se lo lancé por encima de la mesa—. ¡Mirad!

Brie dejó escapar un silbido mientras miraba el examen.

—No está nada mal, pero veamos si eres capaz de hacer todo esto sin calculadora.

—Eso es imposible —dije, tirando del examen hacia mí—. La clase de la señora Lowell ya resulta suficientemente difícil siendo como es.

—La Geometría no es tan dura —dijo Brie, quitándome la razón—. Yo tuve a la señora Lowell en primero y su clase era muy ligera.

—Cuidado —dijo Chelsea a Brie—. Jensen Edwards está en la mesa de al lado. Podría creer que eres un genio de las Matemáticas.

Empecé a relajarme al ver que la conversación se alejaba de Archer aunque todavía no era capaz de dejar de preocuparme por él. Hablar con las chicas, charlar como solíamos hacer todos los días, era un entretenimiento agradable, pero no perfecto. Podría olvidar momentáneamente lo que me preocupaba, pero en cuanto me dejaran a solas con mis pensamientos, todo volvería a mi mente otra vez. Relajarme con las amigas era algo que solo podía permitirme un poco.

Después de que sonara el último timbre, pasé un rato de pie cerca de la taquilla de Archer, mirando entre la multitud a ver si lo veía. Nada. Cuando ya habían desaparecido casi todos los alumnos del corredor, supe que no tenía sentido quedarse más. Me rendí con una mirada de frustración y me encaminé hacia las escaleras.

Tenía que tomar el tren a casa porque había perdido el autobús mientras esperaba a Archer. Saqué mi teléfono móvil mientras iba de camino al apartamento una hora más tarde y les envié un mensaje de texto a Chelsea, Taylor y Brie. Si me quedaba encerrada en casa, tratando de hacer los deberes, me consumiría en mis propios pensamientos y me volvería loca.

¿Noche Netflix en mi casa? Invito a comida china.

Recibí respuestas entusiastas a los pocos minutos, y me sentí feliz de dejar el bolso sobre una silla del comedor y olvidarme completamente de los deberes y de los obstáculos a los que acababa de enfrentarme. Una noche de desconexión no me haría ningún daño, ¿verdad? Necesitaba sentirme normal otra vez, al menos durante un rato.

Pero al día siguiente, Archer seguía sin aparecer. Cuando no lo vi junto a su taquilla, me costó respirar durante un rato. Me apoyé contra la pared y me obligué a respirar de manera profunda y calmada mientras tiraba de las perlas fantasma que seguía llevando religiosamente en la muñeca desde la semana pasada. Las perlas ocultaban ahora el número 20. Solo me quedaban veinte días. Solo veinte días, y todavía me sentía como si estuviera dando vueltas aturdida, insegura acerca de lo que estaba haciendo, preocupada constantemente por si no veía a Archer. Tenía que pasar a la acción. Necesitaba un plan.

El hecho de que Archer no hubiera ido al instituto no significaba nada. Tal vez estuviera enfermo. Todo el mundo perdía un día de vez en cuando. Eso no era motivo para sufrir un ataque de pánico. No obstante, mi respuesta automática era asumir que lo peor había sucedido y que Archer…

«¡Déjalo ya, Hadley», me reprendí a mí misma. «Es ridículo».

Ridículo o no, no obstante, no iba a perder más tiempo. Cuando sonó el último timbre, salí, saqué mi teléfono móvil rápidamente del bolsillo para buscar la dirección del café Mama Rosa's. Si Archer no había ido a clase, entonces el siguiente lugar que habría que comprobar era la cafetería de su familia.

Caía una ligera aguanieve sobre las calles mientras corría hacia el metro y recorría los dos bloques hasta llegar a la cafetería. Cuando por fin llegué frente a la puerta roja de Mama Rosa's, había hecho todo lo que había podido para convencerme a mí misma de que no importaba lo que Archer pensara cuando me viese aparecer: tenía que hacerlo de todos modos.

Agarré el tirador de la puerta y la abrí, entrando antes de que perdiese el valor y me fuera a casa.

El fuego ardía en la chimenea, igual que la última vez, y unas cuantas personas estaban sentadas a las mesas con café y revistas. En alguna parte había una radio escondida con una emisora de música clásica sintonizada, música que llenaba el lugar, pero casi la mayor parte de las mesas estaban vacías.

Me acerqué al mostrador, preguntándome si Archer estaría tras la vitrina de los pasteles o en algún otro sitio por detrás, pero solo me topé cara a cara con Regina mientras esta salía de la cocina.

—Oh. —Sonrió—. ¡Hadley!

Me sorprendió gratamente que recordara quién era y que pareciera contenta de veras al verme.

—Hola —repuse, devolviéndole la sonrisa—. Encantada de verla de nuevo.

Lo dije de verdad. Si Regina sonreía y estaba contenta, eso quería decir que no le había pasado nada malo a su hijo. Charlamos unos minutos, hablando del mal tiempo que hacía y del Día de Acción de Gracias, que sería la semana que viene.

—¿Estás buscando a Archer? —preguntó Regina mientras secaba una chorrera del mostrador.

—Pues, sí. —Traté de no ponerme colorada por la vergüenza.

—Bien, pues lo siento, pero no está aquí —dijo la mujer, como disculpándose—. Ha salido con mi madre ahora mismo para hacer unos recados.

Un alivio dulce me llenó. Archer estaba bien. Gracias a Dios.

—Oh. —No pude evitar el suspiro de derrota que parecía estarse convirtiendo en una costumbre. La caminata bajo la nieve no había servido para nada, en fin, pero al menos sabía que Archer estaba bien.

—De acuerdo. Bien. Muchas gracias de todos modos. Creo que debería…

—¡Espera un momento, Hadley!

Me volví hacia Regina, ya a medio camino en dirección a la puerta.

—¿Sí?

—Verás, puedes quedarte a tomar una taza de café si quieres —dijo—. Estoy segura de que Archer volverá pronto y, además, parece que la nieve arrecia fuera.

Miré por la ventana, y desde luego, la nieve caía ahora con mucha más fuerza. Tomarme una taza de café sonaba mucho mejor que salir ahora y caminar bajo la ventisca.

—¿Sabe? Creo que sería estupendo, gracias.

La sonrisa que me dio como respuesta Regina le encendió los ojos.

—¡Estupendo! Toma asiento. Voy a prepararte uno especial.

Me senté a una mesa cuadrada, cerca del mostrador, y Regina se unió a mí un rato después con dos tazas humeantes de café.

Le di las gracias y me acerqué la taza a la cara, inhalando el rico aroma de lo que pensé que era canela.

—¡Está delicioso! —exclamé al tomar un sorbo—. ¡Sabe a galletas de canela!

Regina rio, tomando un sorbo de su taza.

—Gracias. Nuestro café es la única razón por la que este lugar sigue siendo un negocio. Bien, eso y que somos propietarios y vivimos en el piso de arriba.

Entonces Regina me contó cómo ella y sus dos hermanas y su hermano habían crecido en el edificio, y cómo la familia Incitti había trabajado en el negocio del café desde que su bisabuela, Rosalía Incitti, había llegado de Sicilia a los Estados Unidos en 1895. Ahora Archer, su hija Rosie, su madre Victoria y ella vivían en el piso de arriba de la cafetería.

—Pues, es un sitio precioso —dije, tomando un sorbo del café mientras miraba a mi alrededor—. Es muy... acogedor.

—Gracias —dijo Regina. Luego hizo una pausa—. Entonces... ¿te gusta mi hijo?

Me atraganté con el café y la miré horrorizada. No me estaba preguntando solo eso.

—Pues, no —solté—. No estoy enamorada de Archer. No.

Regina levantó las cejas, dudándolo claramente.

—Bien, lo que quiero decir es que, es un buen chico, y, bueno, desde luego es atractivo, pero... —Me eché hacia atrás en mi asiento, escondiendo la cara tras la taza. Aquello era una causa perdida—. No, la verdad.

—Oh, ya veo —dijo Regina al tiempo que empezó a reír entre dientes. Puso esa cara que hacía que pareciera que era totalmente consciente de los pensamientos en conflicto que me estaban recorriendo la mente. Pero en realidad no estaba interesada en Archer. No de ese modo, al menos.

—Disculpa que te haya preguntado, pero lo estaba pensando, claro. Archer no suele traer amigos a casa, aparte de a una chica que es una amiga, así que podrás imaginar la curiosidad que he sentido.

—Me he dado cuenta de que es un poco antisocial —murmuré en la taza.

Regina asintió con la cabeza.

—Archer siempre ha sido un chico tranquilo.

—¿Por qué?

Me miró sorprendida por un momento, dejando salir lo que ya sabía. Lamenté haber hecho una pregunta tan repentina casi de inmediato, pero entonces ella dejó escapar un suspiro, sujetando su taza de café.

—Hay cosas en la vida de Archer con las que no debería haber tenido que lidiar siendo tan joven. Cosas a las que nadie debería enfrentarse. Es el hombre de la casa, claro, y cree que es su deber cuidarme, a mí y a su abuela y su hermana pequeña más que a sí mismo. Dios sabe que no ha sido fácil para él. Siempre he dicho que parece más un hombre maduro que un chico de diecisiete años.

Así que había algo de cierto en las palabras de Ty. El padre de Archer no formaba parte de la escena, no si Regina había llamado a Archer «el hombre de la casa». La cuestión que todavía aguardaba respuesta era, ¿dónde estaba su padre? ¿En la cárcel? ¿Sería un vago que les hubiera abandonado hacía años?

—Oh —dije como una estúpida—. Lo… siento. No debería haber preguntado, yo…

—No, no pasa nada —dijo Regina—. Te agradezco que lo hayas hecho. Deberías saber que Archer no es tan duro como parece. En realidad, es un cielo.

Que fuera un cielo era algo que debería estar muy oculto bajo su dura fachada, si es que lo era, pero yo dudaba de que nadie lo conociera mejor que su propia madre.

—En cualquier caso, estoy encantada de que pases tiempo con él —dijo Regina—. Aquí siempre serás bienvenida.

—Gracias —dije.

Me sorprendió darme cuenta de lo mucho que se lo agradecía. Los miembros de la familia Morales eran casi extraños para mí, pero sabía que Regina estaba siendo sincera.

Acabé por quedarme, hablando con Regina mucho más rato del que había planeado. El reloj que estaba sobre la repisa de la chimenea acababa de dar la hora, las cinco en punto, cuando me miró con cara de curiosidad, lo que hizo que me preocupara por lo que iba a decirme.

—Creo que vamos a empezar a tener mucha gente de la que ahora sale del trabajo y, ya que ni mi madre ni Archer están, ¿te importaría echarme una mano?

Me quedé con la boca abierta.

—Pe-Pero si nunca he trabajado antes, y nunca he…

—Sinceramente, no hay mucho más que anotar lo que la gente quiere tomar y servir sopa y sándwiches en las mesas —me aseguró Regina—. De verdad, no tendrás que ayudarme mucho.

—Mmm… ¿De acuerdo? —dije, notando que me temblaba la voz—. Claro.

—¡Estupendo! —Regina se puso en pie y me hizo un gesto para que la siguiera hasta la cocina—. Vamos a ponerte un delantal.

Le permití que me llevase detrás del mostrador y hasta la cocina, preguntándome qué demonios había aceptado hacer. Cinco minutos después salí equipada con un delantal limpio de color negro, me puse tras la caja registradora, mirando a la puerta de entrada, esperando sin más a que llegase un montón de gente corriendo para pedir consumiciones por aquí y por allá.

—No estés tan nerviosa, Hadley —me dijo Regina con una sonrisa al tiempo que ponía unos sándwiches envueltos recién cortados bajo la vitrina de los dulces—. Te lo prometo; nuestros clientes suelen ser amables.

Al poco tiempo, las campanillas que colgaban de la puerta empezaron a sonar y entró una pareja con seis niños que no dejaban de gritar. Me dije a mí misma que podía hacerlo. Que Regina tenía razón y que no era mucho más que tomar nota de lo que quisieran consumir. Forcé mi mejor sonrisa lo mejor que supe.

Y al llegar las siete, la hora de cerrar, entendí completamente lo que Regina había querido decir con «tener mucha gente». Mama Rosa's se llenaba hacia las cinco y media.

Regina se ocupó de las bebidas con una eficiencia propia del rayo que casi me asustaba. Preparaba cafés con chocolate y cafés con leche y expresos en rápida sucesión, y ni siquiera parecía remotamente cansada. Era todo sonrisas mientras servía bebidas y pasteles, charlando con los clientes como si fueran viejos amigos.

Me costó varios intentos saber cómo funcionaba la vieja caja registradora, y una vez lo conseguí, caí en una fácil rutina de anotar los pedidos, al igual que ayudar a Regina a servir las bebidas y los boles de sopa o los sándwiches. La tarea no era tan difícil como había esperado y después de que me calmara un poco, casi resultaba divertida.

La mayoría de la gente que atravesaba la puerta de aquel local eran clientes habituales, y me preguntaron más de una vez desde cuándo trabajaba aquí.

—Es una amiga de la familia —respondió Regina una vez, sonriendo al tiempo que servía a la anciana su café con chocolate en una taza para llevar.

Sus palabras hicieron que sintiera una oleada de calor y sonreí a pesar de mí misma. Incluso aunque aquello fuera solo temporal, me gustaba sentir como si formara parte de algo.

La puerta delantera se abrió de repente con un toque de las campanillas y una ráfaga de aire frío entró en el local mientras yo limpiaba el mostrador y Regina retiraba los pasteles que no se habían vendido de la vitrina. Levanté la cabeza y solté un grito asustada al ver a Archer entrar a grandes zancadas, seguido de cerca por Victoria, que balanceaba a una niña con rizos oscuros sobre las caderas.

Archer se detuvo de repente en mitad de la cafetería y me miró con los ojos muy abiertos.

—¿Jamison? ¿Qué estás haciendo aquí?

—Oh, yo solo…

—Hadley me estaba echando una mano en la hora de la cena, cuando hay más trajín —repuso Regina, echando a su hijo una mirada que decía «Ni se te ocurra decir nada».

—Hadley. Qué amable —dijo Victoria al pasar junto a Archer con la niña, rodeando el mostrador hasta llegar donde estaba su hija—. Hemos llegado tarde. Uno de los trenes sufrió una avería.

—¡Mamá! —gritó la niña—. ¡Hoy en el colegio te he hecho un dibujo!

Regina brilló al tomar a la pequeña en brazos y la besó en la frente, abrazándola con fuerza.

—Rosie, esta es Hadley —dijo a modo de presentación.

La niña me dedicó una amplia sonrisa y me saludó con la mano, haciendo ruiditos con la nariz.

—Hola —dijo con timidez.

Rosie parecía la misma que la noche del funeral de Archer, siempre dulce y jovial, fuera cual fuese la circunstancia.

—¿Eres amiga de Archer? —me preguntó, recordándome de nuevo aquella noche—. Es mi hermano mayor.

Miré de reojo a Archer, que estaba por ahí levantando sillas y colocándolas bocabajo sobre las mesas.

—Pues… más o menos —le dije.

Rosie intentaba liberarse de los brazos de Regina para que la dejaran en el suelo, y luego se acercó y me tiró del pantalón, pidiéndome que me agachase para estar a su altura.

—Tengo que decirte algo.

—Claro —dije, sonriendo mientras me miraba con esos grandes ojos azules que tenía—. ¿De qué se trata?

Se puso de puntillas y me susurró al oído:

—Archer es un miserable grande y gordo.

Tuve que morderme el labio para evitar que se me escapase una risita nerviosa.

—Claro.

—Rosalía, ¿qué tonterías estás diciendo?

La niña dejó de hablar a media frase cuando Archer se apoyó sobre el mostrador, echando a su hermana pequeña una mirada severa.

—¡Nada! —gritó con una gran sonrisa.

Archer volvió los ojos antes de lanzarse sobre el mostrador, empujándome a un lado al tiempo que levantaba a su hermana en brazos y empezaba a juguetear con ella. Contemplé asombrada cómo la niña se reía de placer, luchando por deshacerse de los brazos de su hermano. No es que lo estuviera consiguiendo, pero no creo que eso le importase.

Ver a Archer jugando con su hermana pequeña era una escena reconfortante. Pero también un poco extraña. En el instituto siempre ponía una cara tan dura e insondable que parecía casi... antinatural que no estuviese en guardia en aquel momento.

—¡De acuerdo, de acuerdo! —dijo Regina en voz alta para que se la oyera por encima de las risitas de Rosie—. Vosotros dos, creo que ya basta.

Archer dejó a su hermana en el suelo y se volvió hacia mí al tiempo que Regina empezaba a hablar en italiano con Victoria.

—¿Qué estás haciendo aquí en realidad, Hadley? —me preguntó tranquilamente, volviéndose hacia mí—. Porque ya sé que no has venido simplemente para ayudar a mi madre.

No le gustaba que yo estuviera allí, lo notaba.

—Mira. —Inspiré hondo—. He venido porque así podría...

—Escucha, Hadley —dijo Regina, acercándose—. ¿Te gustaría cenar con nosotros? Como agradecimiento porque me hayas ayudado esta tarde.

¿Primero me había hecho un turno en su cafetería y ahora me invitaban a quedarme a cenar?

—Oh, Hadley no puede quedarse a cenar, mamá —dijo Archer rápidamente, como si no pudiera creérselo—. Tiene que...

Quería echarme a reír, porque en realidad no había nada que yo tuviera que hacer, aparte de pasar un rato con Archer. Había acabado los deberes durante la sexta hora, en la sala de estudio, y mis padres cenarían en sus oficinas, en el trabajo, como solían hacer.

Además, ahora estaba incluso más decidida a aceptar la invitación por mucho que Archer intentara hacerme salir por la puerta.

—Me encantaría quedarme a cenar, Regina —dije, sonriéndole a ella—. Gracias.

—¡Estupendo! —ladró Victoria—. Ahora que eso ya está decidido, vayamos arriba a preparar la cena, ¿no os parece?

Seguí a Archer cuando este salió encorvado hacia la concina, sin querer ver la cara que estaba poniendo.

Capítulo 10

La cena en el piso de arriba.
20 días antes

El piso de arriba de Mama Rosa's no era ni mucho menos como habría esperado. Era pequeño y angosto, el salón tenía las dimensiones de una postal y estaba amueblado con un viejo sofá, una mesita en el centro y un televisor que parecía un modelo de los años setenta. Había una mesa larga con un bonito mantel de encaje en el comedor y las ventanas que se encontraban tras ella estaban cubiertas por cortinas gruesas.

La cocina, encajada a un lado del comedor, estaba llena de útiles que desde luego no eran de este siglo, aunque las encimeras eran de mármol y había una isla en el centro. Más allá de la cocina y el comedor se abría una larga escalinata que llevaba al segundo piso.

Desde luego no era un espacio que se pareciera en nada a lo que yo estaba acostumbrada, y a pesar de todo tenía ese aire de hogar que echaba en falta en el apartamento de cinco estrellas de mis padres. Se podía decir que la gente que vivía aquí eran familia y que los recuerdos vivían entre estas paredes.

Me encantaba.

—¡Caramba! —dije, mientras seguía mirando a mi alrededor—. Es muy bonito.

Oí un resoplido detrás de mí.

—Sí, claro. ¿Te importaría quitarte de en medio mientras preparo la cena? —Archer resopló al pasar de largo en dirección a la cocina.

—¡Vamos, Hadley, vamos a ver *Cuentos de dragones*! —chilló Rosie, agarrándome de la mano y tirando de mí para llevarme al salón.

Me senté al borde del sofá mientras la niña tomaba el mando a distancia y se ponía a cambiar canales en la televisión. Regina y Victoria seguían trabajando en cerrar la cafetería, abajo, así que Archer, Rosie y yo éramos los únicos que estábamos en el piso de arriba.

Quería encontrar el momento de hablar con Archer sobre el lunes. Lo que se había dicho durante la hora del almuerzo el otro día con Ty Ritter todavía me daba vueltas en la cabeza, como si fuera una picadura que no me pudiera rascar. Dudaba de que pudiera descansar hasta que al menos hubiera intentado resolver aquel asunto con Archer. Tenía que saber por qué se había enfadado conmigo y disculparme.

Mientras Rosie estaba entretenida con un anuncio particularmente colorido, me levanté y fui hasta la cocina, para acto seguido sentarme en una de las sillas que había en la isla central. Archer levantó la vista de los tomates que estaba cortando en rodajas sobre una tabla, me miró y volvió a lo que estaba haciendo.

Me aclaré la garganta con dificultad, juntando las manos sobre la encimera.

—Bien. Mmm. ¿Quieres que te ayude con la cena?

No pude verle la cara, pero estaba bastante segura de que se estaría riendo en silencio a juzgar por el modo en que sacudía los hombros. ¿Por qué le resultaba tan divertido que le ofreciera ayuda para preparar la cena?

—No te preocupes —dijo—. No estoy más que calentando algunas sobras y haciendo una ensalada.

—Oh… mmm.

No sabía cómo empezar con la disculpa. Sabía que no le entusiasmaría que sacara el asunto a colación.

—Bien, mmm. —Empecé a tamborilear con los dedos sobre la encimera, frunciendo el ceño. Tenía que dejar de decir «mmm»—. ¿Has tenido un buen día?

—El mejor —dijo con sarcasmo.

—Eso... está bien —dije incómoda—. Pero mira, en realidad yo quería...

—¡Oye, Hadley! —gritó Rosie desde el salón—. ¡Ven a ver la tele conmigo!

Archer sacudió la cabeza hacia su hermana pequeña.

—Hazle compañía, ¿de acuerdo? Si no le haces suficiente caso, empezará a subirse por las paredes.

—Desde luego —dije—. Muy bien.

No pasó nada. Me levanté de la silla y me fui al salón, preguntándome si Archer se habría imaginado lo que trataba de decirle, o si solo quería que pasara tiempo con su hermana.

Rosie hablaba mientras Bob Esponja salía en la tele, contándome cómo le había ido el día en preescolar, algo que estaba lleno de muchos más peligros de los que yo recordaba, como perder lápices de colores y la cocinita de juguete que era tan popular que solo las niñas a las que Rosie llamaba «las niñas malas» podían jugar con ella.

—Disfruta del colegio mientras puedas —dije—. Cuando llegues al instituto verás que no es tan divertido. Creo que Archer diría lo mismo.

—A mí me gusta quedarme con Archer y con mamá —dijo, poniendo carita de pena—. Me gusta estar en casa.

—Sí, lo sé —dije. Podía entenderlo. A mí me había costado meses acostumbrarme a estar en la guardería y dejar de echar de menos mi casa—. Además, tienes una casa muy bonita.

Rosie rio.

—Lo sé. Es cómoda. Además, aquí puedo ver a mi papá. —Se bajó de mi regazo y empezó a dar vueltas por el sofá hasta llegar a la mesa que había al lado, de donde tomó un marco con una foto—. ¿Has visto alguna foto de mi papá?

—No, yo...

Rosie me puso la foto delante de las narices.

—¡Mira! ¿No te parecen guapos?

Tomé la fotografía y la examiné. La habían tomado en una boda, en la boda de Regina.

Ella estaba muy guapa, ataviada con un precioso vestido de encaje y con el pelo con rizos que le caían en cascada. El hombre que la abrazaba era alto y muy atractivo, tenía los ojos de un azul brillante, y el pelo negro y ondulado, además de una amplia sonrisa. El modo en que Regina y él se miraban... dejaba claro que estaban enamoradísimos. Esa mirada en los ojos de la pareja no podía pasar desapercibida por nada del mundo.

—¿Este es tu papá? —le pregunté a Rosie, señalando la fotografía.

La niña levantó la cabeza y me miró.

—¡Pues claro!

—No le conozco —dije.

Dejó escapar un suspiro, un suspiro triste que nunca pensé que pudiera dejar escapar una niña de cinco años, y tomó la foto de nuevo para deslizar los dedos sobre las caras de sus padres.

—Yo tampoco. Mamá dice que se fue al cielo antes de que yo naciera.

Me sentí un poco revuelta al oír esas palabras. ¿El padre de Rosie y Archer, el marido de Regina, estaba muerto? Nunca había estado tan cerca de mi padre, pero no podía imaginarme cómo serían las cosas si no pudiera volver a verlo.

Rosie tenía cinco años. Si lo que había dicho era cierto, eso quería decir que el padre de Archer había muerto, como mucho, hacía seis años. Por primera vez se me ocurrió que quizá se hubiera quitado la vida por eso. Deprimirse parecía lógico si habías perdido a tu padre, era una consecuencia. Pero ¿deprimirse hasta suicidarse? No tenía ni idea.

«¿Y qué hay de lo que Ty había dicho?», pensé. «Había dicho que el padre de Archer estaba en la cárcel».

Se me estaba escapando algo. O Ty estaba mintiendo —que desde luego era posible— o Rosie se equivocaba. Puede que su padre no estuviera muerto sino en la cárcel, y Regina no se lo hubiera dicho. Hablar de algo así con una niña no debía de ser fácil.

Inspiré hondo al tiempo que me frotaba las sienes con el talón de la mano, y tomé nota mental de añadir este pequeño detalle a mi larga lista de misterios.

Regina y Victoria llegaron quince minutos después, mientras Rosie y yo estábamos viendo otro episodio de *Bob Esponja*.

—¿Ya está lista la cena, muchacho? —preguntó Victoria al entrar en la cocina.

—Casi —repuso Archer.

—Rosie, ven y ayúdame a poner la mesa —pidió Regina a su hija.

Fueran o no fueran sobras, la cena resultó ser un maravilloso plato de *fettuccini* con salsa marinera, fruta y ensalada aliñada con vinagreta. Y pronto me di cuenta de que la cena con los Morales no era un asunto tranquilo.

Victoria era la que hablaba más fuerte, y lo hacía con tal entusiasmo que parecía que estuviera actuando en un monólogo. Tenía esa tendencia a golpear la mesa con la mano cuando quería destacar algo, lo que, según parecía, era bastante frecuente.

Contaba historias con Regina sobre los fiascos que te llevabas cuando tenías una cafetería, mientras que Rosie intervenía de vez en cuando para mostrar sus opiniones sobre casi todo. Me reí durante aquella cena más de lo que me había reído en las últimas semanas. En realidad, no recordaba cuándo había sido la última vez que había cenado así, sentada a la mesa con gente. Me gustaba. Resultaba fácil olvidarte de los problemas cuando estabas rodeada de gente que no dejaba de reír.

Lo que no me sorprendía era que la única persona que no parecía estar disfrutando de la cena fuera Archer. Estuvo callado todo el rato, comiendo pasta con la cabeza gacha, con la mano cerrada en un puño sobre la mesa junto a su plato. No sabía si ese comportamiento era lo normal en él, pero Regina y Victoria no hicieron ningún comentario al respecto.

A Rosie se le empezó a caer la cabeza poco después de que Regina hubiera traído el pudín de postre, y al poco rato se puso a bostezar a cada palabra que decía. Yo también estaba cansada, pero seguía nerviosa, porque no había conseguido hablar con Archer a solas y tenía que hacerlo.

—¡A la cama! —dijo Victoria, golpeando la mesa con una mano cuando Rosie trató de dar un mordisco al pudín, falló, y se llenó la cara de chocolate.

Archer se levantó de inmediato, probablemente porque estaba deseando escapar. Le limpió la cara a la niña con una servilleta, luego la tomó en brazos y fue hacia las escaleras. Rosie le rodeó el cuello con los brazos y apoyó la cabeza en su hombro, y se durmió antes de que hubieran subido el primer escalón.

Verlo hizo que algo en el corazón me doliera de un modo que no podía entender. ¿Cómo era posible que Archer hubiera querido quitarse la vida? ¿Es que no veía lo mucho que su familia confiaba en él? ¿Lo mucho que le querían? ¿Cómo habría podido querer dejar atrás algo así?

Victoria se levantó y siguió a su nieto mientras Regina se disponía a apilar los platos sucios y a llevárselos.

—Deje que la ayude —dije, poniéndome en pie.

—Oh, Hadley, no hace falta, tú...

—De verdad, deje que la ayude. Quiero hacerlo.

La mujer me miró agradecida y se fue a la cocina con los platos. Yo recogí los que quedan en la mesa y también los tazones donde habíamos tomado el pudín y los dejé en la encimera mientras Regina llenaba el fregadero de agua caliente y jabón. No había lavavajillas.

—Yo lavo y tú secas —dijo, lanzándome un paño de cocina.

—Me parece bien —dije.

Un agradable silencio nos acompañó mientras Regina fregaba los platos y yo los aclaraba y luego los secaba. E incluso aunque solo estábamos fregando los platos de la cena, me pareció en cierto modo agradable darme cuenta de que tener un rato de silencio también era bueno. A veces no decir nada podía decir tanto como las palabras.

—Sabes, de verdad, aprecio mucho que me hayas ayudado esta noche, Hadley —me dijo, al tiempo que me pasaba el último plato para secar—. Lo has hecho muy bien.

—No tiene importancia —dije—. Me lo he pasado bien.

Regina rio, al tiempo que quitaba el tapón del fregadero y dejaba que el agua se fuera.

—Espera hasta que empiece a hacer frío de verdad. Entonces no es tan divertido. Nos piden tantos chocolates calientes que pierde la gracia.

—No lo dudo —asentí.

—Sabes... —Regina metió el montón de platos en el armario y se apoyó en la encimera—. Creo que podríamos ofrecerte un puesto de camarera en la cafetería. Nos vendría bien ayuda extra. Si quieres, claro.

«¿Qué?».

—¿Usted...? Lo que quiero decir es, ¿me está ofreciendo un empleo?

—Si quieres —dijo de nuevo, con lo que me pareció una mirada esperanzada.

Traté de imaginarme cada escenario de lo que podría suceder si aceptaba la oferta de Regina. Las posibilidades eran infinitas. A Archer no le gustaría mucho, pero eso sería algo con lo que tendría que lidiar. Esta oportunidad era demasiado buena como para dejarla pasar.

—Pues claro —dije al fin, forzando una sonrisa y dándome cuenta de que sin querer me había estado tirando de las perlas fantasma que ocultaban los números que llevaba tatuados en la muñeca mientras me lo pensaba—. Me encantaría.

—Fantástico. —Regina me guiñó un ojo—. Tengo que decirle a Archer...

—¿Qué tienes que decirle a Archer exactamente?

Ambas nos dinos la vuelta y lo vimos de pie junto a la isla de la cocina mirándonos receloso.

Miré a Regina pidiendo ayuda, no sabía qué decir.

—Mmm...

—Pues que Hadley acaba de aceptar empezar a trabajar para nosotros en la cafetería a media jornada —dijo Regina, mirando a su hijo encantada.

La cara que puso él al oírlo fue como si le acabaran de dar un golpe en la nuca.

—Estás de broma.

—Creo que no, cariño —dijo Regina—. Nos hace falta ayuda extra, con las vacaciones cerca y todo eso.

—Entonces pide ayuda a Carlo o a Lauren —soltó Archer—. No tienes que contratar a Hadley. A ella no le hace falta el dinero.

Tragué saliva, incómoda. No se equivocaba. Seguramente otra persona necesitaría el dinero más que yo.

—Por desgracia para ti, Archer, esa decisión no te corresponde. Soy yo quien lleva este negocio, no tú —dijo Regina poniendo voz de mujer de negocios, un modo de hablar que no le había oído antes. Añadió algo en italiano que hizo que la cara que estaba poniendo Archer pasara de la incredulidad al estoicismo en medio segundo.

—De acuerdo —dijo él, envarado—. De acuerdo. Como quieras, mamá.

—Bien —dijo ella, visiblemente satisfecha, antes de volverse hacia mí—. Gracias de nuevo, Hadley, por tu ayuda.

Abrió los brazos y me dio un abrazo, lo que me sorprendió. No recordaba cuándo había sido la última vez que me habían abrazado así; alguien que lo hubiera hecho porque le apetecía, no solo a modo de saludo, con un brazo, como hacían mis padres, o en los corredores del instituto, cuando me abrazaba alguna amiga.

—Ha sido un placer —dije, recodando al fin que se suponía que yo debía abrazarla también.

—Dale tu número a Archer, yo le pediré que te llame y que te diga cuándo tienes que venir para la formación.

—Suena estupendo, Regina.

—Vamos, Hadley. —Archer torció el dedo hacia mí e hizo un gesto señalando la puerta de entrada—. Te ayudaré a encontrar un taxi para que vuelvas a casa.

Me mordí el labio, al no saber cómo reaccionar al oír aquello. Se estaba ofreciendo a hacer algo amable por mí. ¿Qué le habría dicho Regina?

—¿O no quieres que te ayude? —dijo, mirándome exasperado—. Tú eliges.

—No, no, eso sería... mmm. Estupendo —dije nerviosa—. Gracias.

Me despedí de Regina otra vez y tomé mi abrigo y mi bolso, que estaban en el sofá, para luego seguir a Archer hasta la puerta. Ninguno de los dos habló mientras cerraba la puerta al salir y bajaba los cuatro tramos de escaleras que llevaban a la parte trasera de la cafetería.

Cuando llegamos abajo, reaccionó todo lo furioso que yo esperaba que se pondría.

—Archer... —empecé, pero rápidamente, su voz ocultó la mía.

—A ver, ¿en qué estabas pensando, viniendo aquí y pasando la tarde con mi madre? Eso es de verdad una estupidez, además, recuerdo perfectamente que dijimos que quedaríamos una vez y que quizá nos sentaríamos juntos a la hora del almuerzo, pero no creo que eso incluya exactamente que tú vuelvas por aquí mientras yo no estoy para...

—ARCHER, ¿PODRÍAS CERRAR EL PICO UN MINUTO Y DEJAR QUE TE LO EXPLIQUE?

Se calló, al tiempo que cada vez me miraba con más dureza.

Ahora estaba en terreno resbaladizo. Desde su perspectiva, podía ver que parecía como si yo fuera una chica que quisiera ser su novia, molestándolo para hacer que me prestara atención. Era algo que estaba tan lejos de ser cierto que daba risa, pero no podía decirle cuál era la verdadera razón por la que me comportaba como lo hacía. Tenía que encontrar un punto a medio camino entre esas dos cosas.

—Mira. —Bajé un escalón, haciendo que la distancia que nos separaba fuera menor—. Había venido a disculparme. No había planeado quedarme tanto rato, ayudando a tu madre. Surgió sin más. Y, de todos modos, tienes una madre encantadora y me gusta hablar con ella.

—¿Habías venido a disculparte? —Archer me miró por un momento confundido—. ¿Disculparte por qué?

—¿No está claro? —Por… lo que dije el otro día a la hora del almuerzo —me forcé a decir—. Tenías razón: no debería haberle dicho nada a Ty. Eres un chicarrón. Puedes cuidar de ti mismo.

Archer se quedó parado un momento.

—¿Sabes qué? —Dejó salir un suspiro forzado, cerrando los ojos y apretándose la nariz con dos dedos—. Olvídalo, ¿de acuerdo? Ritter es un capullo. Logra que todo el mundo haga tonterías.

Casi resoplé. En eso tenía razón.

—Entonces no… no le escuches, Archer —dije sin pensar—. Cuenta un montón de mierdas y tú no debes dejar que te dañe los oídos.

Archer soltó una carcajada al oír aquello.

—Lo sé.

Sentí que el alivio me invadía al ver que sonreía.

—Bien —dije, respirando hondo—. A ver, en cuanto al trabajo…

La sonrisa desapareció y volvió a poner su habitual cara de enfado.

—Sí, hablemos de eso —dijo con sarcasmo—. ¿Tienes tantas ganas de pasar tiempo conmigo que has tenido que rogarle a mi madre que te ofrezca un empleo?

—No —solté, algo ofendida—. Para tu información fue tu madre la que me ofreció el empleo. Porque a mí no me apetece nada pasar tiempo contigo.

Archer volvió los ojos, chasqueando la lengua, lo que me hizo sospechar que se había dado cuenta de que era mentira.

—Bien.

No hice caso del comentario y le hice la pregunta que me había estado dando vueltas por la cabeza los últimos dos días.

—¿Por qué no viniste ayer a clase y hoy tampoco?

Archer, que estaba abriendo la puerta de atrás, se volvió para mirarme con esa sonrisa torcida que hacía que el estómago se me revolviera.

—Fui al instituto. Pero te estuve evitando.

Noté cómo me ponía colorada por la vergüenza. Ya era bastante malo que me estuviera evitando, pero que supiera que le había estado buscando era peor. Hacía que me sintiera como una tonta.

—Vamos —dijo, levantando un dedo por encima del hombro—. Consigamos tu taxi.

Lo seguí, con la esperanza de que el nuevo empleo me permitiera conocer al verdadero Archer. Tenía que demostrarle que no era una especie de loca que lo seguía por ahí todo el tiempo sino alguien realmente interesado en conocerle, porque no iba a ir a ninguna parte en los próximos veinte días.

Capítulo 11

Revelaciones accidentales.
19 días antes

—Maldita sea… ¡Hadley! ¡Me has quemado la mano!

—¡Lo siento, lo siento! —dije llorando mientras Archer se iba hacia la cocina para meter la mano, que tenía muy colorada, bajo el chorro de agua fría—. Te lo dije, no deberías haberme obligado a hacer nada que tuviera que ver con el café, yo…

—Tú no tendrías que haber hecho nada, se suponía que solo tenías que vaciar el filtro —soltó Archer—. ¿Cómo te las has arreglado para llenarlo todo de agua caliente?

—¡No lo sé!

Mi primer día de trabajo oficial en Mama Rosa's no estaba yendo bien. Lo de ayer parece que había sido la suerte del principiante.

Se me había caído media bolsa del café colombiano de importación en el fregadero, casi le tiro a un pobre hombre un tazón de sopa en el regazo, me había equivocado con más de un pedido y acababa de quemarle la mano a Archer. Había estado tan nerviosa todo el rato, con Archer merodeando por ahí mientras me ladraba los pedidos, diciéndome cómo se hacía esto o aquello. Era un milagro que no hubiera prendido fuego al edificio entero.

El trabajo aquella tarde estaba siendo completamente distinto a cuando había trabajado con Regina la noche pasada, y desde luego ni la mitad de divertido.

Había depositado grandes esperanzas en este trabajo en Mama Rosa's. Pasar más tiempo con Archer fuera del instituto, casi sin que nos interrumpieran, me había parecido una bendición cuando Regina me lo ofreció. Pero en realidad, lo único que había descubierto sobre Archer era que tenía por delante una carrera de sargento mandón. Nunca había visto a nadie mandar así a la gente, sin dudarlo y con tanta facilidad.

Tenía que reconocerlo, no obstante. Siempre había pensado que cualquier ambiente de trabajo sería estresante, pero lo cierto era que él llevaba el negocio de manera que funcionaba bien y con pocas dificultades: salvo por mí, que era su único escollo.

—Bien, desde luego, vas a ser la bomba como camarera, eso seguro. —Archer abrió el grifo y se secó las manos con una toalla antes de volverse hacia mí con el ceño fruncido—. No estoy muy seguro de que estés hecha para esto.

—Sí, yo misma me lo he estado planteando —dije, frotándome el cuello por detrás—. A la tercera va la vencida, no obstante.

—Seguro —dijo él con sarcasmo—. Mira, ve a recoger las mesas y a limpiarlas. Yo acabaré con lo de aquí.

—De acuerdo.

Tomé un cubo grande de plástico de debajo del mostrador y me puse a recoger tazas sucias, boles, platos y cubiertos. Cuando hube acabado con eso, tomé una bayeta y limpié las mesas, luego levanté las sillas y las coloqué bocabajo sobre las mesas.

Llevé el cubo, ahora lleno, a la cocina, preparada para dárselo a Archer y ayudar a Regina, pero él no estaba en la cocina. Para no molestarle más de lo que ya le había molestado, aclaré los platos sucios y los puse en el lavavajillas. Al menos, en lo que respectaba a la limpieza de la vajilla desempeñaba mi labor sin problemas.

Cuando hube acabado, salí de la cocina y me fui a la caja, donde Regina estaba contando las ganancias del día.

—Creo que ya está por hoy —me dijo—. Puedes irte a casa. Ya te diremos cuándo tienes que volver a venir.

—Gracias —dije un poco avergonzada—. Mmm. En cuanto a lo de hoy... Lo siento, no quería causar tantos problemas...

Regina levantó una mano para que lo dejara, sonriendo.

—Ni siquiera te preocupes por eso, cariño. Es tu primer día y a veces los primeros días no van tan bien como quisiéramos.

Que las cosas no habían ido tan bien como hubiera querido era decirlo con mucha suavidad. Hoy había sido un día horrible.

—¿Y en cuanto a Archer? —Regina dio un paso para acercarse, bajando la voz—. Escucha, lo que pasa es que le va a llevar tiempo acostumbrarse a trabajar con otras personas. Siempre hemos sido él, mi madre, Rosie y yo. No le gustan los cambios.

Eso podía entenderlo mejor que nada en lo que respectaba a Archer. Los cambios no iban con él. A veces cambiar no significaba que fuera para mejor. Esperaba que el hecho de que me hubieran contratado no fuera una de esas veces.

—De acuerdo —dije—. Bien, creo que entonces me voy.

Regina asintió con la cabeza y me apretó el antebrazo.

—Claro. Hasta luego.

Dije adiós y atravesé la cocina, en dirección a la trastienda donde estaban las escaleras que llevaban al piso de arriba. Descolgué el abrigo que había dejado colgado en uno de los ganchos del perchero, me puse el gorro de lana y me colgué el bolso del hombro.

Abrí la puerta de atrás y salí al aire frío de la noche, solo para soltar un grito de sorpresa cuando casi paso por encima de Archer, que estaba sentado en el bordillo a la derecha de la puerta.

—¡Menudo susto me has dado! —Jadeé, llevándome las manos al pecho.

—Pues entonces te asustas por nada.

Archer parecía... distinto bajo la luz amarilla del porche. Tenía los hombros caídos y estaba apoyado contra la pared de ladrillo. Tenía ojeras, como si no hubiera dormido bien en varios días. No parecía que tuviera diecisiete años. Parecía mucho mayor que eso.

No estaba segura de por qué no me había dado cuenta antes. En realidad, todo lo que había visto de él era su comportamiento distante. Pero sorprenderlo con la guardia baja como ahora hizo que me diera cuenta de que había más tras esa pose de persona quisquillosa.

Suspiré, sintiéndome mayor de repente, y me senté en el bordillo junto a él.

—Solo estoy cansada, lo siento.

—Sí, arruinar las bebidas que te piden y quemarle las manos a la gente resulta agotador —dijo irónicamente.

No sabía qué contestar, eso era desde luego lo que había hecho.

Nos sentamos en silencio, escuchando el sonido del ruidoso tráfico que pasaba por la calle de más arriba. Archer tenía la cabeza en otra parte, eso estaba claro, y yo también. Yo estaba pensando en lo que Rosie me había dicho la otra noche, acerca de que su papá había muerto. Había estado tratando de sacar el asunto a colación con Archer, pero ahora no me parecía que fuera el mejor momento.

Decidí permanecer callada.

—Puedes irte a casa, ya sabes —dijo él después de un rato.

Sacudí la cabeza. Esta era una de las pocas oportunidades que tenía de hablar con él lejos del trabajo y del instituto y de todo.

—Estoy bien —le dije—. ¿Por qué no hablamos sin más o algo?

—¿Hablar de qué?

—De ti —respondí con sinceridad.

—¿Y para qué quieres hablar de mí? —preguntó, y por el tono de voz que empleó, no sabría decir si se había enfadado o no.

—Bueno, yo solo… —Me mordí el labio, dudando de si continuar—. Yo solo trato de entenderte.

Archer abrió mucho los ojos, sorprendido, y por un momento me pareció que no sabía qué decir. Pensé que esta era la primera vez que alguien le había dicho algo así.

—Rosie me ha contado que vuestro padre murió.

De inmediato me llevé una mano a la boca, apretando los ojos cerrados. ¿Qué acababa de decir? Las palabras me habían salido sin más de la boca. Me forcé a abrir los ojos, ansiosa por ver cómo reaccionaba Archer.

Se había puesto en pie, de espaldas a mí. Tenía una mano en la cadera y la otra en el pelo; y cuando al fin se dio la vuelta para mirarme, dejó caer los hombros y se llevó la mano que tenía en el pelo a los ojos para tapárselos, al tiempo que dejaba escapar un suspiro largo y lento.

—Mi padre y el de Rosie no son la misma persona. —Movió una mano, parecía derrotado—. Pero ella está en lo cierto. Ha muerto.

¿Querría aquello decir que Ty tenía razón al decir que el verdadero padre de Archer estaba en la cárcel? Me puse a pensar a toda prisa, a dar vueltas a las miles de respuestas posibles para aquellas nuevas preguntas que surgían en mi mente por lo que acababa de escuchar.

—Lo siento —conseguí decir con voz vacilante—. Eso es terrible.

Archer soltó una carcajada dura y amarga.

—No conoces ni la mitad de la historia.

Se sentó otra vez en el bordillo, apoyando la cabeza contra la pared de ladrillo del edificio. Después de dudar un rato, me moví para sentarme a su lado, asegurándome de dejar unos cuantos centímetros de separación entre nosotros.

—No tienes que contarme nada —dije, aunque por dentro me estaba gritando: «¡Mentirosa, mentirosa, quieres que te lo cuente todo!».

—Ya sé que no —dijo él, mirándome de reojo—. Nunca hago nada que no quiera hacer.

De eso no me cabía la menor duda.

—Pero…

Un pequeño rayo de esperanza me atravesó en el momento en que le dio una patada a un montón de guijarros que había en el suelo, frunciendo el ceño. Se encogió de hombros.

—No estoy tan loco como parece.

Me mordí la mejilla por dentro para evitar reírme. Había llegado a un acuerdo con la Muerte para volver atrás en el tiempo y evitar que Archer se quitara la vida, y hasta ahora todo lo que había hecho había sido seguirle por ahí y suspirar para que me prestara atención, ¿y creía que era él el que estaba loco? Al pensarlo, me daba la risa.

—Archer, no estás loco —le dije con sinceridad—. Confía en mí.

—¿Qué sabes tú sobre estar loco? —dijo él, que de pronto sonaba más amargo—. Desde donde estoy sentado, a mí me parece que la vida que tú tienes es perfecta.

Me eché a reír antes de que acabase la frase.

—Mi vida «no» es perfecta, Archer. Ya sabes que mis padres ganan mucho dinero, pero dime, ¿de qué sirve eso cuando siempre están tan ocupados? La mayoría de los días siento como si pasara más tiempo con el portero del edificio que con ellos.

—¿Tenéis portero?

—Sí, y tú tienes a tu madre, a Rosie y a tu abuela.

Archer no supo qué contestar a eso, y yo me sorprendí a mí misma al haber admitido algo tan personal. Además, teníamos que hablar de él y estaba convencida de que tenía que seguir siendo así. Más o menos, yo no era la prioridad, pero tal vez abrirme a Archer, compartir cosas de mi vida, le demostrara que él también podría hacer lo mismo conmigo. Después de todo, la amistad es un toma y daca, ¿no?

—Y sé que voy a necesitar mucha más práctica, pero creo que este empleo me hará bien —continué, sonriendo mientras le miraba de reojo—. Bájame del pedestal o de donde sea que me hayas puesto. Tener una nueva cara en la cafetería no puede ser nada malo, ¿no?

—Bueno, a mi madre le gustas —dijo él después de un rato—, pero para aprobar de verdad tienes que gustarle a mi abuela.

Traté de reprimir un tembleque sin conseguirlo.

—Sí, puede que eso sea «un poco» más difícil, pero creo que acepto el reto.

Tenía muchos otros retos a los que enfrentarme en el futuro. Ganarme la aceptación de la abuela de Archer parecía una menudencia en comparación con otras cosas.

Capítulo 12

Los clichés del instituto.
18 días antes

Archer no estaba en la mesa de siempre a la hora del almuerzo del día siguiente.

Me quedé allí de pie, sujetando mi sándwich de jamón y queso y mis patatas fritas con fuerza en la mano, tratando de no hacer caso del hondo agujero que sentía en el estómago. ¿Dónde estaba? ¿Seguro que no me estaba evitando otra vez?

Después de la conversación que habíamos tenido anoche sobre mi desastroso primer día en Mama Rosa's, pensaba que las cosas iban a volver a la normalidad entre nosotros. Bien, las cosas nunca habían sido exactamente normales entre nosotros, y probablemente nunca lo serían, pero al menos yo tenía la impresión de que no volveríamos a estar siempre discutiendo como hasta ahora.

El pecho se me tensó al dejar la comida en la mesa y mirar a mi alrededor, con la esperanza de ver a Archer por aquí o por allá, de ver alguna señal.

Desenvolví el sándwich y le di un mordisco, haciendo caso omiso de las miradas que te acompañan cuando te sientas sola para almorzar en el instituto. Archer llegaría pronto; no tenía ningún motivo para preocuparme. Sabía que estaba aquí porque le había visto en su taquilla antes, por la mañana, así que probablemente esto no era más que un retraso.

—Hola, señorita. ¿Qué pasa? ¿Te ha dejado ya tu novio?

Levanté la vista y para mi disgusto vi a Ty Ritter de pie frente a la mesa, flanqueado por dos de sus amigos: Hayden Keller, otro jugador de fútbol americano, y Aimee Turner. A ella ya la conocía de antes y no era mala chica, pero no me gustó verla con Ty. Desde luego, podía aspirar a algo mejor.

—¿Qué? —Tragué saliva con dificultad—. No estoy muy segura de que...

—¿Dónde está Archer? —Aimee se dejó caer en el asiento que había frente a mí, apoyando la barbilla en las manos, echándome una sonrisa de indulgencia—. Hacéis una parejita tan linda.

—No estamos saliendo —dije—. Creo que tú...

—Ty nos lo ha contado todo el otro día —dijo Hayden al tiempo que tomó asiento junto a mí, alborotándose el cabello de una manera estúpida—. Dijo que vosotros dos os mirabais como tortolitos todo el rato.

—¿Perdón?

—Es verdad —dijo Ty encogiéndose de hombros, sentado ahora al otro lado de donde yo estaba y tirando de mis patatas fritas hacia él otra vez—. No te ofendas, Hadley, pero es un poco gordo.

—Oh, vamos, Ty —dijo Aimee—. Están enamorados, está claro. Lo de mirarse como tortolitos es condición *sine qua non*. No te preocupes —añadió, guiñándome un ojo—. Creo que es adorable.

Estaba segura de que nunca me había puesto tan colorada como en este momento.

—A ver —dije para aclarar las cosas—, Archer y yo no estamos juntos. Solo somos amigos. No sé de dónde sacas la información, pero no es cierta.

—Oh, cielo. —Aimee me estaba mirando con cara de pena, claramente—. No tienes que mentir sobre esto. No importa.

—No estoy...

—Pero ya que somos tus amigos, Hadley, hemos acordado que deberíamos advertirte —dijo Hayden, empujándome con el hombro—. Ya sabes, por tu seguridad personal y todo eso.

—Exactamente —dijo Ty, asintiendo con la cabeza—. Tú nos importas.

—Y no queremos que te hieran —añadió Aimee—. Pues claro que no queremos.

—Ya, gracias —dije con sarcasmo—. Me siento muy reconfortada ahora mismo. De todos modos, no hay motivos por los que os debáis preocupar. No hace falta que me advirtáis por lo que respecta a Archer.

—Yo no estaría tan seguro de eso —dijo Ty, intercambiando unas miradas oscuras con Hayden y Aimee—. Morales tiene problemas, cielo.

—¿Ah sí? —dije secamente.

—Sabías que su padre había matado a alguien, ¿verdad?

Las palabras de Ritter del otro día volvieron de repente. Había dicho que Archer acabaría en la cárcel como su viejo. ¿Era eso lo que el padre biológico de Archer había hecho para acabar entre rejas? ¿Había matado a alguien?

El ruido que hacía la gente al hablar a nuestro alrededor pareció desaparecer mientras yo inspiraba hondo unas cuantas veces, hundiendo los dedos sobre los *jeans* mientras me agarraba los muslos.

—No os creo —dije al fin. Me faltó el resuello al hacerlo, como si hubiera estado corriendo más de kilómetro y medio—. Es mentira.

—Oh, Hadley —dijo Aimee, sacudiendo la cabeza—. ¿Cómo es posible que no te hayas enterado?

—Sí. Lo que quiero decir es que salió en todos los periódicos y en las noticias —dijo Ty con energía—. El viejo de Morales entró en su apartamento una noche y apuñaló a su padrastro veintisiete veces. Demasiadas, ¿no te parece?

Hayden y Ty compartieron sonrisas idénticas, mientras que a mí se me revolvió el estómago.

—Demasiadas —repitió Hayden, todavía riéndose entre dientes—. Muy bueno, Ty.

—Eso no es verdad —dije, apretando los dientes—. Estáis mintiendo. Esto no tiene gracia.

—No estamos mintiendo, Hadley —dijo Aimee—. Búscalo en Internet. Google nunca miente.

—Estar con él no es buena cosa, guapa —dijo Ty asintiendo con la cabeza—. Así que ten cuidado.

—Sabéis, creo que nunca había oído esa versión de la historia. Aprecio vuestra creatividad, de verdad, pero no estoy muy seguro de que fuera exactamente así como sucedieron las cosas.

Miré a mi alrededor horrorizada al oír esa voz, y el corazón casi se me salió del pecho al ver a Archer. Estaba apoyado contra la pared, a pocos metros de la mesa, con los brazos cruzados, mirándonos con cara de fascinación.

—¡Morales! —Ty sonrió abiertamente y le saludó con la mano—. Qué bien que hayas aparecido por fin, muchacho.

—Oh, ¿me estabais esperando? Lamento haberos decepcionado. —Archer se apartó de la pared y se acercó a la mesa. Sin darme cuenta eché la silla hacia atrás según se iba acercando, nerviosa por la cara de furia escasamente contenida que estaba poniendo.

—Bien, sigamos, vamos —dijo, dando unos golpecitos a Hayden en el hombro y sacudiéndolo con amabilidad—. No quisiera que dejarais a medias la historia por mí. Estabais llegando a lo más interesante. ¿O debería hacer unas cuantas puntualizaciones y contar lo que sucedió en realidad aquella noche?

Aimee, Hayden y Ty no dijeron nada, intercambiándose miradas entre ellos. Me daba la sensación de que, ahora que Archer había aparecido de manera inesperada, no estaban muy seguros de qué hacer.

—Archer. —Alargué la mano y le agarré la suya sin pensar, apretándosela con fuerza—. No creo que debas...

—No pasa nada, Hadley —dijo él, sin mirarme—. Si quieren saber lo que pasó, se lo contaré. No hay problema. —Se liberó de mi agarre y tomó una silla vacía, la acercó y se sentó, apoyando los codos en la mesa.

—Bien. ¿De qué queréis que hablemos primero, chicos? ¿De lo agradable que era ver a mi madre con un tipo que la trataba bien, o de lo feliz que era hasta que el maltratador de mi padre se enteró? ¿De cómo me sentí cuando me encontré a mi padrastro en medio del suelo de la cocina? ¿De cuando tuve que testificar en el juicio?

Un silencio sobrecogedor siguió a las palabras de Archer, yo sentía las tripas como si se me estuvieran retorciendo. De pronto fue como si supiera exactamente por qué Archer había acabado con su vida. ¿Cómo iba a poder dejar atrás todo aquello, y más cuando capullos como Ty se divertían recordándoselo?

Archer miró a Aimee, a Hayden y a Ty por turnos, a la espera de que dijeran algo. Pero en lugar de eso, se lo quedaron mirando.

—¿Y bien? —insistió Archer—. Os puedo asegurar que no es una historia aburrida. No le habéis prestado todavía la atención que merece.

Aimee se separó de la mesa y se levantó, mirando expectante a Hayden y a Ty.

—Bueno, creo que deberíamos dejar a la feliz pareja, chicos.

—Pero si íbamos a… —empezó a decir Hayden, pero Aimee fue rápida y le cortó.

—En serio —dijo, mirando a los dos chicos—. Tenemos que irnos.

Aimee casi tenía a los dos muchachos agarrados del cuello, en sentido figurado, cuando se los llevó de la mesa, pero no antes de mirarme y de murmurar con los labios «lo siento».

Miré a Archer, sintiéndome totalmente inútil. ¿Qué se suponía que tenía que decirle?

—Archer… —empecé a decir con voz patética cuando por fin pude hablar—. Yo no…

—Levanta.

—¿Perdón?

Archer se puso en pie rápidamente, recogió su mochila del suelo y se la colgó del hombro.

—Levanta —repitió de manera forzada.
Me puse en pie sin dudarlo.
—¿Qué pasa?
Me agarró del antebrazo con fuerza y tiró de mí para sacarme del comedor hacia el pasillo. Me llevó un rato darme cuenta de que íbamos a la biblioteca.
—Archer, ¿qué haces? —pregunté, tratando de soltarme—. Va a sonar el timbre dentro de pocos minutos. Nos van a descubrir.
—¿Y qué? —dijo él, dando a propósito grandes zancadas—. Como si eso importara.
—Lo siento, pero saltarse la clase sí importa, independientemente de cómo te sientas por lo que han dicho nuestros compañeros de clase.
A pesar de mis intentos de lograr que me respondiera de algún modo, Archer siguió en silencio hasta que llegamos a la biblioteca. Tiró de mí por entre las estanterías de libros, hacia el fondo, a aquella esquinita con el asiento donde le encontré leyendo la otra semana.
—Mira. Si lo hubiéramos hecho a mi manera, jamás te habrías enterado del mayor y más oscuro secreto de mi familia —me dijo, hablando rápidamente—. Estoy seguro de que entenderás por qué no es algo que suela pregonar a los cuatro vientos. Pero si crees que voy a dejar que te vayas creyendo que lo que ellos te han contado es la verdad, estás loca.
No podía pensar como debía, no se me ocurría nada que decir que fuera remotamente inteligente. ¿Qué se suponía que debía decir? ¿Gracias?
—De acuerdo —dije sin ser capaz de pensar en otra cosa.
Archer asintió brevemente con la cabeza.
—De acuerdo. —Señaló al sillón que estaba en un rincón—. Siéntate.

Capítulo 13

No hay mentira que no salga

Fui hasta donde me indicaba y me senté. Era imposible no sentirse inquieta mientras Archer seguía ahí, mordiéndose el labio, mirando al suelo con los ojos entrecerrados.

—Esta… es toda la historia —empezó a decir lentamente—, no es… no es lo que estaban diciendo. No empezó así.

—No lo pensaba —dije con suavidad.

Resopló.

—Supongo… Bien, supongo que todo empezó antes de que yo siquiera hubiese nacido. En el tiempo en que mi madre conoció a mi padre biológico, Jim St. Pierre, en el instituto. Empezaron a salir el primer año, y luego mi madre se quedó embarazada de mí unos meses después. Y, naturalmente, mis abuelos, católicos muy estrictos, deseaban que se casaran. Supongo que las cosas fueron bien hasta después de que yo naciera, no estoy muy seguro en realidad. A mi madre no le gusta mucho hablar de ello, y no puedo culparla.

Mientras él hablaba, me fijé en que cerraba las manos en puños a los lados del cuerpo, y en que otra vez tenía ese tic en la mejilla.

—Pero estoy segura de que ya te habrás imaginado que St. Pierre no era buena gente. Después de un tiempo, empezó a tener problemas con las drogas y el alcohol. Supongo que la relación con sus padres no era la mejor, y que tener un hijo a los dieciocho años no le hizo ningún bien. Eso no le disculpa, en cualquier caso. Mi madre, no obstante, lo quería, ¿sabes? A pesar de todo lo que había hecho, a pesar de que la trataba como si no valiera nada. Pero entonces empezó a golpearla. Y la primera vez que me puso la mano encima, ella cortó al fin.

Archer estaba andando de un lado para otro, pasándose los dedos por el pelo, lo que me distraía: por un lado, intentaba escucharle y al tiempo él no dejaba de moverse.

—Llamó a la policía, le pidió el divorcio y todo lo demás. Nos mudamos a casa de mis abuelos. Aunque el juez dictó una orden de alejamiento contra él, mi padre no hizo mucho caso. Venía a todas horas, noche y día, golpeando las puertas, gritando que mi madre no podría separarme de él. Costó tiempo, pero al final dejó de hacerlo, y pensamos que todo había acabado. Y entonces mi madre conoció a Chris.

Chris debía de haber sido el padre de Rosie, el último marido de Regina.

—Chris fue desde luego un cambio para bien respecto de mi padre biológico —dijo Archer—. La cara que ponía ahora era muy distinta. Más suave—. Entró un día en la cafetería, y aunque suene estúpido decirlo, creo que fue amor a primera vista para los dos. Juro que jamás había visto a mi madre más feliz que cuando estaba con Chris, así que se casaron al poco de conocerse. Él era de los buenos. Exsoldado. Me ayudaba con los deberes, me enseñó Matemáticas, a jugar al béisbol, echaba una mano con el negocio siempre que podía, hacía todas estas cosas con el resto de la familia, y...

—Él fue tu padre.

Resultaba obvio por el modo en que hablaba de él y por la cara que ponía, que Chris era el hombre a quien consideraba su verdadero padre. La sangre no tenía nada que ver con esto.

Archer se detuvo, acercándose lo suficiente para mirarme.

—Sí. Lo fue. —Se quedó en silencio un rato.

—¿Y entonces... Rosie? —pregunté cuando el silencio se alargaba.

—Rosie. —Archer dejó escapar una breve sonrisa—. Rosie fue una sorpresa inesperada. La quiero, no me malinterpretes, pero desde luego es un bichillo. —Tan pronto como esa sonrisa había aparecido a la mención de su hermanita, se fue—. Pero antes de que naciera... Bueno, fue entonces cuando sucedió todo. Naturalmente puedes imaginarte que St. Pierre no estaba para nada contento con que mi madre se hubiera casado con otro hombre y que fuera a tener un bebé con él. No sé cómo se enteró, pero lo hizo.

A juzgar por lo que había oído sobre Jim St. Pierre hasta la fecha, desde luego podía imaginarme que no debía de estar muy contento de que Regina hubiese encontrado otra pareja.

—Así que, una noche... Una noche, St. Pierre entró en nuestra casa. Y Chris bajó para... para ver qué sucedía y... entonces lo siguiente que supe fue que oí todos esos gritos y alaridos, muchas cosas que se rompían, y corrí hacia la cocina, y él estaba...

Lo que me rompía el corazón era que sabía lo que estaba tratando de decirme incluso aunque no fuera capaz de encontrar las palabras. Porque ya sabía desde el principio que aquella historia no tuvo un final feliz.

—Archer, no... no tienes que acabar. Yo... —Ni siquiera yo era capaz de encontrar palabras que decir.

Archer se apoyó en la pared junto al sillón, dejando escapar un gruñido de frustración, leve, mientras se frotaba la frente con el talón de la mano.

Los dedos me ardían por la urgencia de alargar la mano y confortarlo de alguna manera, pero se apartó.

—Archer, lo... lo siento...

—No digas que lo sientes —soltó, con los ojos brillantes mientras me miraba—. Y no te atrevas a sentir pena de mí. Detesto esa mirada que pone la gente cuando saben lo que pasó y tratan de consolarme.

Desde el principio había tratado de consolarle, pero no pude hacer gran cosa. Me puse a pensar entonces que tendría que darse cuenta de que él era la única persona capaz de hacer las cosas mejor para sí mismo.

—No siento pena por ti —dije sinceramente. Y era cierto. Me dolía que se sintiera así—. Yo solo... quería ayudarte.

—No quiero ayuda —dijo entre dientes—. No necesito tu ayuda.

Eso era mentira. Sabía que necesitaba ayuda. Y si no se la proporcionaba yo, bien. Solo quería que atravesara el grueso caparazón con que se protegía y que supiera que no estaba solo en esto.

—Mira, sigue adelante y ódialo todo lo que quieras, pero yo no voy a salir huyendo. No me he echado a correr y a gritar solo porque me hayas contado lo que le sucedió a tu familia, ¿no? —dije—. Así que, ¿no te parece que podemos dejar de meternos el uno con el otro? ¿Tal vez incluso podamos darnos una oportunidad para ser amigos?

—Amigos —repitió él, sonando escéptico—. Ni siquiera sé lo que significa ser amigos.

—¿Sabes qué? Creo que yo tampoco —asentí, pensando en la penosa amiga de Taylor que había sido y también de todas las demás, echándolas de mi lado con cualquier excusa de medio pelo como que necesitaba que Archer me diera clases de Geometría—. Pero, no obstante, me gustaría saberlo.

De nuevo, cayó el silencio. No sabía qué decirle. Estaba segura de que estaba abusando de la suerte, con la esperanza de que compartiera algo más conmigo. Esta ocasión había sido la vez en que más le había oído hablar, aunque lo hubiera hecho sin desearlo, y me sentí honrada porque hubiera sentido la necesidad de contarme lo sucedido.

—Archer, esto... Lo que me has contado, queda entre nosotros, ya sabes —dije, deseando tomar su mano entre las mías otra vez para darle seguridad—. Gracias. Por contármelo.

Volvió los ojos, pero las comisuras de la boca se le contrajeron por los nervios, como si estuviera intentando ocultar una sonrisa.

—Sí, lo que sea. Seguro.

Ya estaba ahí otra vez el Archer retorcido. Iba bien ver que no había desaparecido del todo.

El timbre sonó, cortando la tensión de la atmósfera que había entre nosotros. Fue un *shock* darme cuenta de que nos habíamos perdido toda la quinta clase.

—Quizá deberíamos salir de aquí —dijo Archer, echando un vistazo a un reloj cercano.

—De acuerdo —asentí, poniéndome en pie—. No quiero perderme la hora de estudio.

—Pues claro que no —murmuró Archer mientras se colgaba la mochila del hombro—. Dios no permita que te pierdas «una clase más». Todo es por culpa de la terrible influencia que supongo para ti, ¿verdad?

—Oh, por favor —dije, luchando por no soltar una carcajada—. ¿Tú? ¿Una mala influencia para mí? Si ese fuera el caso, ¿no sería yo entonces una buena influencia para ti?

Archer se detuvo para pensar lo que acababa de decir, torciendo los labios en una mueca de enfado.

—Quizá —dijo después de un rato—. En cualquier caso, mi madre estaría de acuerdo contigo, pero… ya veremos.

—De acuerdo —dije, teniendo dificultades para volver a sonreír—. Ya veremos.

Me había costado ocho días, pero al fin estaba progresando.

Capítulo 14

Palabras de escarmiento.
15 días antes

Me sentía como si hubiera llegado a un punto muerto. En realidad, había empezado a sentirme esperanzada por los pequeños progresos con Archer. Estábamos empezando, lenta pero inexorablemente, a abrirnos camino como amigos. Había descubierto cosas sobre él que estaba bastante convencida de que nunca admitiría a no ser que fuera absolutamente necesario, cosas que había dicho porque necesitaba contármelas. Estaba segura de que eso contaba positivamente. Pero habían pasado tres días, y las únicas dos cosas más o menos emocionantes que habían sucedido fueron dos sesiones de tutoría frustrantemente cortas en unos turnos bastante lentos en Mama Rosa's. Archer se había mantenido decididamente callado, como si deseara no haber compartido conmigo todo lo que me había contado.

No pude evitar pensar que estaba llevando mal todo aquello. ¿Y si ser su amiga no era suficiente? Aquel muchacho guardaba bajo la superficie mucho más de lo que yo era capaz de destapar en quince días. Podía decir que el hecho de que hubiéramos hablado de lo que le había sucedido a su padrastro le había costado demasiado. ¿Qué pasaría si seguía investigando más, como lo estaba haciendo?

La iglesia en que había tenido lugar el funeral de Archer estaba vacía cuando entré. La única fuente de luz venía de las filas y filas de velas ardiendo que había bajo las ventanas y junto a la entrada principal, además de algún que otro rayo de luz ocasional. El efecto general era bastante horripilante. Hice el signo de la cruz solo para sentirme segura.

Salvar a Archer significaba para mí mucho más ahora que antes, especialmente después de haberles conocido a él y a su familia. Pero ahora había una pequeña semilla de duda sembrada en el fondo de mi mente, la posibilidad de que pudiera fallar al final, y esa preocupación crecía. Solo me quedaban quince días. El ardor constante de los números que tenía en la muñeca hacía que fuera imposible que me olvidase, y no podía evitar rascarme cada vez que miraba a las perlas fantasma que llevaba. No estaba convencida de que pudieran protegerme de «todo» lo malo.

Subí unos cuantos escalones y me dejé caer en un banco de la iglesia, apretando las manos juntas sobre el regazo.

—Mmm. ¿Hola? —Inspiré hondo, tratando de ralentizar el errático latir de mi corazón—. Mira, pensaba que vendría aquí ya que es en este lugar donde todo empezó, y yo...—Venir a esta iglesia parecía una alternativa mejor que ir al Starbucks donde firmé el contrato. No iba a conseguir respuestas en una cafetería.

—De acuerdo, la cosa es, no tengo ni idea de qué se supone que debo de estar haciendo aquí. Archer es... Bien, Archer no es la persona más fácil del mundo, ¿sabe? No tengo ni idea de cómo se supone que voy a ayudarle. Sinceramente, nunca me he sentido tan estúpida. Lo único que sé a ciencia cierta es que me gusta estar con él, incluso a pesar de que sea la persona más frustrante que jamás haya conocido. Me gusta estar con él, y su madre y su hermana pequeña e incluso la gruñona de su abuela, y es solo que... cuando estoy con ellos, por poco me olvido de lo que se supone que tengo que estar haciendo. ¿Tiene algún sentido? Probablemente no, ¿verdad?

Dejé de hablar. ¿Qué se suponía que era lo siguiente que debía hacer? Había acudido al templo para encontrar algún tipo de guía, pero seguía sintiéndome perdida. A veces, pocas, por la mañana, cuando abría los ojos por primera vez, y solo por unos pocos segundos, era fácil creer que no había firmado aquel contrato con la Muerte, y que mi vida era total y completamente normal. Y entonces veía los números o las perlas que tenía en la muñeca, y esa ilusión desaparecía. Suspiré y me levanté, arropándome un poco más con el abrigo que llevaba.

—Me estabas buscando, ¿verdad?

Me volví sobre los talones y el susto me recorrió el cuerpo al mirar a la Muerte a los ojos. Su figura estaba apoyada contra una columna de mármol junto a una estantería con himnarios y una fila de velas, con una sonrisa inquietante que le curvaba la boca. Las velas dejaban parte de su cara a la sombra, dándole ese aspecto de apariencia no humana.

—Mmm —repuse, sin saber qué decir—. ¿Ha estado escuchando todo el rato?

—Naturalmente —dijo la Muerte asintiendo con la cabeza.

—Entonces... ¿puede ayudarme? —pregunté, dándome cuenta de que era probablemente la última persona que lo haría.

—No, Hadley. No puedo.

A pesar de mí misma, me sentía aplastada. Necesitaba saber que lo que estaba haciendo era lo correcto, que iba por el buen camino. Había demasiado en juego como para equivocarse.

—No lo entiendo —dije al fin, casi sin aliento—. ¿Por qué? ¿Por qué yo? ¿Por qué me ha elegido entre toda esa gente para hacer algo así?

La Muerte se encogió de hombros de nuevo, con la cara como una pizarra en blanco.

—Todos tenemos nuestras razones para lo que hacemos.

—¡Eso no es suficiente! ¡Voy dando palos de ciego, Muerte, y no tengo ni idea de cómo se supone que voy a hacer lo que tengo que hacer! ¡No me explicaste exactamente en qué consistía la tarea cuando firmé el contrato, lo sabes! ¿Por qué me hiciste firmar si sabías que no podría hacerlo?

Mi voz rebotó en las paredes, retumbando en la iglesia con un eco hueco.

Me faltaba el aliento y tenía todo el cuerpo pegajoso por el sudor, pero sentía cierto alivio al haber soltado todo aquello. La Muerte se separó de la pared y se aproximó, como un depredador que se acercara a su presa. Rápidamente, di u paso atrás, topándome con un banco de la iglesia detrás de mí.

—Dejemos una cosa clara, Hadley Jamison. —Siguió acercándose hasta que puso las manos sobre el banco, una a cada lado de mí, inclinándose hasta ponerse a mi altura—. Yo no te obligué a hacer nada. Firmaste ese contrato por voluntad propia. Y puede que no tenga la capacidad de leer los pensamientos de la gente, pero no dudes ni un segundo de que sé lo que te está pasando por la cabeza ahora mismo.

Los ojos se me empezaban a torcer por tratar de mantenerlos fijos en la Muerte. La misma sensación que tuve la primera vez que lo vi, esa sensación de que se me estaban helando las venas, volvió, solo que esta vez fue diez veces más intensa.

—Estás asustada. Sé que lo estás. Llevo en esto mucho más tiempo del que te puedas imaginar. Lo he visto todo, Hadley. Nada de lo que puedas decir me sorprenderá.

Esas palabras no me confortaron.

—Usted... Bueno, podría haberme dicho al menos que el padrastro de Archer había sido asesinado —conseguí decir.

—Eso no es más que otra pieza del puzle —dijo la Muerte, apartándose de mí.

—Archer no es un puzle. No entiendo ni la mitad de lo que hace, pero... es un ser humano.

—Entonces ya estás a mitad de camino, ¿no?

—¿A mitad de camino? Muerte, yo… —Se me quebró la voz, y eso fue todo lo que fui capaz de hacer para evitar ponerme a sollozar—. ¿Qué se supone que debo hacer?

La Muerte me lanzó una mirada tan fugaz que no estaba muy segura, pero por un segundo pensé que parecía estar de acuerdo conmigo.

—Hadley, yo no soy quien tiene todas las respuestas.

Con esas palabras finales de advertencia… desapareció sin más. Di unos cuantos pasos antes de que las piernas cedieran y cayese sobre uno de los bancos de la iglesia, agotada. Las lágrimas que había conseguido reprimir durante días afloraron al fin, fue como si se hubieran abierto las compuertas.

Me quedé sentada allí y lloré, agradecida de que no hubiera nadie cerca que pudiera contemplar una escena tan patética.

—Disculpe. Disculpe, señorita. ¿Se encuentra bien?

Me sequé las lágrimas, levanté la cabeza y vi a uno de los curas de la iglesia de pie frente a mí, mirándome con preocupación. Le reconocí casi al instante como el cura que había dicho la misa en el funeral de Archer.

—Oh, no, estoy bien —dije rápidamente, frotándome las mejillas—. Lo siento, no quería…

—No pasa nada —dijo el hombre, con una sonrisa amable—. La gente viene a menudo aquí durante el día para encontrar la tranquilidad, y para rezar.

Me mordí el labio para evitar reírme. No estaba muy segura de que la conversación que había mantenido con la Muerte pudiera considerarse «rezar».

—Bien —dije incómoda, poniéndome en pie—. Debería…

—¿Está segura de que se encuentra bien? —preguntó el cura, con las cejas levantadas—. Ha venido aquí por algún motivo, ¿verdad?

—Bueno, yo… —Suspiré fuerte, dejándome caer otra vez sobre el banco de la iglesia, sintiéndome de repente derrotada—. No, Padre. Creo que no estoy bien.

El cura suspiró casi tan fuerte como yo y tomó asiento junto a mí en el banco.

—¿Quiere hablar de ello?

Levanté la vista para mirarlo con el ceño fruncido.

—¿Por qué usted habría de querer hablar conmigo sobre mis problemas?

El cura chasqueó la lengua, echándome una mirada divertida.

—Es mi trabajo.

—Ya. Claro —dije—. Disculpe. No... Hace bastante que no voy a la iglesia.

El cura se encogió de hombros.

—Nunca es tarde.

—Bueno, ya, supongo, pero... —Empecé a retorcer los dedos y a tirar de un hilo suelto que había en la manga del abrigo que llevaba—. Verá, es que estoy atascada, más o menos, con un asunto que tengo entre manos.

—¿Y qué asunto es ese? —preguntó él.

Le conté la verdad. Bueno, tanta verdad como fui capaz de contar.

—Se supone que estoy ayudando a esa persona —dije con cuidado—. Pero el problema es que esa persona rechaza mi ayuda.

—¿Se supone que está ayudando a alguien? —repitió el cura, confundido—. ¿Qué quiere decir?

Inspiré hondo por la nariz, dándole vueltas a cuál sería la respuesta correcta.

—Esa persona tiene problemas. Verá, problemas grandes. Y si no encuentro la manera de hacer que me escuche, va a... Él va a hacer algo malo. Malo de verdad.

El cura asintió con la cabeza, cruzando los brazos sobre el pecho.

—En ese caso, debe de ser un hombre con problemas.

—Padre, no sabe ni la mitad —dije—. Sé que está sufriendo. Pero no dejará que nadie le ayude.

El cura asintió con la cabeza otra vez, de nuevo pensativo, con el ceño fruncido.

—¿Por qué quiere ayudarle?

—Porque tengo que hacerlo —dije de inmediato.

—Pero ¿por qué? —insistió—. Ayudar a los demás es siempre bueno, pero nadie puede forzarla a que lo haga si no quiere.

No tenía respuesta para esa pregunta.

—Porque… porque… —Tragué saliva con dificultad, tratando de controlar mis erráticas emociones. Archer era mi amigo. Me importaba. Me importaban él y su familia, tanto como si los hubiera conocido hacía mucho más de doce días—. Me importa —le dije al cura—. No quiero que le pase nada. Quiero que esté bien.

—Vaya, él es importante para usted —dijo el cura en voz alta a modo de confirmación—. Eso me suena a que precisamente esa es la razón adecuada para ayudar a alguien.

—Sí, ya, pero y si… ¿Y si no tienes todo lo que hace falta para ayudar a ese alguien?

—Entonces demuéstrele amor.

Me quedé mirando al cura, totalmente confundida. Casi no podía creerme que hubiera dicho lo que acababa de decir. ¿Que le demostrara amor? Me devolvió la mirada expectante, y me di cuenta de que lo decía muy en serio.

—Dios nos ama a todos por igual, a sus hijos, ¿no es así? —me preguntó—. Quiere ayudarnos y que nos ayudemos los unos a los otros.

—Claro —dije, preguntándome adónde quería llegar con aquello.

—Entonces, todo lo que tiene que hacer es transmitir ese amor a otro —dijo el cura, encogiéndose de hombros de nuevo, como si fuera así de simple—. A veces es lo único que podemos ofrecer.

—Pero ¿qué es el amor? —pregunté exasperada—. ¿Cómo voy a saber lo que es el amor si ni siquiera puedo transmitir a otro una estúpida clase de Geometría? ¡Solo tengo dieciséis años!

El cura rio.

—La creo, pero me parece que no está confiando mucho en sí misma. El amor se define de una manera distinta para cada persona. Búsquelo sin más debajo de todo y lo encontrará.

Pensé en esas palabras un segundo.

—Padre, detesto decirle esto a un hombre de Dios, pero eso no tiene ningún sentido.
—La vida no tiene sentido —dijo él—. Pero yo creo… —Hizo un ruido, una especie de zumbido, para luego tomar una Biblia del estante que quedaba al final del banco y la abrió, pasando páginas hasta que encontró lo que estaba buscando—. Creo que esto puede aclarar las cosas un poco más.
Señaló con el dedo un pasaje del evangelio según san Juan. Lo leí en voz alta:
—«No hay un amor más grande que el dar la vida por los amigos.»[1]
Levanté la vista para mirar al cura, sin saber bien qué decir.
—Solo piensa en ello —repitió él, alargando la mano para darme unos golpecitos en la mía.
Se puso en pie y rápidamente, le seguí.
—Gracias, Padre —le dije sinceramente.
—Rezaré por usted —dijo, sonriendo con amabilidad.
Y por alguna razón, ese pensamiento me confortó.
—Gracias —repetí.
Empezó a ir hacia el altar.
—¡Espere! ¡Padre!
El cura de volvió.
—¿Sí?
—Si supiera que tiene que hacer lo correcto, pero que si lo hiciera podría suceder algo malo, ¿lo haría de todos modos?
—Hacer lo correcto siempre es lo correcto.
El cura me dedicó otra sonrisa y luego siguió su camino, silbando una melodía tranquila. Antes de salir de la iglesia, eché unos cuantos dólares en un cepillo, encendí una vela y recé una plegaria en silencio.

---

[1] N. de la Trad.: Evangelio según san Juan, capítulo 15, versículo 13.

Capítulo 15

Emociones reprimidas.
14 días antes

Cuando me desperté al día siguiente, pasé una buena media hora mirando al techo, perdida en mis pensamientos. No podía quitarme de la cabeza las conversaciones que había tenido con la Muerte y con el cura. Sus palabras me daban vueltas en la cabeza, incordiándome, frustrándome y haciendo que todo resultara completamente confuso.

Cuando por fin el despertador sonó a las ocho, salí de la cama dando vueltas y fui arrastrando los pies hasta la cocina, preparada para tomarme un desayuno tan contundente como me fuera posible preparar.

Me detuve al poco cuando llegué al comedor.

—¿Mamá? ¿Papá?

Mi padre levantó la vista del periódico que tenía abierto delante de él y me sonrió.

—Buenos días, Hadley.

Mi madre estaba demasiado concentrada en lo que quiera que fuera que tenía en el iPad, con un yogur en la mano, como para prestarme mucha atención. No hizo más que sacudir un poco la mano en mi dirección.

—¿Qué hacéis aquí? —pregunté, muy confundida—. A esta hora ya soléis haberos ido.

—Lo sé —dijo mi padre mientras se tomaba un trago de zumo de naranja—. Tu madre y yo nos vamos dentro de unas horas a un viaje de trabajo.

Eso tenía todavía menos sentido que el hecho de que estuvieran en casa en lugar de en sus oficinas a esta hora.

—¿Qué? ¿Por qué? —dije. Papá era abogado defensor y mamá directora financiera en una gran empresa. Sus caminos laborales casi no se cruzaban nunca.

—La empresa de tu padre nos representa en una demanda por incumplimiento de contrato —dijo mi madre, dejando de lado su iPad—. Nuestro vuelo sale para Miami dentro de unas horas.

Tuve que contenerme para no llevarme una mano a la frente. Me sentía como una idiota por haber olvidado que tendría que pasar el Día de Acción de Gracias sola por primera vez —bueno, en realidad podría compartir un poco de pastel de calabaza medio deshecho con mi anciana vecina, la señora Ellis—, porque Taylor estaría fuera de la ciudad durante toda la semana visitando a sus abuelos en Wisconsin. Yo había estado preocupada con cosas más importantes que acordarme de eso. Y después de pasar la última semana con la familia de Archer, pensar que estaría sola me deprimía. ¿Quién quería pasar un día así a solas, especialmente un día tan familiar como el Día de Acción de Gracias?

Abrí el frigorífico y saqué un paquete de gofres, tomé dos y los metí en el tostador que estaba junto al fregadero.

—Hadley... —Miré hacia atrás, a la mesa del comedor a la que estaba sentado mi padre, que parecía bastante avergonzado mientras se ajustaba su corbata roja—. Me temo que no estaremos aquí para Acción de Gracias. ¿Estarás bien?

—Pues claro, estaré bien —dije brevemente—. No es la primera vez que me dejáis sola.

Mi madre levantó las cejas y me miró.

—Bueno, habíamos pensado que alguno de tus amigos te habría invitado a cenar para Acción de Gracias —dijo mi padre un tanto avergonzado.

—No —dije en tono neutro, dando un portazo al cerrar el frigorífico mientras me servía un vaso de leche para tomarme los gofres—. Pediré algo y ya está. Además, tengo que trabajar esta semana, así que no estaré aquí sola mucho tiempo.

—¿Perdón? —dijo mi madre—. ¿Tienes que trabajar?

Mis padres no sabían que había aceptado un empleo. Casi no los había visto en los últimos días, y había estado tan preocupada que ni siquiera había pensado en contárselo. La oportunidad se había presentado de repente, no obstante.

—Sí —dije, dándome la vuelta para mirarlos. No sé muy bien si estaba orgullosa o a la defensiva, o algo entre esas dos cosas—. Tengo que trabajar.

—¿Por qué has aceptado un empleo? —preguntó mi madre—. No te hace ninguna falta. Deberías centrarte en tus estudios.

—Un momento, Michaela —dijo mi padre—. Muchos chicos que van al instituto tienen un empleo.

—Bueno, sí, pero nuestra hija no lo necesita, Kenneth —insistió mi madre, lanzando una mirada a mi padre—. Que haya aceptado un empleo no sirve más que para que se arriesgue a sacar peores notas, y ya son bastante malas.

—¡Pero bueno! Mis notas no son tan malas, además…

—¿De verdad crees que eso está bien? —preguntó mi padre—. Si Hadley quiere trabajar, creo que es algo que debe decidir ella, no nosotros.

—No estás teniendo en cuenta lo que importa —soltó mi madre—. Hadley, tienes dinero más que de sobra en tu cuenta corriente como para hacer lo que quieras. No veo por qué…

—¿Sabes una cosa, mamá? ¡Trabajar es mejor que quedarme aquí en esta estúpida casa sola sin nadie con quién hablar!

Mis padres se quedaron como si acabara de darles un bofetón. Estaba segura de que yo estaba igual. Nunca les había contestado, a ninguno de los dos, en toda mi vida. En general, casi nunca estaban en casa, así que tampoco había tenido la oportunidad de hacerlo.

Pero ahora que al fin esas palabras habían salido de mi boca después de años de tenerlas en la punta de la lengua, tenía que echar el resto, así que continué. Después de pasar un par de días con una familia «de verdad», me había dado cuenta de todo lo que me estaba perdiendo.

—¿Alguno de los dos se ha dado cuenta de lo mucho que faltáis de casa? ¡Estáis fuera tan a menudo que es como si yo fuera la única persona que viviera aquí! Y las pocas veces en que decidís venir y ver si sigo viva, ¡es como si hablara con extraños! ¡Soy vuestra hija, no un colega de negocios!

Tomé los gofres de la tostadora y el vaso de leche y luego me largué de la cocina a mi habitación, para no darme tiempo a ver la cara que ponían. No me siguieron. Eso en sí mismo decía más que suficiente.

No salí de mi habitación hasta que llegó la hora de mi turno en Mama Rosa's. Mis padres ya se habían ido hacía rato, a su viaje de negocios a Miami, sin decir adiós. Traté de decirme a mí misma que su ausencia no importaba, que tenía cosas más importantes de las que preocuparme, pero no me sirvió de nada. Me importaba, y me dolía.

Tomé el tren que cruzaba la ciudad y caminé unas cuantas manzanas hasta llegar a Mama Rosa's, todavía tremendamente malhumorada. Ya sabía que iba a ser imposible quitarme de la cabeza la conversación que había mantenido con mis padres y poner cara de contenta.

Entré en la cafetería y de inmediato me envolvió la calidez hogareña del fuego en la chimenea. Me encaminé hacia detrás del mostrador y luego a la cocina, donde me recibió el caos más profundo y absoluto. Regina estaba en uno de los fregaderos, frotando con fuerza lo que parecían unos rollos de canela quemados sobre una placa de hornear mientras Victoria sacaba los platos de cristal del lavavajillas y los colocaba sobre la encimera a tal velocidad que nunca se me hubiera ocurrido que alguien de su edad pudiera hacerlo, al tiempo que le gritaba a Regina en italiano.

Y luego estaba Rosie, que estaba sentada en medio del suelo, jugando con un montón de cazuelas y botes a los que no dejaba de dar golpes con una cuchara de madera, mientras cantaba a todo pulmón. Entre todo aquel lío hacía calor, y con el ruido que cada cual estaba haciendo, casi me entraron ganas de darme la vuelta y salir corriendo.

—¿Hola? —dije, entrando con cautela en la cocina.

Regina trasteaba por ahí y dejó escapar un hondo suspiro de alivio al verme.

—Hadley, gracias a Dios. ¿Podrías llevarte a Rosie de aquí? Casi no puedo ni pensar con todo este ruido.

—Mmm, claro —dije—. ¿Quiere que…?

—Archer está arriba con las cuentas —dijo Victoria rápidamente—. Dile que tiene que sacar a su hermana esta tarde.

—Y por favor, ve con él —añadió Regina—. Tómate el día libre. Después de todo, tienes que disfrutar de tus vacaciones de Acción de Gracias.

—Pero este no es más que mi tercer turno, debería…

—Cielo, hazme caso. —Regina me miró implorante—. Cuidar de Rosie una tarde es trabajo más que suficiente.

—Anda, ve —dijo Victoria, sacudiendo una mano hacia mí—. Llévate a la niña y marchaos.

Me hubiera quedado protestando, pero no me atrevía a rechazar nada de lo que me pidiera Victoria. La mujer tenía el aspecto de poder matar a cualquiera con solo levantar una ceja.

Me agaché junto a Rosie en el suelo; ella seguía dando golpes con la cuchara aquí y allá, tan feliz.

—Mmm, ¿Rosie?

La niña dejó de dar golpes a uno de los botes y levantó la vista hacia mí frunciendo el ceño. Era casi imposible no derretirse al contemplar aquellos ojazos azules.

—Estoy cantando —me dijo muy seriamente.

—Sí —dije—. Cantas muy bien.

—Lo sé —dijo ella.

—Bien. ¿Qué te parece si tú y yo subimos y vemos a ver si podemos convencer a tu hermano para que nos lleve a tomar unos *brownies* con chocolate caliente?

A Rosie se le iluminó la cara como si fuera el 4 de Julio.

—¡Sí! ¡Vamos!

Dejó la cuchara y se puso en pie de un salto, agarrándome de la mano y tirando de mí hacia las escaleras que llevaban al piso de arriba. La niña abrió la puerta corriendo cuando llegamos al final de las escaleras y se coló dentro gritando:

—¡Archer! ¡Ha llegado la hora de los *brownies*!

Su hermano estaba sentado a la mesa del comedor, tecleando con los dedos sobre una calculadora mientras tomaba nota de algo en un pedazo de papel. Levantó la vista al vernos entrar y frunció el ceño cuando cerré la puerta.

—¿De qué me hablas, Rosie? —dijo mientras la niña se subía a la silla que estaba frente a él en la mesa, cantando una canción sobre *brownies*.

—¡Hadley ha dicho que nos vas a llevar a tomar chocolate caliente y unos *brownies*!

—¿Perdón? —Archer me miró incrédulo—. ¿Cuándo?

—Sígueme la corriente, sin más —dije, en voz lo suficientemente baja como para que la niña no pudiera oírme—. No tienen por qué ser *brownies*. Tu madre y tu abuela quieren que nos llevemos a Rosie a pasear, nada más.

—¿Por qué? —preguntó—. Yo no...

—Archer, he dicho que ha llegado la hora de los *brownies* —dijo Rosie en voz alta antes de dar un manotazo sobre la pila de papeles que estaban junto a su hermano, lo que hizo que salieran volando.

Archer la miró atónito durante un minuto, y luego dejó escapar un suspiro pesado, al tiempo que dejaba caer el lápiz.

—Vamos, ve a por tu rebeca, Rosalía.

La niña dejó escapar un gritito de emoción y bajó de la silla, corriendo como loca hacia las escaleras.

—¿Siempre es así? —pregunté con curiosidad.

—¿Cuándo hay algo dulce de por medio? Sí. —Archer se puso en pie y se encaminó al salón, para tomar su abrigo del sofá del fondo y ponérselo—. Pero me sirve de excusa para dejar los números un rato, así que no voy a quejarme.

—Entonces, uf… ¿cómo va el negocio? —dije, asintiendo con la cabeza en dirección al lío de papeles que yacían sobre la mesa.

Archer se encogió de hombros, sin mirarme a los ojos.

—Tan bien como cabría esperar.

No estaba muy segura de lo que quería decir con eso, pero no quise insistir más sobre el asunto.

Rosie regresó corriendo por las escaleras poco después, enfundada en su rebeca y con bufanda.

—Venga, vamos a salir.

Archer y yo seguimos a la niña escaleras abajo hasta la puerta trasera de la cafetería, nos despedimos rápidamente de Regina y Victoria y luego salimos al aire frío de noviembre. Caminamos por el callejón y luego por la acera, dirigiéndonos manzana abajo.

—Hay una panadería unas manzanas más allá —dijo Archer mientras caminábamos—. Podemos preguntar si tienen *brownies*. Rosie tiene que tomar algo dulce antes que nada.

Sonreía a pesar de lo mal que me sentía todavía por las palabras que había compartido con mis padres esa mañana, pero no dije nada. No tenía nada en la cabeza en ese momento como para establecer una conversación.

Estuvimos caminando en silencio unos cuantos minutos antes de que Archer hablase de nuevo.

—¿Y bien?

Levanté la vista para mirarlo con las cejas levantadas.

—Y bien.

—¿Vas a contarme lo que te preocupa?

Me miraba con cara de precaución, con los ojos entrecerrados. No podía decir exactamente que sus ojos reflejaran preocupación, pero sí interés.

—No… No me preocupa nada —dije con dificultad—. Estoy bien.

—Eres una mentirosa espantosa —dijo simplemente—. Y no soy idiota. Algo te está dando vueltas por la cabeza.

—Bueno, supongo… es que… —Dejé escapar un gemido, resignándome a la derrota—. Son mis padres.

—Tus padres. —Archer asintió con la cabeza—. Bien, ¿y qué pasa con tus padres?

—Se han… Se han ido a un viaje de negocios —empecé a decir con cuidado—. A Miami. Y no es la primera vez que se van los dos durante semanas, así que tampoco es gran cosa. Estoy acostumbrada. Pero hoy me he sentido como si los hubiera perdido, y les he gritado por ser unos padres tan malos porque mi madre se ha puesto a discutirme que no necesito un empleo, suponiendo que tengo de todo y que mi vida es perfecta y que tengo dinero de sobra, que no me hace falta levantar un dedo. Pero no me conoce. Ninguno de los dos me conoce.

Sentí la garganta tensa al acabar de hablar.

—Vaya.

Miré a Archer, confundida.

—¿Qué?

—Vaya —repitió—. Me alegro de que les hayas dicho que son malos padres. No es culpa tuya, sabes. Hay gente en tu vida a la que le importas. A veces los padres no lo demuestran tanto como deberían.

Eso era cierto. Taylor, Brie y Chelsea eran personas a las que importaba. Incluso me atrevería a decir que también importaba a Regina.

Lo que Archer dijo me llegó al corazón. Aunque lo había dicho un poco rápido, lo importante era que lo había intentado.

—¿Quieres que me sienta mejor, Archer Morales? —pregunté disimuladamente.

Él abrió la boca para responder, pero se calló de golpe al oír el grito de Rosie que decía:

—Por favor, ¿vais a daros prisa? ¡Tengo ganas de comer *brownies*!

Tras hacer una parada rápida en la panadería que había dicho Archer, y después de comprar un solo brownie para Rosie en lugar de los siete que ella quería, nos fuimos a pasear por uno de los muchos caminos que había en Central Park. Pensé que sería buena idea dejar que Rosie se dedicara a corretear por ahí antes de que regresáramos a Mama Rosa's. Seguramente Regina y Victoria estaría encantadas de que la niña volviera lo suficientemente cansada como para echar una cabezadita cuando llegáramos.

—Tengo una idea —le dije a Archer mientras íbamos paseando.

—Vaya, eso es nuevo.

—No seas maleducado.

—De acuerdo, de acuerdo. —Bajó la vista para mirarme pensativo mientras agarraba a Rosie con un dedo por detrás para evitar que se alejase mucho de nosotros—. ¿A ver qué idea es esa?

—Quiero que vayamos a un sitio.

Parecía que no le había gustado mucho cómo sonaba eso.

—¿Adónde? Espero que no sea a otro sitio con más comida basura...

—No —aseguré—. Tú sígueme.

Me siguió en cuanto me encaminé por el sendero, cambiando de dirección, y cuando me volví para mirar hacia atrás vi que tiraba de Rosie, a la que estaba agarrando de los hombros. Nos llevó unos minutos llegar adonde yo quería, y cuando ya casi estábamos allí, Archer se imaginó adónde quería ir yo.

—Oh, no. No. Nosotros no...

—¡El zoo! —gritó Rosie tan contenta.

—¿El zoo? —me dijo Archer entre dientes—. ¿Por qué quieres ir al zoo?

—¡Porque es divertido! —protesté—. ¡El zoo de Central Park es un clásico! ¡Mira lo contenta que está Rosie!

—También se pone así de contenta cuando hay macarrones con queso para cenar.

—Bueno. Entonces hagámoslo por mí —dije, tirando de los dos hacia la entrada—. El zoo me recuerda tiempos más felices con mi familia. No querrás volver a las cuentas, ¿verdad?

Eso pareció lograr que cambiara de opinión bastante rápido. Compré tres entradas y Archer acabó persiguiendo a Rosie mientras ella corría a entrar por las puertas que estaban delante de nosotros.

—¿Adónde vamos primero? —nos preguntó emocionada cuando por fin logramos alcanzarla.

—Tú eliges —dije—. Archer y yo te seguiremos.

La niña parecía tan feliz como si la Navidad hubiese llegado antes de tiempo.

—¡Pingüinos! —dijo inmediatamente.

Archer gruñó.

—¿Pingüinos? ¿De veras quieres ir a ver a los pingüinos, Rosie? Hacen mucho ruido y apestan a…

—Ha dicho pingüinos —dije en voz alta tapando la voz de Archer, al tiempo que le lanzaba una mirada de desaprobación—. Vamos allá.

La niña gritó de alegría y me agarró de la mano, luego a su hermano, y empezó a tirar de nosotros. La casa de los pingüinos estaba vacía cuando finalmente llegamos, salvo por una madre, que parecía agotada, con tres niños pequeños. Rosie corrió de inmediato hacia el cristal que separaba a los pingüinos de las gradas donde se sentaban los visitantes, señalando a cada una de las aves por turnos.

Archer y yo nos sentamos en la primera grada, mirando a la niña gritar de emoción, mientras él se dejaba caer en su asiento con un suspiro exagerado.

—Ánimo, vamos —dije, dándole un codazo—. Así que no te gustan los pingüinos, pues vaya. No obstante, eso hace que tenga más valor que estés aquí.

Archer miró a su hermana al señalarla yo; no había dejado de gritar de alegría desde el momento en que entramos en el espacio dedicado a los pingüinos. Me hacía sonreír. Y aunque sabía que él hacía todo lo posible por ocultarlo, también estaba sonriendo.

Rosie vino entonces corriendo hacia mí y me dio unos golpecitos en las rodillas, sonriendo ampliamente.

—¿No te parecen bonitos? —dijo—. ¡Mira cómo caminan! Son mis animales favoritos.

—También los míos —dije, sonriendo—. Y sabes lo que dicen de los pingüinos, ¿verdad? También es muy interesante.

La niña me miró confusa.

—No, ¿qué dicen?

—Sí, Hadley —dijo Archer, sonriéndome—. ¿Qué dicen de los pingüinos?

—Bueno, veréis, algunos pingüinos pasan años buscando la piedra perfecta en la playa para entregársela a la pareja que realmente les gusta. Es una especie de proposición, como cuando dos personas están enamoradas y quieren casarse, y el chico le da a la chica un anillo. Así que, si la chica pingüino se la queda, los dos pasan el resto de su vida juntos. Solo ellos dos.

Siempre me había encantado eso. Los pingüinos eran de los pocos animales que existían que eran monógamos. En nuestros días y en los tiempos que corren, sabía que no poca gente debería aprender de los pingüinos en lo que respectaba a las relaciones.

—Oh. —Rosie parecía emocionada—. Me gustan las piedras. Espero encontrar a mi pingüino algún día.

—Yo también —dije en voz muy baja.

—Dime, Hadley —dijo Archer una vez hubimos salido del espacio donde estaban los pingüinos, de camino al terrario, donde se encontraban los reptiles—. ¿Has encontrado ya a tu pingüino?

Lo preguntó en tono de broma, y noté que me estaba poniendo colorada, ahora cohibida al pensar que había sido yo quien había sacado aquel asunto a colación.

—No. Solo tengo dieciséis años —dije, evitando mirarlo—. Me queda mucho tiempo.

—Todo el tiempo del mundo —asintió Archer.

—¿Y tú? —pregunté—. ¿Has encontrado a tu pingüina?

—No. —Su respuesta fue firme—. No estoy seguro de que exista.

Me negaba a creerlo. Todo el mundo tenía su media naranja, también él. Si se las arreglaba para abrir los ojos solo un poco, puede que se topara de narices con la suya.

Capítulo 16

Haciendo la compra para Acción de Gracias.
13 días antes

Estaba de pie en la cocina de Mama Rosa's, prestando atención junto a Archer, esperando a que Victoria me mandase algo. La mujer estaba mirando por encima de la montura de sus gafas hacia abajo, comprobando la lista de la compra que había anotado en un pedazo de papel amarillo de más de un kilómetro de largo, y estaba haciendo algunas correcciones con un lápiz. La cara tan seria que ponía no me sorprendía, era típica de ella, pero aun sabiéndolo no dejaba de hacer que estuviera nerviosa.

Nunca había trabajado a las órdenes de Victoria. Las últimas veces que había venido para cumplir con mi turno, me daba el día libre para que saliera con Rosie por ahí.

—Abuela, llevamos diez minutos de pie, esperando —dijo Archer—. ¿Crees que podremos marcharnos antes de final de año?

Victoria lo miró con intensidad.

—Cuidado con esa boca, muchacho. Te irás cuando yo lo diga.

Archer echó la cabeza hacia atrás y dejó escapar un fuerte suspiro al tiempo que volvía los ojos. Me mordí el labio para ocultar una sonrisa. Siempre me había parecido que las chicas éramos más teatrales, pero Archer estaba haciendo que cambiase de opinión totalmente.

—Y no vuelvas los ojos cuando te estoy hablando.

Aquella mujer lo veía todo, eso estaba claro. Pasaron unos minutos más antes de que Victoria doblase la lista de la compra y se la diera a su nieto, junto con un sobre que supuse contenía el dinero.

—Quiero que vayáis a D'Agostino's y que compréis todo lo que hay en esta lista —dijo—. Ni una cosa más ni una menos, y desde luego no quiero nada que sustituya a otra cosa que no tengan. ¿He sido clara?

Archer la saludó al estilo militar.

—Señora, sí señora.

Victoria se movió con sorprendente rapidez para alguien de su edad para tomar una cuchara de madera del mostrador y darle con ella a Archer en los nudillos.

—No te burles de tu abuela, chico.

Tuve que llevarme una mano a la boca y darme la vuelta para evitar echarme a reír a carcajadas.

—Ahora, fuera de aquí —dijo la anciana, sacudiendo la cuchara en nuestra dirección—. Espero que estéis de vuelta en tres horas.

—Naturalmente, señora Incitti —dije antes de agarrar a Archer por el brazo y tirar de él para sacarlo de la cocina.

Archer tomó unas cuantas bolsas de tela para hacer la compra que colgaban de los ganchos que había junto a la puerta de atrás y luego salimos por el callejón hasta la acera que discurría frente a la cafetería.

—¿Siempre son así los preparativos para Acción de Gracias en tu familia? —pregunté.

—¿Te refieres a lo de mi abuela dando órdenes a todo el mundo? —dijo Archer—. Eso es el pan de cada día. Mi abuela es la matriarca de la familia. Tiene setenta y nueve años, pero me atrevería a jurar que durante los últimos años se ha mantenido a base de café y mucho genio.

Mientras íbamos camino de D'Agostino's, Archer me habló de varios de los platos que prepararían para la cena de Acción de Gracias. Para cuando llegó a los postres que su madre y sus tías preparaban, ya tenía la boca llena de saliva al pensar en ponerle las manos encima a algún *cannolo* o a un poco de tiramisú. Cuanto más hablaba, peor me sentía. A mí no me esperaba nada de eso, solo estar sola en casa.

Casi tardamos media hora en llegar a D'Agostino's.[2] Era un supermercado de alimentación bastante grande, pero tenía ese aire hogareño de los negocios que permanecen en una misma familia por mucho tiempo: un sitio que se parecía a Mama Rosa's.

Archer dobló el pedazo de papel amarillo que Victoria le había dado y lo rasgó por la mitad, partiendo la lista, para luego dármela.

—Aquí tienes. Haremos eso de «divide y vencerás». Toma un carrito por tu cuenta y ya nos veremos en las cajas registradoras dentro de media hora.

Hice lo que pude para imitar su saludo militar, con una sonrisa.

—Señor, sí señor.

Todavía estaba sonriendo cuando tomé el carrito del supermercado y me encaminé a la sección de los lácteos. Los primeros artículos de la lista eran más o menos nueve tipos diferentes de queso.

No tenía ni idea de para qué podría necesitar Victoria tanto queso, pero lo había dejado todo bastante claro. No quería que se enfadara si no llevaba cada una de las cosas que había pedido.

La tarea de pasear junto a las estanterías, metiendo en el carrito cosas de aquí y de allá y eligiendo frutas y verduras era algo para lo que no hacía mucha falta pensar, y según lo hacía, me puse a pensar en Archer. Solo nos quedaban trece días y sentía que al fin

---

[2] N. de la Trad.: D'Agostino's es una cadena de supermercados neoyorquina que sigue siendo dirigida por la misma familia fundadora, D'Agostino. La primera tienda fue fundada en 1932 por Nicola y Pasquale D'Agostino. En la actualidad cuenta con diez tiendas, todas en Manhattan.

estaba abriéndome camino hacia él. Ayer, mientras hablábamos, lo hacíamos de una manera más personal que antes. Ni siquiera había hablado a Taylor de mis padres como le había hablado a él. La extraña dinámica de mi familia era algo que me había estado tragando durante mucho tiempo, pero de algún modo sabía que era una parte de mi vida que podía compartir con él.

Y me sentía muy aliviada al darme cuenta de que Archer me iba dejando atisbar algo de su mundo privado y de los pensamientos que siempre parecían estar dándole vueltas por la cabeza. No era ni mucho menos un libro abierto, pero de alguna manera tenía la sensación de que confiaba en mí... o de que al menos estaba empezando a hacerlo.

Tal vez fuera eso lo que Archer había necesitado desde el principio. Alguien a quien decir hola, que insistiera y que le demostrara que importaba. Que hiciera algo pequeño y sencillo para señalar que él era una parte importante. Las cosas pequeñas podían marcar la diferencia.

—Disculpa. ¿Necesitas ayuda con eso?

Me sobresalté al oír la voz que me habló, que parecía haber salido de ninguna parte, y miré por encima del hombro para encontrarme con un hombre alto y de aspecto muy elegante que estaba de pie frente a mí, demasiado cerca. Iba vestido con un traje gris impecablemente planchado y tenía el pelo rubio, que llevaba peinado hacia atrás de una manera que me pareció un poco pasada de moda. Supuse que tendría unos treinta, pero se comportaba como si tuviera más.

—Lo siento, Hadley —dijo el hombre con un acento inglés suave—. No quería asustarte.

Me sonrió con la cabeza ladeada y al fijarme bien en sus ojos me di cuenta de que uno era de un azul profundo y el otro negro como el carbón: no era un hombre cualquiera. El poco tiempo que había pasado con la Muerte me había proporcionado la habilidad de reconocer todo eso en una persona. Un escalofrío me recorrió la espalda al preguntarme cómo demonios sabía cómo me llamaba.

—Oh, no, yo... —Soné como si acabaran de pincharme en las tripas—. Estoy... Estoy bien. Ya lo tengo.

El hombre levantó una ceja y al hacerlo vi un destello de inquietud en aquellos ojos dispares.

—De verdad, no me cuesta nada.

Antes de que me diera tiempo a rechazar su oferta, se acercó más, alargando el brazo para tomar una lata grande de corazones de alcachofa.

—Son cuatro latas, ¿verdad?

Debía de haber leído la lista que había dejado sobre una caja de pasta dentro del carrito, porque estaba segura de no haber dicho en voz alta nada de lo que necesitaba comprar. El hombre tomó cuatro latas de alcachofas y luego se volvió hacia mí, apoyando la mano a un lado del carrito del supermercado.

—Ya está. No ha sido tan difícil, ¿verdad, Hadley?

Estaba a punto de preguntarle al tipo cómo sabía todo aquello, pero me detuve al oír la voz de Archer:

—Ahí estás, Hadley. Te he estado buscando por todo el supermercado.

Fuera lo que fuese que tuviera escrito en la cara (pánico, seguramente) al mirar al extraño que tenía ante mí, Archer se puso en guardia. Agarró su carrito de supermercado con más fuerza cuando se dio cuenta de que el individuo estaba muy cerca de mí, al tiempo que tensaba la espalda al acercarse.

El hombre ni se movió, al contrario, se volvió y sonrió a Archer mientras este se acercaba.

—Oh, hola —dijo con aquella voz suave y que daba miedo.

—Hola —replicó Archer. Dejó el carrito y se puso a mi lado, obligando así al hombre a que diera un paso atrás mientras me rodeaba la cintura con un brazo.

Era un gesto posesivo, que hacía que pareciera que éramos más que amigos (lo que, sospechaba, era lo que Archer quería que creyera). La cara que puso aquel individuo lo confirmó.

—Solo estaba echando una mano a Hadley —dijo el hombre—. No podía llegar a la parte alta de la estantería, ya ves.

—¿De veras? —dijo Archer—. Ha sido muy amable de su parte.

El hombre sonrió de nuevo, aunque esta vez vi que había tensión en sus ojos.

—Oh, siempre intento ser amable.

Pero el modo en que pronunció esa última palabra lo fue todo menos eso.

Abrí la boca en un intento de decir algo, o al menos de buscar alguna excusa para que Archer y yo pudiéramos escapar, pero Morales me dio con la cadera y me apretó con fuerza, una clara señal de que me estaba diciendo: «Deja que yo me ocupe».

—No es algo que abunde mucho en estos días —dijo Archer.

—No —asintió el hombre—. Supongo que no. Pero el mundo es muy pequeño. Supongo que nos volveremos a encontrar.

Me guiñó un ojo al tiempo que se alejaba, echándome otra de esas sonrisas, para luego darse la vuelta y salir del pasillo donde estábamos.

En el momento en que quedó fuera de nuestra vista, Archer me soltó y dio un paso atrás. Dejé escapar un suspiro de alivio al tiempo que me apoyaba en las estanterías y me llevaba una mano al pecho.

—¿Quién era ese? —preguntó Archer. Fijó la vista al final del pasillo, como si esperásemos que fuera a volver.

—No... tengo ni idea —dije lentamente—. Pero desde luego me ha parecido... raro.

—No me gusta la manera en que te estaba mirando —dijo Archer al fin, sin perderme de vista—. Lo hacía como si fueras algo comestible.

Había estado más centrada en los ojos de aquel hombre, el modo en que parecían taladrarme, más que en la cara que ponía. Empecé a preocuparme porque fuera alguna de esas «cosas» acerca de las cuales la Muerte me había advertido cuando firmé el contrato. Las «cosas» a las que no les gustaba que el orden del mundo se viera alterado, algo que desde luego yo estaba haciendo al volver atrás veintisiete días para tratar de salvar la vida de Archer.

E incluso aunque él no supiera la verdad acerca de los increíbles secretos que yo guardaba, sabía lo suficiente como para darse cuenta de que había algo raro en aquel tipo.

—Bueno, ya se ha ido —dije.

—Vayámonos —dijo él, empujando el carrito—. Parece que ya lo tenemos todo, y no quiero estar dando vueltas por aquí y arriesgarme a que nos topemos con ese desgraciado otra vez.

Estaba totalmente de acuerdo.

Nos llevó unos quince minutos pasar por caja y guardarlo todo en las bolsas de la compra que llevábamos, y casi otra hora en llevarlo todo hasta Mama Rosa's. Archer había insistido en que tomar un taxi era «demasiado caro», a pesar de que yo había repetido varias veces que lo pagaría, así que cuando llegamos a Mama Rosa's los brazos me dolían de cargar las pesadas bolsas a lo largo de varias manzanas.

—Bien. Habéis llegado pronto —dijo Victoria al vernos dejar las bolsas de la compra sobre el mostrador de la cocina de la cafetería—. Ahora, sacadlo todo.

Me tragué un gruñido al dejarme caer contra el mostrador, masajeándome el antebrazo.

—De acuerdo, bien, pero deja que al menos nos preparemos algo para beber —dijo Archer—. Ahí fuera está helando.

—De acuerdo. —Victoria le hizo un gesto con la mano mientras empezó a mirar aquí y allá lo que había en las bolsas—. Pero date prisa, muchacho.

Lancé a Archer una sonrisa de agradecimiento cuando este salía de la cocina, y luego me volví para ayudar a Victoria a elegir entre el lío de vituallas que estaban sobre el mostrador. Él volvió pocos minutos después con dos cafés con leche de avellana, uno lo tomé con ansia, exhalando con alivio al notar cómo la bebida caliente me caldeaba.

Todavía estaba muy inquieta por el encuentro que había tenido con aquel hombre en D'Agostino's, así que tomar una buena cantidad de cafeína quizá no fuera precisamente lo mejor, pero poco me importaba. No quería pensar en lo que podría significar su presencia en mi vida, aquí con Archer no. Tendría que dejarlo para otro momento.

Cuando por fin acabamos de sacar y guardar todo lo que habíamos comprado, me quedó claro por qué no volvería a trabajar nunca más con Victoria Incitti. Aquella mujer hacía que la mirada militar de un sargento pareciera de lo más suave. Probablemente, Archer había aprendido a ser un mandón de su abuela. En realidad, me sentí un poco aliviada cuando acabamos y me dio permiso para irme, solo de pensar que podría irme a casa, a un sitio donde nadie me diera voces.

Me había puesto el abrigo y estaba colgándome el bolso del hombro cuando Archer se volvió hacia mí y me dijo:

—Oh, por cierto. Estás invitada a compartir nuestra cena de Acción de Gracias.

Lo dijo como si tal cosa, como si estuviera hablando del tiempo, así que me quedé ahí de pie y lo miré sin comprender.

—¿Qué?

—Ya me has oído. —Archer no parecía darse cuenta de lo sorprendida que estaba, al tiempo que cerraba la puerta del frigorífico—. Estás invitada a la cena de Acción de Gracias. Quería habértelo dicho antes, pero se me olvidó.

Me quedé desconcertada, del todo.

—¿Estoy invitada? ¿Desde cuándo?

—Desde ahora mismo —dijo él. No sabría decir si se estaba riendo o si sonreía de satisfacción—. Sé que no tienes otros planes. Así que te vas a quedar a cenar con nosotros el Día de Acción de Gracias. O serás despedida.

Fui incapaz de reprimir la amplia sonrisa que se me dibujó en la cara.

Capítulo 17

El Día de Acción de Gracias, al estilo de los Incitti.
12 días antes

Estaba completamente despierta cuando empezó al despuntar el alba la mañana del Día de Acción de Gracias. Ya sabía cuando abrí los ojos que no podría volver a dormirme; estaba demasiado nerviosa pensando en la cena que tendría lugar ese día. Así que salí de la cama y me fui a la cocina para prepararme una cafetera entera de café (usando el café en grano que había comprado en Mama Rosa's) y una tostada, además de unos cuantos gofres congelados. Con el desayuno listo, me senté frente al televisor, resignándome a pasar la mañana viendo dibujos animados mientras esperaba a que llegara la noche. Era una alternativa mejor que la de pasar el rato pensando en aquel hombre tan raro que había aparecido en D'Agostino's la tarde anterior. No quería pensar en eso en un día de fiesta. Sabía que debía de tener algún tipo de conexión con la Muerte, pero me obligué a no pensar en aquello precisamente ahora. Por el modo en que me había sorprendido su aparición y por cómo me la había tomado y que me preocupaba en exceso, supuse que volvería a aparecer en algún momento. Y entonces ya me preocuparía de verdad.

Hacia las dos de la tarde, cambié el sofá por la ducha. Dediqué una buena media hora a estar bajo el chorro del agua caliente antes de salir y envolverme en una toalla, solo para pasarme otra media hora frente al armario. No era una de esas chicas que se pasan años frente al espejo cada mañana para arreglarse. Pero el hecho de que iba a conocer a la familia de Archer al completo, cambiaba las cosas.

Al final, me costó otros cuarenta y cinco minutos verme lo suficientemente bien como para salir, ataviada con un par de *jeans*, una bonita blusa marrón y unas botas. Para entonces ya eran las tres y media y no había forma de que si iba en tren llegara puntual a Mama Rosa's. Pero tomar un taxi tampoco era una opción posible debido a que la calle estaría cortada por la cabalgata de Macy's, así que tendría que ir en tren y esperar que la familia de Archer fuera comprensiva con mi tardanza.

Cuando salí a la calle, la tarde era heladora. Deseé a Hanson, el portero, que pasara una buena velada de Acción de Gracias antes de encaminarme hacia la estación de metro más cercana.

Estuve sentada al borde del asiento, retorciéndome las esquinas del abrigo entre los dedos durante todo el trayecto. Nunca antes había estado en una reunión familiar como esta, aunque parezca mentira y sea triste, y no tenía ni idea de qué esperar. Mis abuelos maternos habían muerto cuando yo era pequeña y mi madre era hija única. La mayor parte de la familia de mi padre vivía en el sur, en Tennessee, y no les gustaba mucho la ciudad, lo que hacía los encuentros familiares poco frecuentes.

—Muy bien, Hadley —me dije a mí misma, encaminándome hacia la puerta de la cafetería una vez hube llegado—. Puedes hacerlo.

Las cortinas estaban echadas en las ventanas delanteras del local, así que no pude echar un vistazo a través de las ventanas antes de levantar la mano y llamar a la puerta.

Oí chascar la cerradura, luego la puerta se abrió y me topé con un chico que compartía los rasgos de los Incitti, con esos ojos de color avellana y ese pelo oscuro que les caracterizaba. Por el modo en que le brillaron los ojos y la sonrisa pícara que se dibujó en su cara, me pareció que era un diablillo.

—Vaya, hola —dijo, mirándome—. Tú debes de ser Hadley. Soy Carlo DiRosario.

—Encantada de conocerte —dije, aceptando la mano que me ofrecía.

—Entonces, ¿lo que dicen es cierto? ¿De verdad estás saliendo con mi primo? Nunca pensé que él pudiera...

—Carlo, ¿qué haces?

Un segundo después, Archer empujó a Carlo a un lado y se plantó en el umbral de la puerta, mirándonos a los dos con el ceño fruncido.

—Hola, primo —dijo Carlo entusiasmado—. Solo estaba saludando a Hadley. No me habías dicho que era...

—Cierra el pico, Carlo.

Archer tiró de mí para que atravesara el umbral y cerró la puerta de un portazo, echando los cerrojos de nuevo.

La cafetería estaba más llena que nunca de gente, nunca la había visto así, ni siquiera en los días de mayor ajetreo. Había un grupo grande yendo de acá para allá alrededor de una larga fila de mesas que habían colocado juntas en el centro, todos hablando muy alto, la mayoría de las veces en italiano, al tiempo que iban poniendo los platos y los cubiertos y sirviendo grandes vasos de vino.

Y también había un montón de niños correteando, gritando y riendo, jugando al «corre que te pillo» o algo parecido.

«¿Esta era la familia de Archer?».

Carlo había dejado de estar de puntillas y me miraba con una amplia sonrisa. Dijo a Archer algo con la palabra «gusto» en italiano que hizo que este levantara de inmediato la cabeza y dijera furioso:

—¿Por qué no cerráis el pico todos de una vez?

Abrí la boca para decir a Archer que iba a ir atrás para dejar mis cosas, pero un ladrido que decía «¡Carlo!» me dejó clavada en el sitio.

Una mujer bajita con el pelo oscuro recogido en un moño tirante pasó por delante de donde estábamos, con las manos en las caderas y los ojos entrecerrados.

La inquietud cruzó la cara de Carlo al tiempo que el muchacho daba un paso atrás rápidamente, levantando las manos en gesto de sumisión.

—Hola, mamá, solo estaba...

—No me mientas, Carlo. Deja de meterte con tu primo —le regañó la mujer.

—Y no seas maleducado, Archer —dijo Regina, apareciendo de pronto.

Ambos chicos se sonrojaron al tiempo que murmuraban disculpas diversas.

—¡Oh, Hadley! —Regina sonrió ampliamente cuando al fin se dio cuenta de que estaba ahí, y me dio un abrazo bien fuerte—. ¡Qué bien que hayas venido!

—Muchas gracias por invitarme —dije con una sonrisa. Si no me hubieran invitado, o más bien, si Archer no me lo hubiera dicho, habría pasado el día sola, cerrada en el apartamento.

—¿Esta es Hadley? —dijo la otra mujer, sorprendida, antes de darme un abrazo tan fuerte como el que acababa de recibir—. ¡Vaya, estoy encantada de conocerte al fin! He oído muchas cosas buenas sobre ti.

Dije «gracias» tartamudeando mientras la mujer me apartaba de ella alargando los brazos para examinarme de cerca.

—*Oddio*, qué guapa —dijo con otra sonrisa—. Ahora entiendo por qué Archer pasa tanto tiempo contigo.

—*Zia* —murmuró él, lanzando a la mujer una mirada de reproche—. Vamos.

Noté cómo las mejillas se me ponían coloradas.

—Mmm, ¿gracias?

—Soy Karin, la tía de Archer —dijo la mujer, haciendo caso omiso de su sobrino—. Veo que ya has conocido a mi hijo Carlo.

—¡Atento todo el mundo! —gritó Carlo—. ¡Esta es Hadley!

Durante un instante se hizo el silencio, un momento en el que muchos pares de ojos de color avellana se fijaron en mí, para después estallar un grito de «¡HADLEY!» antes de que me asaltaran con un montón de besos y abrazos, tantos que pensé que iba a ahogarme. Para cuando ya me hubieron achuchado y besado unas cien veces, me presentaron al fin a toda la familia de Archer que allí había.

Victoria y su último marido Cesario habían tenido cuatro hijos —Karin, Sofía, Regina y Vittorio— y ellos a su vez eran padres de catorce hijos. Karin y su marido Art DiRosario tenían ocho; los mellizos Stefan y Augustine, que eran los mayores de todos los nietos e iban al instituto en Upstate New York; Carlo, que estaba en el primer año de bachillerato; Lauren, que tenía catorce años; y luego estaban María, Georgiana, Joseph y Gina, que tenían edades comprendidas entre los tres y los ocho años.

Sofía y su marido, Ben Orsini, tenían tres: Mia, que iba a séptimo curso; Stephanie, que tenía nueve años; y luego estaba William, que acababa de aprender a andar.

Seguía Regina, que tenía a Archer y a Rosie.

Y el último Incitti, Vittorio, que tenía un bebé de tres meses adorable llamado Isaac junto a su guapa esposa, Anna.

—¡Hadley! ¡Hola, Hadley! —Rosie llegó de la cocina dando saltitos mientras yo colgaba el abrigo y el bolso en las perchas que había en la trastienda. Iba seguida de un grupo de niños de quienes me habían dicho los nombres, pero a los que no supe poner cara—. ¿Quieres jugar al escondite?

—¡Sí, eso! ¿Quieres jugar al escondite! —preguntó una niña de rizos oscuros, pegándose a mi pierna—. ¡El escondite es tan divertido!

La verdad era que ya no me acordaba de cómo se jugaba a aquello, así que dije:

—Pero ¿no se suponía que íbamos a cenar pronto?

La pequeña que me estaba tirando del brazo hizo un puchero.

—¡Vamos! Por favor.

—Sí, ¿por favor?

En ese momento me atacaron por todos los flancos con abrazos y lamentos para que jugase al escondite.

—Vamos, chicos, de verdad, ¡tenemos que cenar! —logré decir, aunque de la risa casi ni podía hablar.

—¡Pero siempre hay tiempo para jugar al escondite! —dijo uno de los niños, Joseph, creo, muy alto.

—Muy bien, ¡ya basta! —Una chica de pelo negro como la noche, que lo llevaba recogido en trenzas, apareció atravesando la cocina, con una mano en la cadera, mirándonos como si fuera una versión más joven de la tía de Archer, Karin—. Dejad en paz a Hadley. Hay que lavarse las manos antes de cenar.

Al instante, se levantaron protestas.

—¡Jo, vamos!

—¿De verdad tenemos que lavarnos ya las manos?

—¡Íbamos a jugar al escondite!

—¡Se acabó! —ordenó la muchacha, señalando con un dedo el cuarto de baño, que no era más grande que un armario, que había en la esquina—. Hay que lavarse las manos antes de cenar. Ya.

Los niños se dirigieron obedientemente hacia el cuarto de baño, gruñendo y protestando con resoplidos.

La escena resultaba encantadora, no pude resistirme a decir:

—¡Pero prometo que jugaré al escondite con vosotros un poco más tarde!

Después de eso, oí sus risas de alegría.

—Disculpa a los niños —dijo la muchacha con una sonrisa de vergüenza, acercándose a mí—. A veces pueden ser un poco apabullantes.

—No, nada de eso —dije rápidamente—. No me importa.

—Soy Lauren —dijo la chica, dándome la mano—. Nos han presentado hace tan solo unos minutos.

—Sí, es verdad —dije—. Encantada de conocerte otra vez.

Lauren volvió a sonreír, mostrando una dentadura muy blanca.

—Ya sabes, al principio pensé que serías una de esas creídas del Upper East Side. Estoy encantada de saber que no es así.

Me quedé pasmada.

—Mmm…

—Archer me dijo que eras de una familia rica —explicó—. Me imaginé que si vivías en Nueva York y tenías dinero… —Su voz se desvaneció, y entonces tuve la oportunidad de seguir hablando yo.

—Lamento desilusionarte —dije con una sonrisa.

Lauren se encogió de hombros.

—No, no es nada malo. Si no fueras una chica estupenda, Archer nunca había aceptado salir contigo. No sé si te has dado cuenta, pero mi primo es una especie de ermitaño. Los pocos a los que concede la gracia de su presencia son por lo general bastante importantes para él.

Quería creer que lo que Lauren me estaba diciendo era cierto, que yo era importante para Archer, o al menos que me estaba acercando.

—¿Quieres ayudarme a traer la comida? —preguntó Lauren, señalando con el pulgar por encima del hombro los frigoríficos y el mostrador, llenos de bandejas y platos a rebosar. Regina, Karin y Victoria ya habían empezado a llevar algunos a las mesas.

—Pues claro —dije—. Me encantaría.

En los últimos años, había pasado el Día de Acción de Gracias bien a la mesa de los Taylor o bien cenando sola algo que había encargado en algún restaurante. Así que, de verdad, nunca había vivido lo que podía llamarse la «típica cena de familia», con todo el mundo sentado a la mesa, la familia al completo.

Decir que me sorprendió la exposición de comida que se distribuía por las mesas sería quedarme corta. Estaba boquiabierta, del todo.

Había platos y más platos de delicioso pavo asado, jamón glaseado con miel, ensalada de patatas, bollos de mantequilla, verduras al vapor rellenas, salsa de arándanos y todos los platos italianos típicos que uno se pueda imaginar. Quería probarlo todo.

—¡Atención todo el mundo! —dijo Victoria en voz alta por encima de todas las charlas y las risas—. A la mesa. Ha llegado la hora de cenar.

Todo el mundo se apresuró a ocupar su sitio.

Me las arreglé para conseguir sentarme en una silla cerca de donde estaba el jamón, al que le había echado el ojo, ansiosa por tomar unos cuantos trozos, y Archer acabó por dejarse caer en el asiento que quedaba a mi derecha, con Carlo a mi izquierda.

—Vamos a bendecir la mesa —dijo Victoria.

Me mordí la mejilla por dentro, decidida a no ponerme colorada porque Archer me hubiera tomado de la mano ligeramente, sin mirar a otra parte que no fuera yo. La bendición se hizo en italiano, ni siquiera hice el intento de entender nada, así que solo permanecí en silencio diciendo para mis adentros una rápida plegaria de agradecimiento.

—Bueno, ¿a qué estáis esperando? —dijo Victoria una vez la plegaria hubo terminado—. A comer.

Archer me soltó la mano rápidamente y yo me puse a servirme unos cuantos trozos de jamón en el plato, agradecida por tener algo en lo que ocuparme.

En la mesa se abrió paso la calma, pues todo el mundo se puso a comer. Regina y sus hermanas se habían puesto a hablar sobre sus hijos y las travesuras que estos protagonizaban, sin importarles que los niños estuvieran sentados tan solo unos asientos más allá. Vittorio y sus cuñados estaban ocupados en una especie de charla animada acerca del póker. Los niños más pequeños, sentados hacia el extremo de la mesa, parecía que no hacían más que reír todo el rato.

—Bien, Hadley. —Sofía se inclinó por encima de la mesa en mi dirección, sonriendo, justo en el momento en que me había acabado el puré de patatas que tenía en el plato—. Cuéntanos algo más sobre ti.

Sentí que las mejillas se me calentaban al ver varios pares de ojos mirándome.

—Mmm… —Me mordí el labio, cohibida al ver que de repente era el centro de atención—. No estoy muy segura de qué decir.

—Lo que sea —dijo Sofía—. Me gustaría saber cómo conociste a Archer.

—Coincidimos en el primer año de inglés. —Archer me cortó abruptamente mientras cortaba unos pedazos de pavo para Rosie—. Eso es todo.

—Fascinante —dijo Vittorio, metiendo baza—. Pero ¿qué hay entre vosotros dos?

El estómago se me hizo un nudo. Tenía que recordarme que esto iba a pasar tarde o temprano.

—Yo no… —me aclaré la garganta, nerviosa—. No hay nada.

Pues claro que había «algo», pero ese algo era un contrato con la Muerte y estaba segura de que Vittorio de eso no sabía nada.

El hombre parecía no estar convencido.

—¿De verdad?

—No estamos saliendo, si eso es lo que quieres saber —dijo Archer sin más—. Solo somos amigos.

El corazón me dio un saltito, pues aquella era la primera vez que Archer me llamaba «amiga».

—Sí. Solo amigos —añadí rápidamente, no obstante.

—Espera. ¿Que vosotros dos no estáis saliendo? —dijo Carlo, que tenía ganas de meter baza en la conversación—. ¿Quiere decir eso que estás libre, Hadley? A mí siempre me han gustado las morenas.

Casi me atraganté, tenía la cara ardiendo cuando me volví a mirar a Carlo horrorizada. ¿Trataba de mortificarme?

—¡Carlo! —gritó la mitad de la mesa para protestar—. ¡Compórtate un poco!

Archer levantó el brazo tan rápido para darle a su primo un bofetón en la cabeza que casi ni lo vi, solo alcancé a darme cuenta de que su primo se la frotaba y la sacudía. Para entonces, ya me había sentado tan hondo en mi sitio que casi me voy debajo de la mesa.

—¡Chicos! —La voz afilada de Victoria llegó hasta nosotros—. Será mejor que tengáis cuidado con lo que decís. Vuestros hermanos y primos más pequeños están aquí. Debéis dar ejemplo. Como castigo, vosotros dos ya os podéis levantar y empezar a fregar los platos.

—Oh, vamos, ¿lo dices en serio? Yo...

—¡A fregar! —ladró Victoria—. Escuchad a vuestros mayores, muchachos.

Archer lanzó a Carlo una mirada antes de echar la silla hacia atrás y levantarse de la mesa, tomando un montón de platos sucios. Carlo lo siguió, riéndose disimuladamente mientras se llevaba un montón de copas hacia la cocina.

—Te pido disculpas por el comportamiento de mi hijo, Hadley —dijo Karin, echándome una mirada de exasperación—. Suele meter la pata más a menudo de lo que debería.

Pasaron diez minutos y Archer y Carlo iban y venían de la cocina a la mesa, llevándose los platos, y cuando transportaban ya los últimos cubiertos y las últimas copas, uno de los más pequeños dijo tímidamente:

—¿Toca ahora el postre?

Una oleada de satisfacción invadió el ambiente al oír la mención del postre, que según parecía era la culminación en cualquier cena de los Incitti. Además, a mí me parecía que el azúcar siempre hacía más fácil cualquier reunión.

Llevó casi cinco minutos acarrear todos los postres desde la cocina. Cuando casi ni se habían puesto todavía los platos de postre y los cubiertos en la mesa, un enjambre de manos se puso en movimiento para hacerse con cualquier postre que quedara a su alcance. Tuve que abrirme paso como pude entre los más pequeños para conseguir un puñado de galletas italianas y un *cannolo*[3] de chocolate. Me batí en retirada rápidamente a mi posición inicial mientras los demás seguían devorando los postres, preocupada por no resultar herida si me interponía en el camino de alguien. Cuando por fin pude dar un mordisco a mi *cannolo*, casi gemí de placer.

---

[3] N. de la Trad.: El *cannolo* es un dulce con forma de tubo y relleno de chocolate o de alguna crema, típico de Sicilia. Los *cannoli* más típicos se rellenan de queso ricota con algún otro ingrediente.

Lo que Archer me había dicho acerca de los postres que preparaba su familia no era ninguna broma. La única conclusión a la que era capaz de llegar era que Dios había bendecido a los Incitti con la habilidad de preparar los dulces más deliciosos del mundo. Me comí el resto del *cannolo* en cinco segundos y, cuando me había comido dos de las galletas que me había servido, vi a Archer sentado en la banqueta que había frente al viejo piano de pies en un rincón de la cafetería.

Suspiré al advertir que tenía el ceño fruncido. ¿En qué estaría pensando ahora como para parecer tan triste? Y lo que era más importante, ¿por qué hacía eso siempre, apartarse de los demás para estar solo? Me levanté y me fui a sentar junto a él en la banqueta del piano.

Estuvimos sentados en silencio durante unos minutos mientras nos acabábamos nuestras respectivas galletas, contemplando la escena de aquel caos placentero que nos rodeaba. Parecía que había una provisión de risas sin fin y de bromas aquí y allá, lo mismo que durante la cena. Creo que nunca antes había sentido nada parecido. Y no quería que acabase, porque no sabía si volvería a sentirlo alguna otra vez.

—Gracias —le dije, mirándolo—. Por invitarme. Ha sido increíble.

—Me gustaría decir que fue mi madre quien me obligó a hacerlo, pero sería mentira —dijo Archer, con la mirada fija en sus zapatos—. Estoy encantado de que hayas venido.

Por un momento, no supe qué decir. Una parte de mí sospechaba que había sido Regina quien le había dicho que me invitase, puesto que le había contado lo de los ridículos horarios de trabajo de mis padres y que no era infrecuente que pasara sola un día de fiesta o dos. Pero había sido Archer el que lo había hecho.

Y eso hacía que me sintiera muy, muy feliz.

—Desde luego, se han encariñado contigo de algún modo —prosiguió, riéndose entre dientes mientras miraba a sus parientes, que seguían amontonados alrededor de los postres que quedaban.

—Bueno, a mí me caen bien —dije—. Son estupendos.

Archer se burló al tiempo que acababa con lo que quedaba de su galleta y se sacudía las manos sobre los *jeans*.

—Sí, lo son. Pero a veces me vuelven loco.

Me sonó el teléfono móvil antes de que pudiera responder. A pesar del hecho de que era el Día de Acción de Gracias y, por tanto, de algún modo, debería haberlo esperado, me sorprendió un poco que la llamada fuera de mi madre.

—¿Hola? —respondí, poniéndome en pie, apartándome hacia un lado para tener un poco de privacidad. Traté de no hacer caso alguno del modo en que Archer me seguía con los ojos, sintiéndome de repente muy cohibida.

—Feliz Día de Acción de Gracias, Hadley —dijo mi madre, con una voz más cariñosa de lo habitual.

—Feliz Día de Acción de Gracias —repuse—. ¿Qué tal os va a papá y a ti?

Por supuesto, las dos estábamos haciendo caso omiso del hecho de que la última vez que nos habíamos visto no había sido en los mejores términos, pero al menos mi madre me estaba llamando. Me contó un poco de lo que estaban haciendo con su caso y dijo que debería estar resuelto en uno o dos días, para luego pasarle el teléfono a mi padre.

—Se oye mucho ruido ahí donde estás —dijo mi padre después de desearme feliz Día de Acción de Gracias—. ¿Sigues donde tu trabajo para la cena?

—Sí —repuse. Les había enviado un mensaje de texto la noche anterior contándoles que había cambiado de planes—. Regina tiene una gran familia, acaban de servir los postres y los niños están emocionados.

—Qué bonito —dijo—. ¿Te lo estás pasando bien?

—Desde luego —dije sin pensar—. Estaba un poco nerviosa por tener que presentarme a todo el mundo, pero son... son estupendos. Ojalá hubiera estudiado dos años de italiano en lugar de dos años de español, pero aun así me lo estoy pasando muy bien.

Casi pude oír la sonrisa en la voz de mi padre cuando dijo:

—Muy bien, chiqui.

Colgué el teléfono después de uno o dos minutos más de conversación y volví a la banqueta del piano donde Archer seguía sentado.

—Disculpa —le dije—. Eran mis padres. Solo llamaban para desearme feliz Día de Acción de Gracias.

Acher parecía que se estuviera concentrando mucho en algo cuando habló, agarrándose los puños de la camisa. Siempre se revolvía incómodo cuando algo le molestaba.

—Tú y tus padres… Ya sé que hablamos un poco de ellos el otro día. ¿Me equivoco al pensar que no pasas mucho tiempo con tu familia?

—No —repuse—. Mis padres siempre están ocupados, y los pocos primos y tíos que tengo no viven en este estado. No nos reunimos muy a menudo.

—Entonces… Casi siempre estás sola, ¿no? —dijo Archer, mirándome al fin.

—Casi siempre —dije, sintiéndome cada vez más y más confundida acerca de adónde quería llegar—. Lo que quiero decir es que, bueno, tengo a Taylor y a Brie y a Chelsea y a todos los demás, ya sabes, pero… sí. Casi siempre estoy sola.

Entonces me sentí muy sola, diciendo en voz alta esas palabras y dándome cuenta de que eran ciertas.

Había una diferencia entre estar solo y sentirse solo. Creía que no me importaba estar sola porque era a lo que estaba acostumbrada. Pero no me había dado cuenta de lo sola que me sentía hasta que la familia de Archer me recibió con los brazos abiertos y me trataron como a una más. No sabía que se pudiera echar de menos algo que nunca habías tenido.

—No hace falta que estés tan triste —dijo Archer, dándome un empujoncito con el hombro—. Les gustas, así que no te será fácil librarte de ellos. Si no te invito a partir de ahora a cada comida o cada cena en un día de celebración, me cortarán la cabeza.

Estallé en risas, encantada al pensar en aquello.

—Archer, me hará muy feliz acompañaros a cualquier comida si no hay más desquites ni cenas frente al televisor.

Archer parecía haberse quedado pasmado hasta que empezó a reírse, lo que provocó que sus tías Sofía y Karin nos mirasen llenas de curiosidad.

Estaba en pie y volando hacia la cocina, con Archer pisándome los talones. Di la vuelta al mostrador, atravesé el umbral de la puerta de la cocina y de repente me detuve y grité.

Me llevé las manos a la boca.

Noté cómo Archer, detrás de mí, se quedaba helado y respiraba con dificultad.

—¿Mamá?

Regina estaba en el suelo, encogida, con la espalda apoyada contra los armarios, rodea de las salpicaduras de lo que parecía un bol que estaba a punto de servir. Temblaba de la cabeza a los pies y tenía la cara pálida como la cera.

Era como si hubiera visto… Bueno, era como si hubiera visto a la Muerte.

La mujer levantó la vista al oír la voz de su hijo. Un sollozo que retorcería las tripas de cualquiera escapó de sus labios al tiempo que trataba de ponerse en pie.

—Archer, gracias a Dios, es Chris, algo… Es… Tienes que…

Fue en este momento cuando los muros que Archer había estado construyendo durante años para apartarse de todos se derrumbaron. La emoción se dibujó en su cara como si fuera un rayo de luz cegador. Parecía turbado. Confundido. Herido. Furioso.

Durante esos escasos segundos, vi al chico que trataba de actuar como si nada lo molestara solo porque tenía que ser fuerte por su familia, porque se sentía como si tuviera que ser quien los mantuviera unidos, pensando poco en sí mismo y olvidándose de sus propias necesidades. Vi todo lo que sospechaba sobre él y más.

Entonces, igual de rápido que había caído el muro volvió a levantarse, y no quedó nada más que un muchacho cuyos pensamientos eran solo para su madre.

—Mamá, no pasa nada, tienes que escucharme, no pasa nada —estaba diciendo Archer, levantando a su madre—. No pasa nada, mamá, estoy aquí, tienes…

Pero Regina estaba inconsolable. Lo abrazaba y sollozaba sobre su hombro, sin dejar de decir el nombre de Chris una y otra vez de una manera que me partía el corazón.

—¿Qué está pasando aquí? —me pareció oír—. Oh, Dios mío.

Victoria estaba en el umbral de la puerta, mirando la escena sorprendida. De inmediato fue como si supiera lo que sucedía. Un segundo después apareció Vittorio, seguido de cerca por Sofía y Karin.

—Otra vez no —murmuró Vittorio, moviéndose hacia donde estaba Archer y alargando un brazo para acariciar la cara a Regina—. Sigue tomando su medicación, ¿verdad?

—Pues claro que sí —soltó Victoria—. Todos los días. —Aunque Victoria se estaba comportando de la manera brusca en que acostumbraba, por la expresión de dureza que se dibujaba en su cara me atrevía a decir que le dolía ver así a su hija.

—Juro que no ha tenido un recuerdo recurrente tan fuerte como este desde hace años —dijo Karin, que sonaba consternada—. No desde después de que sucediera.

¿Recuerdo recurrente? No entendía qué significaba aquello exactamente, pero no me resultaba difícil atar cabos. Regina estaba reviviendo la noche en que murió Chris, y nadie más que ella era capaz de verlo. Habían pasado años desde que Chris había sido asesinado, pero resultaba obvio que Regina nunca se había recuperado de aquello. Y verla así... Dudaba de que algún día lo lograra del todo.

—Llévala arriba, Vito —pidió Sofía, que lo dijo como si estuviera llorando—. Será mejor que los niños no la vean así.

Vittorio cargó a Regina en brazos y se encaminó hacia la puerta de atrás. Por el modo en que la cabeza de ella colgaba por encima del hombro de él diría que estaba inconsciente. Victoria, Karin y Sofía fueron tras ellos de inmediato.

Hice como si quisiera seguirles sin pensarlo, para ver que Regina se recuperaba con mis propios ojos, pero Archer alargó el brazo y me agarró del mío cuando solo había subido unos escalones.

—Quédate aquí —dijo, bajando la voz.

—Archer, yo...

—Por favor.

No quería hacerle caso y subir con los demás a pesar de lo que me decía, pero me obligué a quedarme donde estaba. Todo alrededor de aquel chico me decía que estaba sufriendo, incluso a pesar de que él lo negase. No quería poner las cosas peor.

—De acuerdo —dije suavemente—. De acuerdo. Es solo que...

Archer pareció entender, aunque lo cierto era que ni yo misma estaba muy segura de lo que trataba de decir.

Asintió levemente con la cabeza y luego salió de la cocina y subió las escaleras tras sus tías y su tío. Lo miré partir, sintiéndome incluso más desesperanzada de lo que había estado momentos antes.

—¿Hadley? ¿Qué pasa?

Me volví y vi a Lauren y a Carlo acercándose a la puerta, los dos con cara de ansiedad. Me pregunté si conocerían todos los detalles de lo que había sucedido aquella noche hacía tantos años y del daño que aquello le había hecho a su tía.

—No... No lo sé —dije—. Vuestra tía...

—Se va a poner bien —dijo Lauren, asintiendo con la cabeza, tratando de convencerse a sí misma—. *Zia* Regina. Se va a poner bien. Es fuerte.

No esperaba que Lauren se echara a mis brazos, pero lo hizo y le devolví el abrazo. Carlo me dio un apretón en el hombro para confortarme cuando dejé de abrazar a Lauren, seguido de una sonrisa tensa, para luego darse la vuelta y salir de la cocina. Lauren y yo nos quedamos allí de pie durante un rato, tensas y en silencio, sin saber qué decir. ¿Qué pasaría ahora?

Sabía lo que quería hacer: subir y tratar de ayudar a Regina. No me sorprendía que Archer se mostrara tan protector con su madre. Ni siquiera era capaz de empezar a entender cómo había cargado sobre sus hombros la responsabilidad de proteger a su familia durante tanto tiempo.

—Deberíamos salir —dijo Lauren, mirándome—. Jugar con los niños o lo que sea. Quedarnos aquí de pie no va a ayudar.

Me llevó un segundo salir de mi ensoñación y volver al presente.

—Los niños —dije—. Claro. Eso… Será seguramente lo mejor.

Lauren asintió con la cabeza y ambas salimos de la cocina, rodeando el mostrador hasta llegar adonde el resto de la familia estaba sentada. Los más pequeños no parecían notar que faltara nadie. Correteaban por ahí y gritaban y reían, sin duda debido al subidón de azúcar sobrevenido tras los postres que acababan de comerse.

Karin, Sofía y Vittorio y los suyos —Art, Ben y Anna— estaban sentados cerca de la chimenea, con las cabezas juntas mientras hablaban rápidamente y con tranquilidad los unos con los otros, ya conscientes de lo que había sucedido. Tomé asiento en una de las sillas llenas de cosas que estaban junto al sofá mientras Lauren y Mia, la hija de Sofía, trataban de evitar que los más pequeños volvieran a la carrera adonde estaban los platos de los postres para lamerlos.

Oí el sonido de unas pisadas sobre el suelo de madera, que crujía, y cuando levanté la vista y vi a Art DiRosario de pie frente a mí y me di cuenta de que me miraba preocupado.

—Supongo que no sabías nada de lo de Regina —dijo de pronto, yendo directo al grano.

Sacudí la cabeza.

—No. Lo que quiero decir es que sabía lo que le había pasado a Chris y todo eso. Archer me lo contó, pero no sabía que… que le pasaba esto. ¿Siempre…? ¿Siempre ha sido…?

Trataba de escoger las palabras correctas, pero Art pareció entender lo que estaba tratando de decir. Se apoyó sobre el borde del sofá unos centímetros más allá, suspirando mientras decía:

—Sí, Regina siempre lo pasa mal con el TEPT.

—¿TEPT? —repetí, frunciendo el ceño.

—Trastorno de estrés postraumático —aclaró Art—. Puede causar recuerdos recurrentes bastante desagradables.

De inmediato volvió a mi mente la clase de Psicología del año pasado. Mi profesor, el señor Hathaway, nos contó que los soldados que volvían del extranjero sufrían a menudo trastornos de estrés postraumático y que era algo bastante desagradable. Seguro que el asesinato de tu marido te seguía volviendo a la cabeza mucho tiempo después.

—¿Tiene recuerdos recurrentes a menudo? —pregunté.

Frunció el ceño, pensativo.

—Sabes, ya no muchos. Solía ser mucho peor después de que sucediera. Que estuviera embarazada de Rosie entonces no la ayudó. La cosa más insignificante desencadenaba uno, como oler las ropas de él y notar su colonia. Ahora no sé qué puede haber sido.

El corazón me dolió por ella aún más. No era justo que alguien de tan buen corazón y tan bondadoso como Regina Morales tuviera que sufrir así. No era justo para nadie.

—¿Hay algo que podamos hacer para ayudar? —pregunté a Art—. Lo que quiero decir es, bueno, Karin ha dicho que se está tomando la medicación, pero ¿no se puede hacer nada más?

Art sonrió un poco.

—No hay mucho que podamos hacer, Hadley, si ella rechaza ir a terapia.

—Pero ¿por qué? —dije, confundida—. No hay nada malo en acudir a terapia. Me apuesto algo a que la ayudaría si lo intentase.

—Créeme, hemos sacado el asunto a colación más de una vez, pero siempre hace como si no nos oyese. Solo quiere poner cara de contenta y actuar como si no pasara nada. Y Archer no está mucho mejor.

—¿Qué? —dije, sorprendida—. ¿Qué quiere decir con que Archer no está mucho mejor?

Art exhaló y se encogió de hombros otra vez.

—Archer ha heredado algo más que un parecido de su madre. Es unas diez veces más cabezota que ella. Le gusta comportarse como si sus problemas no existieran.

—Y me apuesto algo a que tampoco irá a terapia —dije, casi sabiendo ya cuál sería la respuesta.

—Creo que se sacaría los ojos antes de ir a hablar con un loquero —dijo Art.

Hizo una pausa durante un rato.

—Como dato positivo, tengo que decir que parece como si el tiempo que pasa contigo le estuviera haciendo bien. Nos sorprendió mucho Regina cuando dijo que una amiga de Archer vendría hoy a cenar con nosotros.

—¿De verdad es tan raro? —pregunté. Seguro que ya habrían conocido a algún otro amigo de Archer antes.

Art no tardó mucho en decir:

—Sí, lo es. A Archer no le gusta acercarse a la gente. Yo creo que lo hace porque teme que, si se acerca, les pase lo mismo que le sucedió a Chris.

Esta noche había muchas piezas que estaban encajando en su lugar. No me sorprendía que Archer apartara a la gente de su lado. No podía imaginarme lo solo que debía de haberse sentido. Lo negaba una y otra vez, pero eso no serviría para borrar años de soledad de un plumazo. No podías cerrarte a los demás simplemente porque tenías miedo de que les hicieran daño. Había personas por las que valía la pena arriesgarse.

—Espero que todo esto no modifique tu opinión sobre ellos —dijo Art, mirándome con cara de curiosidad—. Me refiero a Archer y Regina.

—Pues claro que no. —No quería sonar tan seria como lo hice, pero le di mi opinión—: Algunos días Regina se comporta como una madre para mí, más que la mía, y Archer es un gran amigo.

Art sonrió, parecía satisfecho con mi acceso de sinceridad.

—Me alegra oírlo. Quédate por aquí, ¿de acuerdo?

—No voy a irme a ningún sitio de momento —le aseguré.

Se puso en pie y alargó un brazo para darme unos golpecitos asintiendo en el hombro.

—En cualquier caso —dijo antes de partir para reunirse con su cuñado—, me ha gustado oír reír a ese chico otra vez.

Capítulo 18

No lo entiendes

Acabamos entreteniendo a los niños jugando al «corre que te pillo» y al escondite durante una hora, y para cuando sus padres bajaron para llevárselos a casa, casi todos estaban ya medio dormidos. Ayudé lo mejor que pude a despertar a los niños y ponerles los abrigos. Si bien hubiera sido exagerar decir que fue una despedida triste, sí me sentía un poco así, diciendo adiós a todos los familiares de Archer. No estaba segura de si volvería a verlos de nuevo, y pensarlo me deprimía. Literalmente, «todo» dependía de cómo fueran los doce días siguientes.

No quería irme a casa sin haberme asegurado antes, al menos un poco, de que Regina estaba bien, así que, buscando alguna excusa para seguir por allí, me encaminé hacia la cocina para empezar a lavar los platos. Haciendo como si los lavavajillas que allí había y que funcionaban perfectamente no estuvieran, me puse a vaciar una de las pilas, a llenarla de agua caliente y jabón y empecé a fregar. Mientras lo hacía, pensaba una y otra vez en aquella escena que no olvidaría en toda mi vida, sin importar cuántos años viviera.

A pesar de todos mis esfuerzos, no podía entender lo que había pasado. Una clase de Psicología de segundo año más no me convertía en una experta en salud mental. Sabía que los problemas psicológicos eran desagradables por lo general. Pero Regina había estado en un lugar más oscuro, más aterrador, un sitio del que solo sabía ella. Estaba escondido en algún lugar de su mente y cuando salía a la luz, para ella era real. No podía dejar de preguntarme si a Archer le pasaba lo mismo. Había estado allí aquella noche. Lo había visto todo, algo que ningún niño de once años debería haber visto.

A causa de aquella noche había pasado tanto tiempo apartando a todo el mundo que no fuera de su familia e, incluso si lo eran, sospechaba que no había sido del todo sincero con sus parientes acerca de cómo se sentía. ¿Para qué iba a serlo, cuando pensaba claramente que ellos importaban más que él? Archer no querría que nada malo le sucediera a su familia, nada como lo que le sucedió a Chris, así que los ponía por delante de él. Esa especie de autosacrificio me resultaba impresionante, pero sabía también que tenía que ser muy duro para él.

—¿Qué estás haciendo aquí todavía?

Dejé escapar un chillido al oír de repente la voz de Archer tras de mí, y me volví sobre los talones, salpicando agua jabonosa por todas partes.

—¡Archer! —grité, agarrándome al mostrador que tenía detrás, con el corazón latiendo a toda velocidad—. Deberías llevar un cascabel o algo así. ¿Es que no haces ruido cuando te mueves?

Archer no me hizo caso y miró alrededor, apoyándose sobre la jamba de la puerta.

—¿Por qué sigues aquí? —repitió—. Ya hace un buen rato que oí marcharse a todo el mundo.

—Bueno, sí —dije cohibida. Me mordí el labio, volviéndome otra vez hacia la pila de platos y tazas sucios que seguían en la encimera cerca del fregadero—. Yo solo... verás, quería ayudar con los platos ya que hay tanta..., yo...

Archer me miró inexpresivo mientras yo trataba de encontrar alguna excusa para explicar por qué no me había ido a casa.

Tenía el pelo despeinado, como si se hubiera estado pasando la mano una y otra vez por él, y los ojos inyectados en sangre. No creía que hubiera estado llorando, pero desde luego no estaba bien. Dolía verlo así.

—Tenemos lavavajillas.

—Pues sí, cierto —dije rápidamente—. Iba a meterlo todo en el lavavajillas, pero estaba, verás… asegurándome de que no quedaban restos de comida en los platos.

Archer levantó una ceja, con los labios apretados convertidos en una fina línea. Claramente, no había comprado la idea.

—De acuerdo, bien. Sigo aquí porque quería ver cómo se encontraba tu madre. Y también cómo te encontrabas tú. Estaba preocupada.

—Bien, muchas gracias por tu preocupación, Hadley, pero mi madre y yo estamos bien, ya está.

No me creí ni por un segundo que eso fuera cierto. Y creo que Archer sabía que no me lo creía. Crucé los brazos en un gesto desafiante, mirándolo con expectación. Me devolvió la mirada.

—Archer, no soy tan estúpida como pareces creer que soy —le dije—. Sé que desde luego no estás bien.

—Lo que no entiendo —dijo él en voz alta, haciendo como si yo no estuviera allí al tiempo que tomaba un cubierto y lo sumergía en el fregadero—, es por qué sigues actuando como si todo esto te importara. Esta no es tu familia, y no estamos saliendo. ¿Qué más te da que yo esté o no esté bien?

—Ya sé que tu familia no es la mía —dije, herida porque siquiera hubiera insinuado tal cosa—. Pues claro que lo sé. Pero…

—Vamos, Hadley —dijo, volviendo los ojos—. Casi no me conoces. No hace falta que te comportes como si te importara.

Ese comentario bastó para que le dijera lo que había tenido en la punta de la lengua desde hacía un rato. ¿Cómo podía pensar que no me importaba nada de lo que pensara, sintiera o hiciera?

—¿Nunca se te ha pasado por la cabeza que me importas? —dije, tratando de ocultar las emociones que nacían desde mi interior—. Puede que tal vez no estés acostumbrado a esto, a tener una amiga, pero si crees que finjo que... que tu familia y tú me importáis, entonces es que te hace falta uno de esos anticuados test de realidad, porque desde luego hay algo de lo que no te estás dando cuenta.

Archer permaneció en silencio mientras yo hablaba. Podía ver la tensión en sus hombros y la fuerza con que se agarraba al mostrador que había tras él. Se negaba a mirarme a la cara y seguía centrado en la puerta de la cocina, como si estuviera pensando en salir corriendo. No fue suficiente para evitar que yo dijera lo que dije después.

—No eres tú quien decide a quién le importas o quién se preocupa por ti o quiere saber si estás bien o no. La vida no funciona así. Ya sé que no entiendes todo lo que le ha pasado a tu familia o lo que te ha pasado a ti. Y quizá nunca lo hagas. Pero a mí no me hace falta entenderlo para que me importes.

Contuve una respiración profunda, sintiéndome insegura cuando por fin Archer dejó de mirarse los zapatos. Me estaba mirando con esa cara que no sabría describir: como si me estuviera viendo por primera vez.

—Archer, no miento cuando te digo que eres mi amigo —añadí, diciéndome a mí misma que ahora no iba a parar—. Y puedes odiarme todo lo que quieras, y soltar todas las estupideces que quieras, pero no voy a irme a ninguna parte. Quizá la próxima vez, antes de que te pongas a hacer cábalas acerca de lo que siento, estaría bien que trataras de hablar conmigo, ¿no te parece?

No me había dado cuenta de lo mucho que había querido pronunciar aquellas palabras hasta que por fin salieron de mi boca. Y, aun así, Archer no dijo nada. Dio un paso al frente, y el corazón me dio un vuelco al ver que se mordía el labio y en sus ojos se instalaba una mirada de determinación.

—Yo... La verdad... —Tragué saliva con fuerza, luchando por hablar—. La verdad es que sé escuchar y te escucharía si me dieras la oportunidad.

—No vas a dejar pasar esto, ¿verdad? —preguntó él con tranquilidad. Parecía resignado, pero también satisfecho, un poquito. Para empezar, porque quizá no le apetecía dejarme ir.

—No, claro que no —dije con firmeza—. A estas alturas deberías saber ya que soy una cabezota.

Abrió la boca, queriendo decir algo, eso estaba claro, pero no le salía. Se quedó ahí de pie, en medio de la cocina, durante un rato, sin que ninguno de los dos dijera nada. No estaba segura de si habría algo más que yo pudiera decir para reforzar mi posición. Sabía desde el principio que era testarudo y cabezota y que no estaba abierto a cambiar nada en su vida. Pero ¿sería esperar demasiado que me aceptara «finalmente» como amiga?

—Yo… Bueno, me voy —dije agitada, quitando el tapón del fregadero, tomando un paño de cocina para secarme las manos—. Mañana volveré a las seis, pero…

—Espera.

Estaba a medio camino de ponerme el abrigo cuando me volví hacia él para lanzarle una mirada interrogativa.

—¿Qué?

Se acercó, demasiado cerca, agarrándome de las solapas del abrigo, llevándome con delicadeza a apoyar la espalda contra la pared.

—¿Qué estás haciendo? —dije, distraída por lo muy cerca que estaba de mí. Demasiado, demasiado cerca. Tenía las manos a los lados de mi cabeza, contra la pared, y se inclinaba hacia mí. La cabeza me daba vueltas a mil por hora. Solo me di cuenta de que estaba a punto de besarme cuando vi que tenía los labios a solo unos centímetros de los míos. Se mantenía quieto, a la espera de mi reacción, para ver si lo apartaba o si reducía la distancia que nos separaba.

Y por alguna razón loca que no llegaba a comprender, quería que esa distancia desapareciera.

—Archer. —Contuve la respiración, tratando de hacer que se mantuviera a un ritmo regular—. ¿Qué estás haciendo?

Se retiró lo suficiente como para que nos siguiéramos mirando allí donde lo habíamos dejado. Dejó escapar un ligero suspiro, mordiéndose el labio otra vez, y de repente sentí la necesidad incontrolable de ser yo quien le estuviera mordiendo el labio.

—No sé —admitió, con la voz casi en un susurro.
Ninguno de los dos supo qué hacer a continuación. Estábamos ahí, sin más, en ese momento. Era como si cada una de las cosas terribles que habían pasado durante el día desaparecieran, como si el resto del mundo estuviera saltando en mil pedazos y desapareciera.

Respiré hondo, forzándome a decir las palabras «quizá debería irme a casa», porque ¿qué estábamos haciendo? ¿De verdad iba a besar a Archer?

—Antes de que abras la boca para decir que esto es una mala idea —dijo él, con los dedos recorriéndome el cuello—, te lo advierto, no lo hagas.

Alargué el brazo para meter los dedos entre sus cabellos y acercarlo hacia mí, y justo cuando estábamos a punto, a punto de besarnos, oí un fuerte y brusco:

—Ejem.

Archer y yo nos separamos de un salto rápidamente, y al hacerlo me golpeé la frente con la suya. Para colmo, era Victoria la que estaba de pie junto a nosotros en el umbral de la puerta, y no parecía que aquello la divirtiera.

—Cuando hayas acabado, asegúrate de cerrar con llave, muchacho —dijo—. Me voy a la cama. —Desapareció escaleras arriba sin mucho más que lanzarme una breve mirada.

Tan pronto como estuvo lo suficientemente lejos para no poder oírnos, Archer se volvió hacia mí, diciendo:

—Hadley, tenemos que…

Demasiado avergonzada como para hacer otra cosa que no fuera salir corriendo, dije:

—Creo que debería irme ahora mismo. Tienes razón, se está haciendo tarde. ¡Nos vemos mañana!

Salí por la puerta de atrás tan rápido como pude dando un traspié y cayendo de bruces.

Y Archer no me siguió.

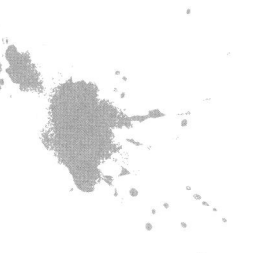

Capítulo 19

Una ruptura de contrato.
11 días antes

Salí a trompicones de casa a las cinco y media la mañana siguiente, con dificultades para mantener los ojos abiertos. Me sentía como si hubiera dormido tan solo los dos minutos anteriores a que sonara el despertador. Era el Black Friday y en Mama Rosa's necesitaban más manos para atender la riada de gente que esperaban que llegase para tomar café y pastas entre compra y compra.

El portero de noche se las arregló para conseguirme un taxi que me llevase hasta la cafetería. No estaba muy segura de ser capaz de llegar hasta el metro sin caerme por las escaleras y perder el conocimiento.

Todavía no podía pensar con claridad acerca de todo lo que había pasado la noche anterior. Ya tenía bastantes dificultades tratando de entender los recuerdos recurrentes de Regina, cuando resulta que había estado a punto de besar a Archer Morales, ¿no?

Me puse coloradísima, la cara me ardía, cuando recordé la mirada dura e intensa de Archer cuando me había apoyado contra la pared y había bajado la cabeza hacia mí, tan cerca que casi pude sentir sus labios sobre los míos. No habría sido mi primer beso, pero desde luego sí habría sido un beso que habría valido la pena recordar... De eso estaba segura.

Pero ¿qué le habría estado pasando por la cabeza para que quisiera besarme? Nunca había mostrado el menor atisbo de estar pensando nada en ese sentido. Fuera cual fuese la razón, tenía que centrarme. Hoy no podía distraerme pensando en el incidente del «beso que no fue» si quería salir bien parada en mi tarea de preparar café y servir mesas.

Cuando llegué, las luces de la cocina estaban encendidas. Me quité el abrigo y la bufanda y los colgué en una de las perchas de la puerta trasera antes de dirigirme cautelosamente hacia la cocina.

Victoria estaba atendiendo uno de los hornos, sacando una bandeja de rollitos de canela recién horneados. Levantó la vista y me saludó con la cabeza al verme entrar. Sentí cómo me sonrojaba al devolverle el saludo. Dudaba de si sería capaz de volver a mirar a aquella mujer a los ojos otra vez, y también de si podría hablarle. ¿Cómo hacerlo cuando me había visto a punto de besar a su nieto?

Archer estaba de pie frente al fregadero, lavando unas tazas de café en el agua jabonosa. Me echó una mirada rápida y me saludó brevemente con la cabeza. Me detuve frente a él, con la boca abierta, queriendo decir algo, pero Victoria habló antes de que yo pudiera hacerlo.

—Hadley, empieza por limpiar las mesas, si no te importa, y luego ayúdame a colocar todo esto en el mostrador de los dulces.

—Yo... Yo... —Contuve un suspiro—. Me parece bien.

Rápidamente me lancé a limpiar las mesas y luego ayudé a Victoria a colocar los dulces en el mostrador.

Para entonces, Archer ya había limpiado el molinillo de café y la cafetera, metido en el pequeño frigorífico leche, semidescremada, y había batido la nata, y ahora estaba contando el cambio en la caja.

—Archer, ve y abre —dijo Victoria, saliendo de la cocina—. Son las seis.

Él asintió, encaminándose hacia la puerta de entrada.

Cuando me habían dicho que el Black Friday iba a ser duro, lo había dudado un poco. ¿Cuán malo podía ser un día con un poco de trabajo extra? Mama Rosa's no era una tienda, era una cafetería. Estaba segura de que habían exagerado.

Por desgracia, me equivocaba. Y mucho.

A las ocho, los pies me dolían y los brazos también después de estar acarreando bandejas y bandejas llenas de sándwiches, bebidas y pasteles. Según parecía, Mama Rosa's era un sitio bastante popular para hacer una parada y comer y beber algo entre compra y compra; desde que abrimos el local estaba hasta la bandera, solo pudimos hacer un pequeño receso ya a media tarde, pero siguió el trabajo intenso hasta la hora de cerrar.

Hacer de camarera me proporcionó una forma física mucho mejor de lo que cualquier gimnasio habría conseguido, y el trabajo rápido demostró ser una buena distracción. Casi no teníamos ni tiempo para pensar en lo que había pasado el Día de Acción de Gracias. Y aparte del momento en que casi me tiro un café con leche por la frente, todo fue tan bien como fuimos capaces de hacer que fuera, que era mucho más de lo que había esperado. Había sido un milagro que Victoria, Archer y yo nos las apañáramos para llevar el trabajo adelante sin ninguna ayuda adicional. Seguí esperando que Regina apareciera para ayudarnos a última hora, pero no lo hizo, para mi disgusto.

Dejé escapar un gruñido de agotamiento cuando por fin apagué la luz de neón de «abierto» y cerré con llave la puerta delantera poco después de las siete de la tarde.

—Recuérdame que no haga carrera en el pequeño comercio o en la industria alimentaria.

Victoria dejó escapar una carcajada mientras contaba la caja que habíamos hecho en el día.

—Eso lo dices ahora, muchacha. Espera y verás. En estos tiempos, uno se dedica a lo que puede.

Victoria nos mandó barrer y fregar hasta el último rincón de la cafetería, se aseguró de que la cocina quedara inmaculada y de que los dulces que habían sobrado fueran empaquetados y apartados para entregarlos al día siguiente al repartidor que vendría a recogerlos por la mañana. Tan pronto como acabó de dar órdenes, se marchó, seguramente al piso de arriba.

Tomé el cubo que estaba tras el mostrador y me puse a recoger las tazas, boles y platos usados que habían quedado en las mesas. Habría recogido ya casi la mitad de las mesas cuando levanté la mirada y vi a Archer apoyado contra el mostrador, comiéndose un sándwich.

Fruncí el ceño.

—¿No vas a ayudarme?

Archer soltó algo que sonó a algo así como: «cuando haya acabado».

—Vaya, gracias.

Se encogió de hombros y se fue a la cocina sin decir palabra.

Así que me acerqué a la radio antigua que había sobre el mostrador junto a la caja registradora, que tenía sintonizada una emisora de música clásica, y luego seguí recogiendo los platos de las mesas. Cuando desinfecté los manteles y recoloqué las sillas, envolví con cuidado cada uno de los pasteles en film de plástico según me habían dicho y los coloqué en una caja para el repartidor.

Me tomé un respiro lo suficientemente largo como para prepararme una taza de té chai —me hacía falta toda la cafeína que pudiera tomar— y saqué la escoba y el recogedor y me puse a barrer.

Me dirigía a la cocina a por la fregona y el cubo, para pasarla después de barrer, cuando me di cuenta de que ya no sonaba la radio.

Había algo en aquel silencio que resultaba... extraño. Algo no iba bien. De pronto me golpeó una corriente de aire frío que me hizo temblar y envolverme con los brazos.

Durante toda la tarde la chimenea había estado encendida para contrarrestar el frío que hacía en la calle, lo que había creado un ambiente cálido y un aire agradable que olía a castañas, pero ahora en aquel espacio hacía un frío glaciar.

Me acerqué al fuego y tomé el atizador, con la esperanza de reavivar las llamas y así hacer que la estancia se calentara otra vez. Me acuclillé junto a la chimenea y empecé a mover los troncos.

—Hola de nuevo, Hadley.

Me volví sobre los talones, alargando un brazo para agarrarme a una silla cercana y no caerme.

El hombre del supermercado estaba sentado tranquilamente en el sofá. Me echó una mirada descuidada, con las piernas cruzadas y los brazos detrás de la cabeza.

—¿Qué...? —Se me quebró la voz al tratar de hablar—. ¿Quién es usted? ¿Qué está haciendo aquí?

La sonrisa del hombre se amplió, aunque parecía más bien que estuviera enseñando los dientes en lugar de sonriendo. Un escalofrío de miedo me atravesó.

—No tienes por qué asustarte tanto —dijo el hombre con su cuidado acento inglés—. Te aseguro que no he venido para causarte problema alguno... Al menos, no de momento, claro.

—¿Cómo...? —Levanté la vista para mirar a la puerta principal. Los cerrojos seguían echados—. Acabo de cerrar con llave. ¿Cómo ha entrado?

Si se hubiera colado por la parte trasera, seguro que Archer lo habría visto. A no ser que hubiera seguido a su abuela al piso de arriba y me hubiera dejado aquí para hacer todo el trabajo. Pensar que estaba a solas con aquel hombre, fuera quien fuese, hacía que me sudaran las palmas de las manos y que se me revolviera el estómago.

El intruso movió los dedos en mi dirección, todavía sonriendo.

—Tengo mis propios métodos.

Al mover la mano, vi que llevaba tatuados en los dedos los mismos símbolos negros y torpemente trazados que le subían por el antebrazo, salvo que en su caso no formaban números.

—Trabajas con la Muerte.

No había otra explicación que tuviera sentido.

Se encogió de hombros de un modo elegante.

—Bueno, yo no diría que trabajo con la Muerte, pero claro que conozco a ese viejo amigo. Verás, nos conocemos de hace tiempo.

Había algo en aquella sonrisa de superioridad que le torcía los labios cuando pronunciaba el nombre de la Muerte y que hacía que no le resultara cómodo. Quienquiera que fuera aquel hombre, me daba la sensación de que no estaba del lado de la Muerte.

Apreté el atizador que tenía en la mano, casi blandiéndolo.

—Creo que sería mejor que se fuera.

—Pero ¿por qué? —El hombre estaba haciendo ahora un mohín—. Acabo de llegar. Esperaba que pudiéramos charlar un poco.

—Lo siento —dije. Las manos empezaban a temblarme. No estaba segura de si sería capaz de evitar desmayarme si me quedaba cerca de aquel hombre mucho más tiempo—. No me interesa.

—Bueno, no es nada demasiado desagradable, querida niña, te lo prometo. Será rápido e indoloro. —Dio unos golpecitos sobre el sofá, justo al lado de donde él estaba sentado—. Siéntate.

Una astilla de hielo me bajó por la columna vertebral cuando el hombre dijo aquello de «rápido e indoloro».

—Estoy bien donde estoy, gracias —logré decir.

El hombre se encogió de hombros otra vez.

—Está bien. Espero que me disculpes por no haber empezado antes con las presentaciones —dijo, como si se estuviera preparando para lo que iba a ser una larga conversación—. Simplemente estaba entusiasmado al tener por fin la oportunidad de hablar contigo. Y ahora que me he fijado mejor en ti, tengo que decir... —El hombre se frotó la mandíbula con su enorme mano, inclinando la cabeza a un lado como si con los ojos me estuviera mirando de arriba abajo. Mantuve el atizador más cerca del pecho—. Que no estoy muy impresionado. Eres alguien muy corriente, ¿verdad? No se me ocurre qué es lo que la Muerte ha visto en ti.

—Bien, listo entonces —dije con voz temblorosa—. Tal vez debiera discutir ese punto con él. O tal vez debiera, ya sabe, irse.

El hombre rio, fuerte y con alegría. Miré hacia la cocina, deseando desesperadamente que Archer estuviera allí, que hubiera oído parte de la conversación y que viniera a ver qué pasaba. Aquel tipo no se atrevería a hacerme nada si Archer estaba allí, ¿no?

—¿Y por qué iba a hacerlo? —dijo—. Ni siquiera ha llegado a saber por qué he venido a visitarte. De hecho, ni siquiera me he presentado.

—Entonces diga lo que tenga que decir y luego váyase.

—Oh, caramba. No eres muy amable, Hadley. Alguien debería enseñarte buenos modales. —El hombre se puso en pie y yo di un paso atrás de inmediato cuando vi cómo se alzaba sobre mí a una altura alarmante—. En primer lugar, me llamo Caos. Y por suerte para ti, no tomaré en cuenta lo maleducada que eres porque estoy aquí para ayudarte.

—Bueno, dis-disculpe si no le creo —solté.

—Pues claro que no. —El tipo hizo un ruidito de pena con la lengua, sacudiendo la cabeza—. Aun así. Lo que estás haciendo. No está bien.

De algún modo, sabía lo de Archer.

—Yo no estoy haciendo nada…

—No te hagas la tonta conmigo. —La voz de Caos había cambiado de repente, para hacerse más profunda y mucho más dura—. Sabes de sobra de qué estoy hablando.

Tragué saliva con dificultad, luego me estremecí de miedo otra vez.

—¿Y qué?

—Escúchame con mucha atención, Hadley. —El hombre se acercó un poco más, y yo retrocedí hasta que toqué el pie de la chimenea con la espalda tratando de alejarme.

—Verás, te he estado observando desde el principio. Cada movimiento. Imaginándome lo que ibas a hacer después. Ese es mi trabajo.

—¿Por qué? ¿Por qué lo hace? —pregunté.

—En realidad, es muy sencillo. Quiero que dejes solo a Archer Morales —dijo bruscamente—. Quiero que dejes que acabe con su vida.

Juraría que el corazón me estaba dejando de latir.

—¿Qué?

—Ya me has oído. —Caos se apoyó sobre la repisa de la chimenea, con las manos una a cada lado de mí, inclinándose—.

Estás jugando un juego peligroso, Hadley. Te estás metiendo en cosas en las que se supone que nadie debe entrometerse. Cambiar el destino de una persona. Evitar que muera... eso es un asunto muy serio. No es algo de lo que deban ocuparse los seres humanos.

—No es solo que Archer muriera —me forcé a decir en un acceso repentino de valentía—. Se quitó la vida.

—Ahí es donde quería llegar exactamente —dijo él con suavidad.

Sentía como si la garganta se me estuviera cerrando y cada vez me costara más respirar. No podía hablar.

—No puedes jugar con el tiempo como lo estás haciendo —continuó él, bajando la voz—. Hay un orden en el universo y eso hace que cada acción que uno lleve a cabo tenga sus consecuencias. Hay consecuencias por cada segundo que Archer Morales sigue vivo cuando debería estar muerto. Y esas consecuencias no son algo con lo que esté muy seguro de que estés preparada para lidiar.

Quería gritar, chillar con toda la fuerza que me permitieran los pulmones, decirle a aquel hombre que no había absolutamente razón alguna por la que una persona debiera pensar que tenía que acabar con su vida, pero no fui capaz de reunir las fuerzas suficientes para decir palabra.

—La gente se suicida —dijo Caos de repente—. Así ha sido desde el principio de los tiempos, y así seguirá siendo.

—No en este caso —logré decir con la respiración entrecortada—. Ahora no. No siempre. La gente... la gente importa. Archer importa. No puede hacer que no crea en eso.

El hombre me miró desde su altura durante un rato, con la cabeza ladeada, y luego empezó a reírse. Rio y rio, y parecía que no fuera a acabar nunca.

—Hadley, ¿has acabado ya con lo de ahí fuera?

Iba a dejar escapar un sollozo al oír la voz de Archer gritando desde la cocina, pero Caos me tapó la boca con la mano antes de que tuviera la oportunidad de decir nada.

—Sí, dame cinco minutos —dijo él con una voz que era inquietantemente parecida a la mía—. Ya casi he terminado.

Siguió manteniendo la mano sobre mi boca al tiempo que se acercaba más, con la nariz que casi me tocaba la mejilla mientras bajaba la voz y la dejaba en un susurro.

—Piensa en mí como en un cobrador, Hadley —dijo—. Cada muerte es una deuda que hay que pagar para restaurar el equilibrio que has roto. Y no creo que tú quieras ser el pago de la deuda de Archer, ¿verdad?

Entonces, se fue.

Se me cayó el atizador de la mano y aterrizó sobre el suelo con un fuerte chasquido. Me las arreglé para llegar hasta el sofá antes de que las piernas dejaran de sostenerme. Estaba temblando de los pies a la cabeza y las lágrimas me quemaban los ojos, aunque no salían.

Si aquel hombre, Caos, me estaba diciendo la verdad, entonces estaba poniendo a Archer en peligro tanto como trataba de ayudarlo. Había visto suficientes películas de ciencia ficción como para saber que siempre había inconvenientes para aquellos que jugaban con el tiempo. La idea se me había pasado por la cabeza cuando me encontré por primera vez con la Muerte, cuando firmé el contrato, pero estaba tan obsesionada con salvar a Archer que no me había preocupado por lo que significaba cambiar el pasado. Ahora me parecía que el precio que habría que pagar sería muy alto.

¿Qué le había hecho yo a Archer? ¿A toda su familia? ¿A mí misma?

Oí unas fuertes pisadas y al poco, la voz de Archer:

—Hadley, ¿va todo bien? Me ha parecido oír que algo se caía, pensé… Espera. ¿Qué estás haciendo?

Levanté la cara de las manos y vi a Archer en cuclillas frente a mí, con una mirada en los ojos que nunca antes había visto.

—Lo siento —murmuré, frotándome las mejillas—. Solo lo he dejado un rato para descansar. Acabaré en cinco minutos.

Me puse en pie, pasé a Archer de largo para ir a la cocina a por una fregona como había sido en principio mi intención. Él se hizo a la idea de que me había levantado para no tener que compartir lo que estaba pensando y, por una vez, le agradecí que respetara mi silencio.

Capítulo 20

Disyuntivas de última hora de la noche.
10 días antes

Tras el enfrentamiento con Caos fui incapaz de dormir. Me daba miedo cerrar los ojos, preocupada porque al hacerlo se me apareciera aquella sonrisa inquietante en el dorso de los párpados. Por suerte no tenía que trabajar el sábado siguiente al Black Friday, porque temía que me caería de sueño mientras estuviera tomando nota en las mesas de lo que la gente quería o al tratar de preparar un café con leche.

Tras pasar la noche mirando al techo, tratando de pensar en algo que no fuera el encuentro con Caos, Archer o el hecho de que me quedaba poco más de una semana para cumplir con el contrato, y masajeándome los números que tenía en la muñeca, me levanté de la cama y fui hasta la cocina. Eran las siete de la mañana pasadas y el sol empezaba a salir por encima de los edificios, lanzando una luz rosada a través de las ventanas y por la calle.

Estaba preparando una cafetera cuando oí que la puerta principal se abría y que llegaba un ruido desde el salón.

—¿Hadley, eres tú?

Mi madre apareció en el umbral de la puerta de la cocina, seguida por mi padre. Parecían cansados y agotados por el viaje, pero ambos sonrieron al verme.

—¡Mamá! ¡Papá!

Lo de abrazar a mis padres no era algo muy habitual para mí, pero estaba contenta de verlos. Después de pasar tanto tiempo con la familia Incitti, me sentía desesperada por ver a la mía.

—¿Qué haces levantada tan pronto? —preguntó mi madre mientras se quitaba el abrigo y lo dejaba doblado sobre una silla del salón—. ¿Trabajas hoy?

Lo dijo sin más aspavientos, lo que me hizo pensar que ya había digerido la idea de mi-hija-tiene-un-empleo mientras estaba de viaje y que por fin lo aceptaba.

Sacudí la cabeza.

—No. No podía dormir, eso es todo.

—Bueno, tomaré un poco de ese café —dijo mi padre, sacando una taza del armario—. Juro que ya he tenido bastante de ojos rojos.

Saqué unos huevos del frigorífico y me dispuse a hacerlos revueltos mientras mi madre me echaba una mano con unas lonchas de bacón que sacó del frigorífico para freírlas. En pocos minutos habíamos preparado un desayuno, que luego llevamos a la mesa del comedor.

—¿Qué tal os ha ido el viaje? —pregunté mientras empezaba a comerme los huevos.

—Fatal. —Mi madre dejó escapar un suspiro profundo al tiempo que daba un sorbo al café—. Siempre le he dicho a Clinton que tiene que tener cuidado cuando llama a puerta fría a clientes potenciales. Esta vez se ha llevado el premio gordo.

No entendía muy bien de qué estaban hablando mis padres cuando describían los acontecimientos que habían sucedido durante su viaje, pero tenían la esperanza de que el caso se resolviera de una manera positiva y que pronto quedaría cerrado.

—¿Qué tal te ha ido en Acción de Gracias? —preguntó mi madre a su vez.

—Bien —repuse, tratando de contar la historia de una manera sencilla—. Me alegra que me invitasen. Archer dijo que sus familiares se enfadarán si a partir de ahora no voy a todas sus cenas familiares.

Mi padre sonrió al tiempo que acababa con lo último que le quedaba del bacon.

—Parece que son buena gente.

—Sí, lo son.

Y eso era lo que iba a hacer que las cosas resultaran tan difíciles, si Caos decidía cumplir su promesa e intervenir. Quería salvar a Archer más que nada en el mundo, pero no a costa de nadie.

En un gesto poco habitual en mis padres, se retiraron a su dormitorio para ducharse y descansar un poco. Era sábado, así que las oficinas en que ambos trabajaban estaban cerradas, pero por lo general ellos seguían trabajando en encargos aquí y allá o reuniéndose con clientes. No podía recordar cuándo había sido la última vez que habían pasado un sábado en casa.

Recogí los platos del desayuno, saqué los deberes de mi habitación y me los llevé al salón. Lo puse todo sobre la mesita de centro y me senté en el sofá, echando mano del mando a distancia del televisor. Tenía que ponerme a hacer algo si quería mantener la mente ocupada, y por ocupada me refería a no pensar en lo que Caos pudiera o no hacer. Ni preocupándome por Archer en demasía y de manera innecesaria. Todavía había una parte de mi cerebro que hacía que quisiera comprobar continuamente cómo estaba Archer, tal vez enviándole uno o dos mensajes de texto, ya que por teléfono no es que fuera alguien muy hablador. Las pocas veces que nos habíamos enviado mensajes de texto, siempre me contestaba con monosílabos.

Estaba todavía en el sofá, luchando con un ejercicio sobre procedimientos parlamentarios, cuando mis padres salieron de su dormitorio, con mucho mejor aspecto después de unas pocas horas de descanso.

—¿Te has movido siquiera? —preguntó mi madre desde la cocina mientras se servía una taza de café.

—La verdad es que no —repuse—. Bueno, en realidad sí, me he preparado unos gofres a la hora del almuerzo.

Mi padre rio, sentándose en el sofá junto a mí.

—Tú y tus gofres.

De alguna manera me gustaba que me estuviera tomando el pelo con mi obsesión por los gofres. Eso quería decir que se había dado cuenta.

—¿Por qué no llamas a Taylor o a alguna de las chicas? —preguntó mi madre, sentándose en el sillón que estaba junto a las ventanas—. Ya sabes, para celebrar el pasado Acción de Gracias.

—Sí, tal vez —dije.

Lo divertido del asunto era que no me apetecía salir de casa. Sí, en parte porque todavía estaba un poco nerviosa por todo lo que había sucedido ayer, pero sobre todo porque hacía mucho que no pasaba tiempo de calidad con mis padres. Y ya que ahora estaba metida en una especie de tira y afloja que daba miedo con la Muerte, Caos y Archer, pesé que sería buena idea quedarme un rato con mis padres. Puede que no volviese a tener otra oportunidad.

Pasé el resto del día en casa con mi madre y mi padre, lo que no era algo habitual, un poco cohibida, pero al mismo tiempo, cómoda. Pedimos comida china para cenar en un restaurante que quedaba a pocas manzanas de casa, y después de ver una maratón de viejas comedias, se fueron pronto a la cama.

Estaba agotada después de haber pasado una noche sin dormir, pero incluso así no estaba segura de estar lista para cerrar los ojos. Mis padres solo se encontraban a unos pocos metros pasillo abajo, en su dormitorio, y el hecho de que estuvieran tan cerca me daba seguridad, sentía que no estaba sola. De todos modos, todavía no había podido borrar el miedo que me daba pensar en que Caos pudiera atravesar la puerta de mi habitación, aunque estuviera cerrada con llave.

No podía soportar más la vista del techo de mi cuarto después de estar tumbada en la cama, totalmente despierta, hasta las tres de la madrugada. Salí de mi habitación y me fui a la cocina, donde me puse a rebuscar por los armarios a ver si encontraba unas bolsitas de té para prepararme uno. Hice una pausa cuando estaba a punto de llenar una taza alta con agua del refrigerador, al ver de reojo una silueta oscura en el salón. Esperé nerviosa a que la silueta se moviera, que hiciera algún ruido o lo que fuera, pero no se movió.

Quizá fuera porque ya tenía experiencia con un ser sobrenatural que tenía en marcha una *vendetta* contra mí, o quizá por el insomnio que hacía que fuera más valiente, pero me abalancé de inmediato sobre el interruptor de la luz sin pensar en mi seguridad dos veces. Era Caos otra vez, prefería verle la cara antes que preocuparme por si estaba escondido entre las sombras.

Cuando mis ojos se acostumbraron a la luz, me sorprendió y me alivió en último caso ver a la Muerte sentada a la mesa del comedor. Tenía las manos juntas delante de él, y sonreía complacido cuando lo miré. Dejé de respirar lentamente para recuperar el ritmo normal.

—Bien, buenos días, Hadley.
—¿Cuánto tiempo lleva sentado ahí?
—Oh, no mucho.
—Claro, porque eso no es lo que asusta —Temblé. Aunque la Muerte era mejor que Caos, la verdad era que no me gustaba mucho la idea de que me estuviera espiando.

La Muerte se encogió de hombros.

—Podría haber dicho algo, ya sabe —solté, a la vez que retiraba la silla que quedaba frente a él en la mesa y tomaba asiento.

—No creo que sea yo quien tenga todas las preguntas que hacer —dijo él.

Entrecerré los ojos al examinarlo. No parecía tan perturbador como cuando lo vi la primera noche, o en la iglesia. Seguía teniendo esa palidez artificial y el mismo aspecto esquelético, pero esta vez había algo distinto. Probablemente el hecho de que Caos había reemplazado a la Muerte como lo más aterrador que jamás hubiera visto.

—¿Qué hace aquí? —pregunté a la Muerte, enredando los dedos alrededor de mi taza, ahora vacía—. No le pedí que viniera.

El visitante apretó los labios, parecía incómodo mientras tamborileaba con los dedos sobre el tablero de la mesa.

—Debo admitir que esto no es habitual en mí.

—¿El qué, presentarse a escondidas en las casas de la gente a medianoche y sentarse a oscuras?

—No, eso es algo que hago con bastante frecuencia, de hecho.

Me eché hacia atrás en la silla, dejando escapar un suspiro.

—¿Trata de hacerse el gracioso?

—Ni mucho menos.

Por lo que había visto, la Muerte nunca se había presentado sin avisar. Bueno, aparte de cuando ofrecía contratos a la gente o de cuando se presentaba en las iglesias. Pero desde luego lo que estaba claro era que no solía aparecer cuando yo tenía preguntas que hacerle o necesitaba ayuda. Debía de estar aquí por algún motivo, pero estaba dando rodeos antes de entrar en el asunto a tratar. Y yo sabía igual que él que dicho asunto era Caos.

—¿Sabía que aparecería? —pregunté mientras miraba a la Muerte, yendo directa al grano.

Mi interlocutor entendió lo que preguntaba sin tener que dar más explicaciones.

—Siempre espero que no sea un problema, pero… sí. Para ser sincero, no obstante, te lo advertí.

—Oh, sí —dije con un gruñido—. Como me dijo que «hay cosas que puede que no sean muy divertidas si entorpeces el orden natural», menuda advertencia. Eso es lo menos específico que debe de haber dicho nunca.

—Y era cierto. Eso puedo asegurártelo, Caos no está desde luego muy contento con que intentes cambiar las cosas —dijo la Muerte.

—Sí, de eso ya me he dado cuenta, gracias —solté—. A ver, ¿es cierto todo lo que ha dicho? ¿Es una especie de cobrador que va a matarme si Archer no muere como se supone que hará? ¿Es una de esas cosas de una-vida-por-otra? Porque a mí me ha sonado a eso, y no voy a mentirle, estoy bastante asustada.

Él pareció momentáneamente incómodo.

—Parece correcto, sí.
—Entonces ¿qué hace usted aquí? ¿Ha venido solo para decirme una vez más que no puede ayudarme?
—Esta vez no. —La Muerte sacudió la cabeza, mientras seguía repiqueteando con los dedos sobre la mesa.
Su reacción me sorprendió.
—¿Perdón?
Dejó aquello de lado con un gesto de la mano.
—Solo quería hablar —dijo.
—La última vez que dijo eso, me ofreció un contrato. De verdad, no quiero, ni hablar, firmar sobre la línea de puntos.
Mi interlocutor se inclinó hacia delante, poniendo los codos sobre la mesa, y mirándome muy serio. Resultaba inquietante verle la cara sin rastro de su sonrisa de suficiencia.
—Caos es… complicado. Vive de la desgracia y el dolor de los demás, y hará lo que pueda para asegurarse de que eso siga siendo así. Creo que antes lo llamaban «así son las cosas». Su solo nombre invita al caos, y está deseoso de poner el mundo patas arriba y causar todo tipo de confusiones para que la oscuridad que existe en el mundo no desaparezca. Quiere mantener el equilibrio. De manera que «el bien» nunca tenga oportunidad de luchar.
—¿Por qué no me lo dijo antes? —bufé, sintiendo cómo se me revolvía el estómago al enterarme de aquello. Soltar cosas como «la oscuridad» o «el bien contra el mal» estaba más allá de mi comprensión. Sonaba demasiado a película de Hollywood para ser real, pero desde que todo esto había empezado, lo imposible había empezado a convertirse en la norma para mí.
—No quería que Caos se fijara en ti, claro que no —dijo la Muerte, como si eso hubiera debido de resultarme obvio—. Pensé que te asustaría. Pero ahora que él mismo se ha presentado…
—Todo se ha complicado —acabé por él.
—Pero ya sabías que sería así desde el principio.
—Sí, pero eso no lo hace más fácil.
—¿Hay algo fácil en la vida?

Gruñí de disgusto y me dejé caer en la silla, apoyando la frente sobre la mesa. Quería acabar con aquello. De repente me sentía muy muy cansada y nada me apetecía más que irme a la cama. Desde luego, no quería seguir despierta, escuchando a la Muerte hablar en verso.

—¿Hay algo más que quiera compartir con la clase? —pregunté triste—. Tal vez uno o dos consejos acerca de cómo apañármelas con este tipo.

La Muerte empezó a hablar, había algo en su tono de voz que hizo que me pusiera en guardia. Cuidado. Quizá fuera algo de culpa.

—Hay cosas del mundo que no entiendes, Hadley. Ahí fuera suceden cosas malas, pero las cosas malas también pasan aquí —dijo, golpeteándose la frente con un dedo.

—¿Qué se supone que significa eso? —pregunté.

—Lo que Caos hace... —La Muerte tenía la cara demasiado inexpresiva para ser normal, como si tratase de mantenerse a raya—. No siempre está ahí fuera para que lo veas. Puede que te des cuenta de que está más... dentro de tu cabeza.

El corazón dejó de latirme.

—¿Qué se supone que significa eso? ¿Voy a volverme loca?

Él sacudió la cabeza ligeramente, pero la pausa que hizo al responder fue suficiente como para lograr que yo entrase en una espiral de pánico. ¿Qué pasaría si Caos hacía que me volviese loca? ¿Y si hacía que Archer se volviese loco? ¿Qué se volviera suficientemente loco como para hacerse daño a sí mismo?

—Va a hacer que Archer hago algo malo, ¿verdad? —Empecé a plantearme todas las posibilidades de lo que podría suceder, gritando hasta que mi voz alcanzó un punto de histeria—. Va a hacer algo malo a su familia, ¿verdad? Va a...

La Muerte levantó una mano, cortando en seco el flujo de preguntas que yo estaba planteando.

—Mi consejo para ti, Hadley, es que antes de que empieces a hiperventilar, mantengas la cabeza clara.

Lo miré con expectación, esperando que me diera más consejos. La Muerte me devolvió la mirada con la misma cara en blanco.

—¿Qué es? —dije sin más—. ¿Que mantenga la cabeza clara? ¿Cómo se supone que voy a lograrlo?

A juzgar por las dos semanas que habían pasado, no era algo que se me diera muy bien.

Él suspiró, juntando las manos sobre la mesa frente a él.

—No tengo todas las respuestas, Hadley.

—¿Por qué no deja de decir eso? —solté—. ¡Tiene que haber «algo» que pueda hacer para ayudarme! Usted es la Muerte, ¿no es así? ¡Puede viajar en el tiempo! ¡Por favor! ¡Dígame al menos cómo puedo detener a Caos!

—Lo siento, niña.

Mis padres dormían al final del pasillo, así que tuve que contener un grito de frustración cuando la Muerte desapareció con una sonrisa tensa y un saludo molesto con la mano. Me eché hacia atrás en la silla, llevándome las manos a la cara, tratando de contener las lágrimas que amenazaban con arrastrarme.

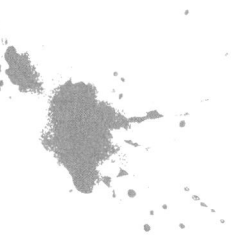

Capítulo 21

Confesiones.
8 días antes

Estaba deseando volver al instituto después de las vacaciones de Acción de Gracias. Volver a la rutina de las clases y los deberes me ayudaría a pensar en otra cosa que no fuera el miedo creciente que cada vez más se abría paso en mi estómago. Tomé un tren temprano, deseosa de salir de casa, y fui una de las primeras en llegar al instituto. Pensé en acabar lo que me faltaba de los deberes de Gobierno de Estados Unidos que había dejado de lado, pero en lugar de eso me puse a dar vueltas por los pasillos sin saber qué hacer.

No había vuelto a ver a Caos desde que se había presentado el viernes por la noche. Pero que no pudiera verlo no quería decir que no estuviera allí. Por lo que sabía, se escondía a la vuelta de la esquina, esperando la mejor oportunidad para golpear. El hecho de que no supiera cómo iba a arruinarme la vida resultaba confuso y aterrador a partes iguales. Ya había tenido bastante de qué preocuparme desde el principio, y ahora ese miedo no había hecho sino crecer, así que estaba segura de que los consejos de la muerte no me iban a servir para nada.

Lo malo era que, en retrospectiva, las cosas estaban mejorando en las demás facetas de mi vida. Había pasado un día entero con mis padres sin planearlo y no había tenido que estar deseando tener un día libre para hacerlo. Archer no me apartaba de él cada vez que tenía la oportunidad. Y había llegado el momento para arreglar las cosas con una última persona, y confesar que aquello estaba también superado.

Después de pasar días machacándome con aquello, acabé por negarlo. Explotaría si no hablaba con alguien, y pronto. Tenía que librarme de aquel pensamiento. Iba a devolver hasta las tripas, y me parecía mejor hablar que seguir obsesionada con Caos. Me topé con Taylor en su taquilla unos minutos antes de que sonara el primer timbre del día.

—Me gusta Archer.

Taylor estaba intentando meter un cuaderno en su bolso al tiempo que cerraba la taquilla, y casi no me hizo caso.

—Disculpa, ¿qué me decías?

Dejé salir un fuerte gruñido, apretando los ojos cerrados. No quería decirlo otra vez, pero la vergüenza no era todo lo que me merecía por haber sido tan mala amiga últimamente. Era el primer día de instituto después de las vacaciones de Acción de Gracias, y ya me lo había estado guardando durante demasiado tiempo. No estaba muy segura de haber pasado tanto tiempo sin contarle un secreto a Taylor. Ya había sido demasiado duro guardar los «demás» bajo llave, se merecía que fuera sincera con ella.

—Tenías razón —repetí—. Sobre Archer. Me gusta. Siento... algo por él. Lo que pasa es que no estoy segura de lo que es.

En buena parte era cierto. Lo que sentía por Archer... estaba ahí, y no iba a desaparecer. Solo tenía que definirlo.

Taylor levantó la cabeza tan deprisa que pensé que se rompería el cuello, y luego se quedó mirándome con una sonrisa.

—Lo sabía. ¡Estaba segura! ¡Sientes algo por Archer Morales!

—Taylor, calla —solté, haciendo un gesto con la mano—. ¡No hace falta que todos se enteren!

Mi amiga me dedicó una mirada de súplica, sacudiendo la cabeza.

—Estoy segura de que todo el mundo lo sabe ya, cariño. No es que lo hayas disimulado muy bien.

—Bien, felicidades entonces —dije—. Tenías razón en todo.

—Siempre la tengo —dijo en tono engreído—. Al menos en lo que respecta a los chicos.

—Desde luego. —Suponía que tenía que darle la razón en eso.

—Bien. ¿Y qué hay entre vosotros dos?

—¿Cómo que qué hay?

Taylor resopló un poco por la exasperación, mirándome con cara de «de veras eres tan estúpida como aparentas».

—A ver, ¿estáis saliendo o qué? Pasáis juntos casi todos los días. ¡Tú trabajas en la cafetería de su familia!

—«No» estamos juntos —dije con firmeza.

Estaba tratando de convencerme a mí misma sobre aquel punto tanto como intentaba convencer a Taylor. Aparte de nuestro casi beso, no había pasado nada que demostrara que Archer estaba interesado en mí. Desde luego, no me había pedido que fuera su novia. De hecho, en más de una ocasión, se había mostrado bastante firme diciendo que solo éramos amigos.

—Sí, y esperas que me lo crea —soltó Taylor—. Así que escondes algo. Desembucha.

—Casi nos besamos la noche de Acción de Gracias —solté, incapaz de contener las palabras por más tiempo.

—¿Qué? ¿Has esperado hasta «ahora» para contármelo?

—¡En realidad no pasó nada!

—¿Cómo puedes decir que no pasó nada? ¡Te besó!

—«Casi» me besó —corregí, y al pensarlo pude sentir cómo me ponía colorada del calor que sentía en la cara.

—Bien, ¿qué le detuvo? —pidió Taylor, apretándome el antebrazo, casi agitándome para que le diera la información.

Contuve la respiración, mordiéndome el labio.

—Su… abuela entró de repente.

Se desternilló de risa al oírlo.

—Oh, no. Por favor, dime que es una broma.

—Ojalá lo fuera.

Taylor no tenía ni idea de lo mucho que me apetecía aquel beso. Todavía estaba tratando de hacerme a la idea de que no había podido ser.

—¿Y qué? ¿No se ha repetido? —insistió con mucho interés, con las cejas levantadas.

—No sé —admití. Cada parte de mí lo deseaba—. Ni siquiera hemos hablado de ello. No puedo pensar en eso ahora, no hasta que lo saque él a colación.

Taylor se quedó parada. Me miró un rato, con la cabeza ladeada, frunciendo el ceño.

—Claro que puedes. Te gusta.

—Lo sé —murmuré—. Pero... las cosas son distintas entre nosotros.

—Tan distintas que no sois capaces de admitir lo que sentís el uno por el otro, ¿verdad? —apuntó Taylor.

—Ahora no estoy muy segura —dije. Sabía que el tema saldría, no obstante. Archer no era tonto. Se daría cuenta de lo que sentía por él. Pero tenía cosas más importantes por las que preocuparme que los sentimientos que él pudiera tener hacia mí y si se habría dado cuenta.

Inspiré hondo. La segunda mitad de mi confesión fue en realidad una disculpa.

—Mira... Tengo que irme a clase. Pero quería decirte que lo siento. Lo siento por haber sido tan mala amiga últimamente y por haberos dejado tiradas, a ti y a las demás. Prometo que eso no durará siempre.

Al menos, eso esperaba.

Taylor no dijo una palabra más sobre Archer, pero por la manera en que me miró estaba segura de que aquella conversación no había acabado.

—Será mejor que no. Aunque estás perdonada —dijo, dándome un golpecito en el hombro—. Pero si vas a desaparecer por un chico, al menos asegúrate de que tú también le gustas a él, ¿de acuerdo? Porque si no te corresponde, es que es un idiota.

Me reí.

—Haré lo que pueda.

Seguí con la cabeza gacha mientras entraba en la clase de Química, pensando en lo que Taylor me había dicho. Estaba empezando a prepararme mentalmente para una repetición de aquella conversación esta vez durante la clase, con Chelsea. Taylor tenía probablemente razón y todos sabían que sentía algo por Archer, pero Chelsea y Brie tendrían que escuchar cómo yo misma se lo decía. Y aunque no me gustaba admitir que estaba equivocada, tenía que decir que me hacía sentir bien hablar con mis amigas de nuevo.

No vi a Archer hasta que sonó el último timbre, y para entonces estaba un poco preocupada por si acaso se había enterado de que estaba hablándole a todo el mundo de lo que sentía. Pero de nuevo, tuve que saltarme el almuerzo para sentarme en la biblioteca y trabajar en otro ejercicio sobre *El gran Gatsby* que me habían puesto en clase de Lengua. Dejar de lado parte de los deberes que me habían puesto antes de Acción de Gracias no había sido la mejor idea que se me podría haber ocurrido.

Salí del aula de cerámica en dirección al segundo piso, donde estaba la taquilla de Archer, con la esperanza de encontrarlo allí. Iba de puntillas, tratando de ver sobre la multitud que estaba en las escaleras, hasta que lo localicé.

—¡Hola, Archer!

Levantó la vista cuando oyó que lo llamaba, y ahí estaba esa ligera sonrisa suya. Así que, aunque supiera que estaba por él, al menos no se había vuelto completamente loco por eso.

—Hola. No te olvides de tu turno mañana…

Pero no llegué a oír aquellas palabras. Sin darme cuenta, de pronto perdí el pie y bajé las escaleras rondado. Fue como si alguien hubiera retirado el suelo bajo mis pies, aunque estaba segura de que yo las estaba bajando con pie firme. Por fin, conseguí sacar las manos y buscar dónde asirme para dejar de seguir rodando.

Seguí oyendo cómo la cabeza me golpeaba contra los escalones, uno tras otro, y el sonido me pitó en los oídos. Cuando por fin aterricé al final de las escaleras, temía abrir los ojos y encontrarme con que el techo me daba vueltas.

—¡Hadley!

De alguna manera, reconocí aquella voz: era Archer. Y eso a pesar de que los oídos me pitaban y de que me aturdía un sonido punzante y, después, sentí cómo unas manos cálidas me levantaban.

—Hadley, ¿te encuentras bien?

Abrí los ojos con cuidado y lo vi inclinado sobre mí.

—Hola —dije—. Me he caído.

—Sí, lo sé. Lo he visto.

Traté de erguirme, pero me resultó imposible porque todo me daba vueltas. Archer apareció, lentamente y con seguridad, en mi campo de visión, con los ojos muy abiertos de puro susto. Tenía una mano presionándome la mejilla y con la otra me agarraba por la cintura, y el hecho de que estuviéramos tan cerca hizo que me resultara aún más difícil poner mis pensamientos en orden. Una vez más, hice todo lo que pude para ponerme en pie.

—Oye, no… Espera un segundo, por favor. —Archer movió la mano para agarrarme el hombro, impidiendo que me levantase—. Quédate así. Te has dado un buen golpe en la cabeza.

—Sí, ya me doy cuenta —dije, apretando los ojos.

Me quedé sentada a los pies de las escaleras durante unos minutos y no abrí los ojos hasta que por fin conseguí respirar con normalidad. Tener a Archer tan cerca hacía, no obstante, que aquello fuera un reto. Me estaba tocando y me confortaba. Me sentía segura. Pero también un poco nerviosa.

—¿Puedes moverlo todo? —me preguntó al levantar la vista hacia él—. ¿No hay nada roto?

Moví los dedos de los pies y de las manos.

—Estoy bien.
—De acuerdo. ¿Quieres ponerte en pie?
—Sí. Dame un segundo.
Le agarré del brazo con fuerza y me puse en pie. Trastabillé un poco, pero me las arreglé para mantenerme erguida.
Archer me apretó la mano.
—¿Seguro que estás bien?
—Sí, seguro —le dije—. Pero ¿desde cuándo tienes dos cabezas?
Se rio fuerte, parecía derrotado.
—Desde siempre. —Tomó mi bolso para llevarlo él y se lo colgó en el hombro—. Vamos.
—Espera. ¿Adónde vamos? —pregunté, al tiempo que él me rodeaba la cintura con un brazo y me acompañaba con gentileza por el corredor.
—Te llevo a la oficina —dijo—. Lo más probable es que la enfermera se haya ido ya, pero espero que encontremos allí una bolsa de hielo o lo que sea. Tienes un chichón del tamaño de un huevo de gallina en la cabeza.
Alargué la mano para llevarme los dedos a la frente, y me doblé de dolor al notar el chichón.
—Jo.
Archer dejó escapar otro suspiro de disgusto. Cuando llegamos a la oficina principal, la recepcionista acababa de cerrar, casi todas las luces estaban ya apagadas y la mujer llevaba el bolso colgado, dispuesta a salir, y estaba buscando las llaves. Levantó la vista al vernos entrar.
—Disculpe —dijo Archer rápidamente—. Acaba de caerse por las escaleras y se ha golpeado la cabeza bastante fuerte. ¿Podría darnos un poco de hielo? Ojalá no tenga ningún traumatismo.
Ojalá no lo tuviera, yo también lo esperaba. La cabeza empezaba a palpitarme y me dolía, y la visión periférica me fallaba, todo estaba demasiado oscuro.
La recepcionista fue a la parte de atrás por una puerta, y la oí abrir y cerrar cajones, luego el sonido del hielo cuando se recoge

y se mete en una bolsa. Apareció poco después y me dio la bolsa de hielo.

—¿Necesitas algo más? —dijo.

—No —repuse—. Pero oiga, gracias. Es usted un cielo.

Archer me sacó a toda prisa de la oficina y se echó a reír en cuanto estuvimos fuera y la mujer no pudo oírnos.

—Pediré un taxi para ti —dijo, con esa sonrisa que era mi favorita y seguía ahí—. Quizá sea mejor que no tomes un autobús que vaya a propósito por un montón de baches.

—Sí, te lo agradezco.

Tuvimos que caminar una manzana, lejos del ruido de los autobuses y los padres que seguían esperando para recoger a sus hijos del instituto, antes de que Archer fuera capaz de conseguirme un taxi.

—¿Seguro que estarás bien? —dijo mientras mantenía la puerta del taxi abierta para que yo subiera—. Mañana te encontrarás bastante mareada.

—Ya me he dado cuenta, gracias —dije al tiempo que me deslizaba con cuidado en el asiento—. Pero estaré bien.

—Mira, pronto empezaré el turno de tarde, pero siempre puedo llamar para decir que no voy y llevarte a urgencias solo para que...

—Para ahí —dije rápidamente, cortándole a media frase—. Nadie tiene que ir a urgencias. Estoy «bien».

Archer no parecía convencido y estaba a punto de ponerse a protestar otra vez, pero antes de que pudiera hacerlo, le dije:

—En serio, Archer. Agradezco tu preocupación, pero estoy bien. No tienes que dejar de ir al trabajo por mí.

—No es para tanto —dijo él burlándose—. Mi madre podrá sobrevivir una tarde sin mí.

—Si no te conociera mejor, diría que estabas preocupado por mí, Archer Morales —dije, y fue difícil hacerlo sin sonar petulante.

Unas manchitas rosadas le aparecieron en las mejillas, y pasamos de estar preocupados a sentirnos incómodos en medio segundo.

—Acabo de ver cómo caías en picado por las escaleras. Pues claro que quiero asegurarme de que estás bien.

—Lo suficiente —razoné. ¿Me equivocaba al sentirme eufórica por pensar que se preocupaba por mí?—. Pero de verdad, estoy bien. Prometo llamarte si me hace falta.

—De acuerdo. —Él siguió sujetando la puerta abierta, mirándome mientras entraba—. Si mañana no puedes venir para cubrir tu turno, avísame.

—No te preocupes por eso —dije—. Iré.

No podía dejar que un dolorcillo de cabeza y unos cuantos rasguños me impidieran ir a trabajar cuando en realidad me gustaba lo que hacía.

—¿Sí?

—Sí.

—A ver, vosotros dos, ¿vais a seguir parloteando ahí fuera o vais a cerrar la puerta para que pueda conducir?

—Sí, lo siento —dijo Archer al taxista, aunque no sonaba mucho a que lo sintiera.

Cerró la puerta y dio un paso atrás para subirse a la acera. El taxi se alejó de donde estaba y se incorporó al tráfico. Me quedé mirando por la ventanilla el tiempo suficiente como para ver a Archer saludarme haciendo la «v» de victoria y luego alejarse calle abajo.

Me apoyé en el respaldo, sujetando la bolsa de hielo contra el chichón. La cabeza no dejó de agobiarme hasta que ya habíamos pasado varias manzanas. Solo entonces empecé a hacerme una composición de lugar de lo que había pasado. A pesar del dolor de cabeza, una cosa estaba clara.

No me había caído por las escaleras porque hubiera perdido el equilibrio y hubiese resbalado. Tenía los pies bien plantados en el suelo y me había agarrado a la barandilla. Nadie me había golpeado. No, había sucedido algo más… Era como si algo hubiera tirado de mí escaleras abajo, algo que no estaba ahí.

No podía estar segura del todo, pero el agujero que sentía en el estómago me hizo pensar que aquello podría tener algo que ver con Caos. Tenía que admitir que era una torpe, desde luego, pero nunca había perdido el equilibrio de ese modo.

Estaba deseando salir del taxi y llegar a la seguridad de mi casa, donde podría pensar con calma en lo que mis sospechas podrían significar y en las posibles consecuencias. Pagué al taxista en cuanto se detuvo en el complejo de apartamentos. Gracias a Dios, Hanson, el portero, estaba ahí para ayudarme a salir del taxi.

—Menudo chichón —dijo el hombre mientras me acompañaba hasta la puerta—. ¿Te encuentras bien?

—He estado mejor —admití—. No es nada que una siesta y un poco paracetamol no puedan resolver. —Esperaba que así fuera.

Atravesé el vestíbulo y subí hasta la séptima planta en el ascensor. Me las arreglé para mantener la bolsa de hielo en la frente al tiempo que buscaba las llaves en el bolso. Después, abrí la puerta del 7E.

La bolsa se me cayó al suelo y todo se llenó de hielo a medio derretir cuando, al entrar, vi unas palabras escritas sobre los cristales del salón en rotulador indeleble de color negro y con una letra muy elegante.

El tiempo hace tic tac, tic tac, y se va.
Me verás pronto.
Pero no te preocupes, ¿qué te ha parecido la caída?
La próxima vez no serás la única que lo pierda todo.

Capítulo 22

Revelaciones.
7 días antes

Regina estaba limpiando el mostrador con una bayeta cuando entré por la puerta de Mama Rosa's el martes por la tarde, llevando conmigo una ráfaga de nieve.
—Hadley. —Regina se puso colorada al verme—. Hola.
—Hola —dije, quitándome el abrigo—. Disculpe que haya llegado un poco tarde. Este tiempo es un asco y...
Algo en la cara que puso la mujer hizo que cerrase el pico de inmediato.
Tenía la mirada fija en el mostrador mientras lo frotaba con más fuerza de la necesaria, con los hombros un poco encorvados mientras trabajaba.
—¿Algo... va mal? —pregunté, dudando.
—No —repuso ella rápidamente, levantando la vista—. No, ni mucho menos. Debería haberte llamado antes. No tendrías que haber venido hoy. No habrá mucha gente.
Miré a mi alrededor. Decir que no había mucha gente era poco. El lugar estaba vacío como un cementerio.

—De acuerdo —dije—. Yo... Simplemente, no me pague esta noche y ya está.

—Hadley, de verdad. Puedes irte a casa —dijo Regina, intentando sonreír—. Archer ha salido para hacer algunos recados, pero volverá pronto. Puede ayudarme a cerrar. No voy a echarte la culpa porque te vayas.

La cosa era que yo no quería irme. No quería irme a casa, a un apartamento vacío en el que habían escrito en los cristales palabras que daban miedo con rotulador indeleble de color negro, unas palabras que seguía viendo después de haber pasado horas para quitarlas. Lo último que me apetecía era estar a solas.

—No me importa, de verdad —le dije a Regina con sinceridad—. De verdad. Preferiría quedarme.

Dejó pasar un rato riéndose por lo bajo y luego me hizo un gesto señalando hacia la cocina.

—Bien, si insistes.

Colgué el abrigo y la bolsa en una de las perchas de la trastienda, me puse un delantal y acompañé a Regina en el mostrador. Ahora estaba agachada frente a la vitrina de los dulces, sacando de allí unos *muffins* y unos bizcochos pasados y poniéndolos en una caja.

Era la primera vez que veía a la madre de Archer desde la noche de Acción de Gracias, pero el asunto del TEPT seguía siendo un tema tabú. Todavía tenía dificultades para entender cómo era para aquella mujer vivir con el miedo de sufrir un recuerdo recurrente cada vez que algo malo le pasara por la cabeza.

—Mira, Hadley.

Dejé de limpiar la caja registradora y la miré mientras se ponía en pie, colocando la caja de los dulces sobre el mostrador.

—¿Sí? —dije.

Regina respiró hondo, echándose el pelo hacia atrás, por detrás del hombro.

—Escucha, yo... No quiero que pienses que... que siempre soy así. Lo que viste en Acción de Gracias. Porque no es verdad. Es... complicado. Yo...

La corté antes de que pudiera seguir hablando.

—Archer ya me había contado lo que pasó. No pasa nada.

Quería decir que lo entendía, pero ¿a quién iba a tomarle el pelo? No tenía ni idea de lo que significaba pasar por lo que Regina y su familia habían pasado. Esa clase de dolor… Ojalá nunca supiera lo que se sentía.

—¿Ah sí? —Regina parecía sorprendida—. ¿Archer te lo contó?

Asentí con la cabeza.

—Sí, así es.

Le llevó un rato superar la sorpresa, y cuando lo hizo, suspiró, cruzando los brazos con fuerza sobre el pecho.

—Supongo que eso lo hace todo… un poco más fácil.

—Regina, por favor, no se disculpe por nada —dije antes de poder contenerme—. No hay nada por lo que deba lamentarse.

Trató de sonreír, pero tenía los ojos llenos de lágrimas.

—Te prometo que no somos tan complicados como parecemos a veces.

—Claro que no —asentí rápidamente. Me dolía un poco que pensara que su familia era un lío. Era una familia bonita—. A veces hay desgracias que… que suceden sin más. Y no podemos hacer nada al respecto. Pero no es culpa suya. Por favor, no lo crea.

—Desgracias —repitió Regina con una sonrisa amarga—. Supongo que esa es la palabra correcta para definirlo.

—Regina, usted tiene una bonita familia y es la mejor madre que he visto jamás. Rosie la adora y sé que, aunque Archer no lo demuestra, también. La necesita. Los dos la necesitan. Y si su marido estuviera aquí, sé que pensaría igual: que usted es una mujer fuerte que puede hacer cualquier cosa.

Creía lo que acababa de decir, pero ¿qué derecho tenía yo a decirlo?

—Lo siento —murmuré al rato—. Lo siento, no debería…

—No pasa nada, Hadley —dijo ella—. De verdad. Gracias por decírmelo.

—Debería ser yo quien le diera las gracias —dije—. De alguna manera, usted me ha aceptado como a una más, me ha ofrecido un empleo, me invita a las cenas familiares y... Bien, es un cambio que no está nada mal.

Regina me dio un apretón en el hombro para confortarme y sonrió. Sonrió de verdad. Podía ver por qué Chris Morales se había enamorado de aquella mujer. Era bella, por dentro y por fuera.

—No tienes que darme las gracias, Hadley —dijo—. Has devuelto a mi hijo a la vida en más de una manera. Que seas parte de la familia es lo natural.

—¿Cómo...? ¿Qué quiere decir? —pregunté, mirándome a los zapatos.

Regina se pensó la respuesta durante un rato antes de hablar lentamente y con consideración.

—Después de que Chris fuera asesinado, fue muy duro para todos nosotros. Pero Archer... Para él fue especialmente duro. Él consideraba a Chris su padre. Y después... bueno, es como si se hubiera cerrado en banda. Dejó de hacer todo lo que le gustaba. Dejó de hablar, dejó de reírse. Había días en que se quedaba echado en la cama sin hacer nada, solo mirando a la pared como aturdido, sin querer ver a nadie. Y entonces, después de lo que tuvo que pasar en el instituto, donde se metían con él, donde le pegaban, donde le decían que acabaría siendo un asesino como su padre... No tienes ni idea de lo que eso me hizo llorar, de cómo me rompió el corazón, ver a mi pequeño sufriendo y no ser capaz de hacer nada al respecto.

Regina hizo una pausa para respirar hondo, mordiéndose el labio.

—Ese fue el motivo por el que Archer se retrasó un curso en el instituto —continuó, pasándose los dedos por el cabello. Era algo que también le había visto hacer a su hijo—. Cuando se gradúe tendrá diecinueve años. No quería ir por lo que la gente decía, por lo que le hicieron. ¿Cómo iba a dejar que fuera después de todo lo que había pasado? —En sus ojos vi todo el dolor que solo una madre podía sentir por su hijo, y puede que el pecho se me encogiera de dolor al verlo—. Hadley, tú haces que Archer sonría. ¿Y después de años de no verlo sonreír? Pues por supuesto que quiero que la razón de su sonrisa siga por aquí tan a menudo como sea posible.

No era capaz de imaginarme lo terrible que debían de haber sido para Archer los últimos años. ¿Cuántas veces le habrían tirado encima un montón de mierda como cuando Ty Ritter se había enfrentado a él la semana pasada?

—Por ese motivo me ofreció un empleo, ¿verdad? —dije—. Por Archer. Ya sé que no es por mis extraordinarias habilidades como camarera.

Regina parecía un poco cohibida.

—No estaba haciendo de casamentera para que los dos acabarais juntos, si es eso lo que estás pensando. Archer solo necesita un amigo. Y tú eres ese amigo, Hadley.

—Un amigo —repetí. Resultaba difícil contener la sonrisa—. Eso puedo hacerlo.

—Bien —dijo Regina, sonriente—. Estoy encantada.

La atmósfera pareció aligerarse. Dejó de ser tan sofocante.

Daba gracias a Dios por haber sido capaz de hablar con Regina del asunto. Hacerlo había servido para ver muchas cosas desde una nueva perspectiva.

Una ráfaga de aire frío atravesó la cafetería al abrirse la puerta y entrar un tipo que parecía congelado de haber estado vagabundeando por ahí. Le di el cambio al tiempo que Regina le preparaba rápidamente un café de moca al caramelo. Salió de la cafetería mucho más contento.

Regina y yo nos pusimos a hablar de cómo habíamos pasado los últimos días. Comparado con el asunto del que habíamos estado hablando antes, fue un alivio charlar acerca de algo mucho más fácil.

—No, la verdad, soy un desastre en Geometría, en serio —dije mientras ella se reía a carcajadas—. Si no fuera porque Archer me está ayudando, ¡habría suspendido ese examen!

—¿Y él te lo ha dicho así? —preguntó Regina—. No me puedo creer que sea para tanto.

—¡Sí! ¡En serio! Él…

El teléfono pasado de moda que estaba junto a la caja registradora empezó a sonar antes de que pudiera terminar de hablar.

A Regina le costó un poco recomponerse. Cuando lo hizo, respondió con un educado: «Cafetería Mama Rosa's, dígame».

Se hizo un breve silencio mientras el interlocutor al otro lado de la línea hablaba.

—Sí, es ella.

Miedo de verdad es lo que empezó a atenazarme cuando Regina comenzó a quedarse pálida, blanca como la cera. Inspiró a través de los dientes, casi como una moribunda que estuviera respirando por última vez.

—Bueno, ¿están todos bien? ¿Puedo hablar con Archer? —dijo con voz vacía, muerta—. ¿Hay...? No, estaré ahí tan pronto como me sea posible. ¿Ha llamado a Karin DiRosario? Bien, ¡vuelva a hacerlo hasta que pueda hablar con alguien! De acuerdo. Bien. Adiós.

Dejó el auricular del teléfono lentamente y se agarró al mostrador que estaba detrás de ella.

Me daba miedo saber qué había pasado, porque desde luego lo que fuera no era nada bueno.

—¿Regina? —Alargué un brazo para apretarle la mano—. ¿Va todo bien?

Sacudió la cabeza. Pasó un buen rato hasta que dijo algo. El silencio se cernió sobre nosotras con una intensidad casi sofocante.

—Ha habido... ha habido un... accidente —dijo lentamente, con la voz rota—. Archer y Carlo... Había una... Estaban en el autobús, y... y se ha estrellado.

Capítulo 23

Accidentes

No había oído bien a Regina. No había forma de que lo que acababa de decir fuera cierto.

—Usted... no. Eso no puede ser... No puede ser cierto —dije.

Durante mi encuentro con Caos, este me había dejado bien claro que algo malo acechaba en el horizonte. El mensaje de que «la próxima vez no serás tú la única que lo pierda todo» lo dejaba más que claro. Si esta vez era la próxima vez, si él lo había provocado...

—Hadley, tenemos que irnos. —Regina me apretó de los hombros, haciendo que volviera a la dolorosa realidad—. Ahora.

Me quité el delantal y corrí a toda prisa atravesando la cocina para recoger mi abrigo de la trastienda al tiempo que Regina hacía una llamada de teléfono rápida a Victoria, que estaba con Rosie en casa de Karin.

—Los dos están en Bellevue —dijo Regina mientras le pasaba su abrigo—. No queda muy lejos de aquí.

—Tomar el tren hará que desperdiciemos mucho tiempo —dije, encaminándome a la puerta—. Será mejor que vayamos en taxi.

Regina apagó el letrero de «abierto» y cerró con llave al tiempo que yo la esperaba fuera, haciendo señas con la mano para parar un taxi. Me eché sobre el primero que apareció, me subí a la cabina y al poco me siguió Regina. La estuve mirando con atención mientras el taxista circulaba por las calles de Bellevue, preocupada porque pudiera venirse abajo como había pasado el Día de Acción de Gracias. Pero no fue así. Miraba al frente sin ver, con las manos retorcidas sobre el regazo.

Me dio la sensación de que había pasado toda una vida cuando el taxi llegó a la puerta de urgencias de Bellevue. Pagué al taxista antes de que mi acompañanate pudiera objetar nada, y cuando las dos estábamos ya en la acera nos pusimos a correr hacia las puertas del hospital.

—Disculpe. —Regina fue directa al mostrador de información, deslizándose entre la mucha gente que andaba dando vueltas por ahí, y yo la seguí de cerca—. ¡Disculpe!

La mujer ataviada con una bata verde sentada detrás del mostrador levantó la vista del ordenador.

—¿Sí?

—Archer Morales y Carlo DiRosario acaban de ingresar. Quisiera saber en qué habitación se encuentran —pidió Regina.

La mujer levantó las cejas.

—¿Es usted de la familia?

Di un paso atrás cuando vi cómo una expresión de enfado cruzaba la cara de Regina, una cara que estaba lejos de dejar a la vista sus suaves y bonitas facciones. Golpeó el mostrador con las manos y se inclinó para acercarse más a la mujer, bajando la voz.

—Mire, señora. Estamos hablando de mi hijo y mi sobrino. Ya veremos qué pasa si no me dice dónde están ahora mismo.

La mujer se quedó visiblemente pálida y se echó atrás en la silla, para luego asentir rápidamente con la cabeza, tecleando en el ordenador.

Estuve a punto de sacar los pompones y ponerme a animarla. «¡Vamos, Regina!».

—Carlo DiRosario está todo recto tras esas puertas —dijo la mujer, señalando con el dedo a las puertas de nuestra derecha—. La tercera habitación a la izquierda. Sin embargo, no veo por aquí a ningún Archer Morales.

—¿Qué? —dijimos a la vez Regina y yo con la voz entrecortada.

—Lo siento, pero no está en el sistema, no ha sido ingresado —nos dijo la mujer.

No íbamos a quedarnos para escuchar nada más de lo que la mujer tuviera que decir.

Eché a correr hacia las puertas batientes que estaban a nuestra derecha y Regina conmigo. Corrimos por el pasillo, lleno de enfermeras y médicos que iban en todas las direcciones. Derrapé a las puertas de la habitación que había señalado la enfermera, entré y corrí violentamente las cortinas verdes sin pensármelo dos veces.

Carlo estaba apoyado sobre una montaña de almohadas. Tenía muchos cortes en la cara y se le estaban formando unos moratones muy feos en los antebrazos y en el cuello, pero estaba vivito y coleando. Parecía bastante sorprendido de vernos allí, de pie a los pies de su cama.

—¿Dónde es la fiesta? —dijo, sonriendo.

—Carlo, gracias a Dios que estás bien. —Regina se abalanzó sobre él y lo abrazó, achuchándolo con fuerza—. Estaba tan preocupada.

Al chico se le puso la cara blanca y apretó los ojos mientras daba unos golpecitos a su tía en la espalda.

—Estoy bien, *zia*, pero, mmm… me estás asfixiando.

—Oh. —Regina se apartó rápidamente, secándose las lágrimas que le caían por las mejillas—. Lo siento.

Carlo miró a Regina y luego a mí, y volvió a sonreír, esta vez más ampliamente.

—Me alegro de verte de nuevo, Hadley.

—No voy a mentirte, Carlo, también me alegro de verte —admití, acercándome a un lado de la cama para apretarle la mano—. ¿Cómo estás?

—Bien. —Dejó escapar un suspiro dramático, apoyándose en las almohadas—. Aparte del hecho de que moverse duele, estoy fantásticamente.

—*Caro*, ¿qué ha pasado? —Regina se sentó al borde de la cama, poniendo la mano sobre la de su sobrino—. Te juro que casi me da un ataque al corazón cuando recibí esa llamada.

—No tengo ni idea, *zia* —repuso Carlo después de pensarlo un rato. Una expresión de dolor le cruzó la cara otra vez mientras pensaba en lo que había sucedido—. Estaba sentado en mi asiento, con los auriculares puestos, y entonces se produjo ese crujido tan fuerte, y luego el autobús empezó a inclinarse y...

No pudo acabar la frase.

—Tu madre no tardará en llegar, cariño —dijo Regina, apretándole la mano—. Lo siento mucho.

—Lo sé, *zia*, yo solo...

—¿Dónde está Archer?

No quería cortar a Carlo, pero tenía la pregunta en la punta de la lengua desde el momento en que entré en la habitación. No solía ser muy dramática, pero dudaba que pudiera pensar en condiciones hasta que viera a Archer Morales con mis propios ojos. Que viera que estaba vivo, que respiraba y que iba a seguir haciéndolo. Y me asegurase de que lo seguiría haciendo.

—No lo sé —dijo Carlo. No me gustó la manera en que me sonreía. Como si supiera algo que yo desconocía—. Tiene que estar por aquí, en alguna parte. Estaba aquí cuando me trajeron. ¿Por qué no lo habéis encontrado?

Fue como si Regina estuviera a punto de protestar: abrió la boca, pero su sobrino le guiñó un ojo discretamente y ella se detuvo justo a tiempo.

—Sigue buscándolo, Hadley —dijo, echándole a Carlo una mirada de curiosidad—. Me quedaré con Carlo hasta que llegue Karin, y entonces no tardaré ni un minuto en reunirme contigo. Quiero encontrar a algún médico y entender qué está pasando.

No me hizo falta que me lo dijeran dos veces. Me volví sobre los talones y salí de la habitación, deseosa de encontrar a Archer tan pronto como fuera posible. Casi era imposible poder verlo con tanta gente como allí había entre médicos y enfermeras, además de carritos llenos de equipo médico y camas alineadas junto a las paredes. Me las apañé para avanzar corredor abajo lo mejor que pude sin tropezar con nadie, y doblé la esquina a la izquierda.

Cuando lo vi de pie en mitad del pasillo, con el teléfono móvil en la oreja, hablando con rapidez y tranquilamente, sentí una oleada de alivio. El miedo todavía me invadía hasta los dedos de los pies, pero él estaba aquí, vivo, y eso fue de repente lo único que me importó.

—¿Archer?

Miró a su alrededor al oír que lo llamaban, confundido.

—¿Hadley? ¿Qué estás haciendo aquí?

Dejé escapar un sollozo cuando dijo mi nombre. Aproveché la oportunidad de acercarme a él antes de siquiera pensar en lo que estaba haciendo. Carraspeó sorprendido cuando lo abracé. El teléfono móvil se le cayó al suelo e hizo un ruido al tiempo que él me sujetaba para evitar que nos cayésemos también nosotros.

—Vaya —dijo jadeando, mientras yo le pasaba los dedos por el cabello e inhalaba ese olor tan familiar—. ¿Qué estás haciendo?

Empecé a balbucear.

—Pensé que te había pasado algo terrible, pensé que…

—Hadley, para. Para.

Me apartó los brazos de alrededor de su cuello con gentileza y me echó un paso atrás, sujetándome por los hombros con firmeza.

—Estoy bien, ¿de acuerdo? No me ha pasado nada. Ni siquiera estaba en el autobús. Estaba esperando a Carlo en la siguiente parada.

Los hombros se me hundieron mientras dejaba escapar otro suspiro, con una mano en el pecho. Aquello parecía demasiado bueno para ser cierto.

—Gracias a Dios —murmuré—. Te lo prometo, pensé que no sería capaz de…

—Pensaste que no serías capaz de… ¿qué? —dijo Archer incómodo, aclarándose la garganta.

Aflojé los dedos con los que le había estado agarrando con fuerza por la solapa y di un paso atrás.

—Pensé... Pensé... que nunca podría... pelearme contigo sobre la Geometría —acabé diciendo sin convicción, aunque ambos sabíamos que aquello significaba mucho más.

Casi no habíamos pasado tiempo juntos si lo pensaba bien. Todavía había mucho que no sabíamos el uno del otro. No quería perder la oportunidad de saberlo todo.

Archer me miró, con cara de no entender, y luego se adelantó sin previo aviso, tomó mi cara entre sus manos y me besó.

Estaba tan sorprendida que me quedé ahí un rato hasta que me las arreglé para responder. Tenía los dedos prendidos en su abrigo y no sabía si apartarlo de mí o hacer que se acercara más, no estaba segura. Podía sentir cómo el corazón le latía salvajemente contra el pecho y las piernas me empezaron a temblar, pero ninguno de los dos se apartó. Nos estábamos besando como si estuviéramos desesperados, como si lucháramos por algo que no podíamos alcanzar. Desde luego, no era perfecto, pero ahí estábamos los dos. No quería que acabase.

No me había dado cuenta de que Archer me había apoyado contra la pared más cercana hasta que advertí que estaba así cuando se apartó y dejó caer las manos a los lados.

Nos miramos el uno al otro durante un rato, con la tensión titubeando entre nosotros.

—Lo... siento —dijo al fin, sonando como si se hubiera quedado sin aire—. No quería...

—No —dije—. No lo sientas.

No se podía negar que aquel beso no hacía más que complicarlo todo mil veces. No obstante, no lo lamentaba.

—No debería... —Archer dejó escapar una espiración titubeante, apartándose de mí.

—Archer. —Lo agarré del antebrazo y tiré de él hacia mí—. Te he devuelto el beso, ¿no?

Miró hacia abajo, a la mano con la que lo agarraba del brazo, durante unos segundos, para luego liberarse con delicadeza de mi agarre y agacharse para recoger el teléfono que se le había caído.

—Voy a ver a Carlo —dijo, sin mirarme mientras hablaba—. Si estás aquí, eso quiere decir que mi madre también, ¿verdad?

—Sí, ella…

—Se está haciendo tarde. No tienes por qué quedarte. Deberías irte a casa.

Ni siquiera tuve la oportunidad de decir nada en respuesta antes de que se diera la vuelta y se encaminara hacia la habitación de Carlo. No miró atrás ni una sola vez.

Capítulo 24

Aclarando las cosas.
6 días antes

A la mañana siguiente abrí los ojos antes de que sonara el despertador, habiendo dormido solo dos horas como Dios manda durante la noche. Me fui hasta el recibidor, atravesando el salón, en dirección a la cocina. No me sorprendió ver dos tazas de café vacías en el fregadero, además de los periódicos de la mañana abiertos sobre la mesa del comedor en el sitio donde se sentaba mi madre. Había oído entrar a mis padres anoche, pero estaba demasiado cansada como para salir de la cama y darles las buenas noches. Sonreí un poco cuando vi la nota que mi madre había pegado en el frigorífico escrita de su puño y letra y que decía: «¡Que tengas un buen día!» junto a una desparejada carita sonriente que sabía que era de mi padre. Seguían tan ocupados como siempre, pero podría decirse que lo estaban intentando.

Puse la cafetera al fuego antes de sentarme a la mesa frente al periódico. Casi escupo un trago entero de café cuando vi el pequeño artículo que había hacia el final de la sección de sucesos recientes, poco más de cincuenta palabras. En la primera línea se leía:

James St. Pierre, 36, condenado en primer grado por homicidio, apela su sentencia.

El padre biológico de Archer, el hombre que había matado a Chris Morales hacía casi seis años, estaba pidiendo que se revisara su caso. Yo no era ni remotamente una experta en el funcionamiento de las leyes en Estados Unidos, pero incluso yo sabía lo suficiente como para entender que aquello no iba a ser en absoluto bueno.

Por centésima vez desde que me fuera a la cama la pasada noche repasé los acontecimientos de la tarde anterior, desde la conversación con Regina en Mama Rosa's hasta lo que sucedió en el hospital con Carlo y Archer. Y ni una sola vez me pareció que ni Archer ni su madre hubieran recibido una noticia tan alarmante como la de que el exmarido de Regina, un asesino convicto, estuviera tratando de salir de prisión.

«Porque quizá no lo sabían».

Respiré hondo. Al contrario de lo que mi madre me deseaba en su nota, aquel «no iba a ser un buen día».

Los más madrugadores ya estaban por el instituto cuando llegué una hora más tarde. Me dirigí a mi taquilla y saqué los libros que iba a necesitar para aquel día, además de algunos deberes pendientes. La clase no empezaría hasta dentro de media hora o así. Al menos, podría echar un vistazo a lo que había escrito para Química o repasar mis notas sobre Gobierno de Estados Unidos para la prueba sorpresa que sabía estaba en ciernes. Podría prepararme para los exámenes sorpresa que ya sabía que llegarían.

Me senté en la biblioteca, a repasar los deberes, y, después, me dirigí en seguida hacia la primera clase. No era fácil centrarse cuando me pasaba todo el rato pensando si Archer habría visto o no aquel artículo en el periódico. Y si no lo había hecho, dándole vueltas a si tendría que ser yo quien se lo dijera.

A pesar de mis preocupaciones, presté más atención a Gobierno de Estados Unidos durante la cuarta clase. La explicación del señor Monroe sobre el proceso de enmienda era bastante interesante, eso teniendo en cuenta los cambios que se habían producido en los Estados Unidos durante los siglos, pero yo tenía algo un poco más urgente en la cabeza. Cuando sonó el timbre, indicando el inicio de la hora del almuerzo, no salí corriendo hacia la puerta como solía hacer. Me tomé un poco más de tiempo en meter las cosas en mi bolso cuidadosamente, y luego que acerqué al señor Monroe, que estaba sentado a su mesa, un poco cautelosamente. El hombre era plenamente consciente de que no tenía mucho interés por su clase, aunque últimamente había estado prestando más atención a aquella materia.

—Mmm, disculpe. ¿Señor Monroe?

Levantó la vista de un examen que estaba corrigiendo con un bolígrafo rojo y pareció sorprendido al verme de pie frente a su mesa.

—Señorita Jamison —dijo con voz nítida—. ¿Hay algo que pueda hacer por usted?

—En realidad, tengo una pregunta —dije—. Y me estaba preguntando si podría ayudarme.

El señor Monroe levantó las cejas hasta la frente y luego me pareció incluso más perplejo. Pocas veces, por no decir nunca, hacía preguntas en su clase.

—Naturalmente —dijo tras recomponerse—. Estaré encantado de ayudarla en lo que pueda.

Decidí ir al grano.

—¿Cuáles son las posibilidades de conseguir que se revise un caso después de que haya habido un juicio?

—Bueno, eso depende —respondió él con precaución, quitándose las gafas y dejándolas sobre la mesa—. Hay que tener en cuenta las circunstancias en que tuvo lugar el juicio, y también la gravedad del delito. En cualquier caso, todo el mundo tiene derecho a presentar un recurso a su sentencia. Que se consiga o no la apelación depende enteramente de si se han presentado o no nuevas pruebas o incluso de la necesidad de un nuevo juicio. Además, si se procede de nuevo a juicio una vez ha habido sentencia, hay un doble riesgo. ¿Responde eso a su pregunta?

Me llevó un rato entender lo que el señor Monroe había dicho. No conocía cuáles eran los detalles exactos del juicio de St. Pierre, pero desde luego un condenado por homicidio en primer grado no sería tomado a la ligera. El señor Monroe había dicho que todo el mundo tenía el derecho a recurrir una sentencia, pero ¿por qué había esperado St. Pierre seis años para hacerlo? ¿Qué era tan importante ahora?

Lo primero en que pensé fue en Caos. ¿Estaría también detrás de esto? Desde que habíamos hablado en Mama Rosa's, todo lo que podía ir mal había ido mal. Estaba empezando a pensar que no había casualidades.

—Sí —dije finalmente, recordando que tenía que responder al señor Monroe—. Eso ha respondido a mi pregunta. Gracias.

Me acerqué con precaución a Mama Rosa's, deseosa de ver lo que me estaría esperando al otro lado de la puerta. Daba gracias por tener otro turno aquella tarde antes del día libre de mañana; de no haber sido así, no estaba muy segura de que hubiera sido capaz de encontrar la fuerza para venir a la cafetería sola. Archer se las apañaba para evitarme en el instituto; eso en el caso de que estuviera yendo. Quizá fuera por lo del beso, o tal vez porque ya habría visto la noticia en los periódicos. Fuera cual fuese el caso, puede que necesitara alguien con quien hablar. Yo era ese «alguien».

Las cortinas de las ventanas delanteras estaban corridas, el letrero de «abierto» estaba encendido y parpadeando, y todo parecía como si las cosas siguieran igual que siempre. No había nadie en el mostrador y solo se veía a un puñado de clientes sentados a las mesas y en el sofá que estaba junto al fuego.

Di la vuelta al mostrador y me encaminé hacia la cocina, con la intención de colgar mis cosas en la trastienda. Archer estaba en el fregadero de tamaño industrial, aclarando platos, pero no levantó la vista cuando entré.

Me aclaré la garganta haciendo ruido, para advertir de mi presencia, sin querer asustarlo, y dije:

—Hola, Archer.

Por algún motivo, no podía pensar más que en el modo en que me había besado en el pasillo del hospital. Y aun así esa no era ni siquiera la primera cosa que tenía en mi lista de prioridades. Probablemente, él ya se habría olvidado del beso y no podía negar el hecho de que eso sería lo mejor. Archer tenía cosas mucho más importantes de las que preocuparse que yo.

Me miró por encima del hombro al oírme hablar, y a no ser que fuera un efecto de la luz, me pareció que tenía las mejillas un poco más rosadas de lo normal. Dejó el bol que había estado refregando y tomó un paño de secar la vajilla, volviéndose hacia mí.

—Hola —dijo, con una voz extrañamente tranquila—. ¿Va todo… bien por ahí fuera?

—Sí —dije, mientras me quitaba el abrigo y lo colgaba junto a mi bolso en la percha de la puerta de atrás—. Al menos no hay quejas.

—Bien. Estupendo. Entonces, ¿podrías ayudarme con los platos? —dijo, más en tono de pregunta que de afirmación.

Me hice con un delantal limpio, me lo puse y me arremangué al acercarme al fregadero. Trabajamos en un silencio amigable durante unos minutos mientras él quitaba los restos de comida de los platos y yo los aclaraba y los metía en el lavavajillas.

—¿Cómo está Carlo? —pregunté, tratando de empezar una conversación.

—Bien —dijo él bruscamente mientras limpiaba otro bol—. Tiene una contusión leve, así que ha tenido que quedarse a pasar otra noche en el hospital para asegurarse de que estaba bien. Mañana le darán el alta.

Empecé a respirar un poco más tranquila tras escuchar aquello.

—Es una buena noticia. Me alegro.

Hizo un ruido como queriendo cambiar de tema mientras me pasaba otro plato.

—Y, bueno… ¿Tú cómo estás?

Archer dejó caer el plato que tenía en la mano otra vez dentro del fregadero con gran estruendo. Se volvió y me miró muy tenso.

—Ya lo sabes, ¿no?

Me tomó por sorpresa con esa respuesta tan abrupta.

—¿Perdona? —dije.

—Ya lo sabes —repitió contundentemente—. ¿Verdad? Ya sabes lo del recurso. Pues claro que lo sabes. ¿Cómo?

Dejé escapar un suspiro y dándome por vencida, agarrando el plato que Archer había dejado caer y limpiándolo yo misma.

—Había un artículo en el periódico esta mañana.

—¿Qué?

—Y como hoy no te he visto en el instituto, pensé que se debería a que probablemente te habrías quedado aquí, con tu familia.

Sabía lo suficiente sin necesidad de preguntar ni a Archer ni a Regina para entender que no estaban en su mejor momento. Podría decirle que todo iba a salir bien, que las posibilidades de St. Pierre para lograr una revisión de su condena eran escasas, pero no serviría de nada. Solo sabía lo que me había dicho el señor Monroe. Mi padre era uno de los mejores abogados de la ciudad, pero yo casi no sabía nada de leyes.

—¿Puedes... puedes salir y quedarte en el mostrador o lo que sea? —dijo Archer, volviendo a la pila de platos sucios, evitando mirar mi cara de preocupación—. Supongo que ya sabrás cómo va todo.

—De acuerdo —dije—. Lo haré.

Le dejé en la cocina, aunque quería quedarme exactamente donde estaba. No nos hacía falta hablar o siquiera dejar claro la presencia de cada uno. Solo quería que supiera que estaba ahí. No siempre tenía que estar solo, y menos ahora. Después de pasar las dos últimas semanas con él, se me hacía cada vez más fácil saber cuándo necesitaba que lo dejaran a solas.

El negocio empezó a animarse hacia las cinco, cuando la gente comenzó a salir del trabajo, así que Archer tuvo que acompañarme en el mostrador, aunque no dijo palabra. Yo tomaba nota de los pedidos y daba el cambio mientras él trabajaba con una tranquila eficiencia, preparando bebidas y calentando sándwiches y sopa para los clientes.

Quedaban cinco minutos para cerrar y ya había empezado con la rutina de apagar las luces, cuando la puerta se abrió y entró alguien que trajo consigo una inesperada ráfaga de nieve.

Levanté la vista de la mesa que estaba limpiando, empezando a decir: «Hola. Alguien...».

La voz se me quedó en nada cuando el hombre que entró se quitó del cuello la bufanda que llevaba, sacudiéndose la nieve de su cabello gris y peinado con estilo.

—¿Señor Van Auken?

El socio de mi padre miró en mi dirección al oír su nombre y sonrió, sorprendido.

—¿Hadley? ¡Caramba! ¡Mírate! ¿Desde cuándo hace que no te veo?

—Pues...

No sabía qué decir. Solo había visto a Rick Van Auken un puñado de veces desde que se había convertido en socio de mi padre cuando yo tenía trece años. Me sorprendía que siquiera recordara que Keneth Jamison tenía una hija. Por lo que sabía de él, tenía más dinero que el rey Midas. Y sí, Mama Rosa's estaba en Manhattan, pero en una parte mucho menos elegante de aquella a la que el señor Van Auken estaba acostumbrado. No tenía ni idea de qué debía de haberlo traído por estos barrios.

—¿Trabajas aquí? —preguntó el hombre, acercándose a mí.

—Pues sí —dije algo cohibida.

—Estupendo, estupendo —dijo, juntando sus manos enguantadas—. ¿Sabes si por casualidad está Regina Morales?

Esa pregunta me resultó incluso más desconcertante que el hecho que un hombre como el señor Van Auken fuera a un sitio como Mama Rosa's. ¿De qué conocía a la madre de Archer? La gente como él y Regina Morales vivían en círculos que por lo general nunca se topaban a no ser que el universo decidiera tomar a la humanidad por sorpresa.

—Pues, sí, creo que sí —dije lentamente. La verdad era que no lo sabía. No la había visto desde la noche anterior—. Espere un segundo, por favor. Oye, Archer. ¡Archer!

—Sí, en la cocina —oí que me gritaba a modo de respuesta.

—¿Podrías venir un momento, por favor?

Archer llegó de la cocina poco después y frunció el ceño al ver al señor Van Auken.

—¿Está tu madre aquí por casualidad? —pregunté nerviosa.

—¿Quién lo pregunta? —dijo sin rodeos.

No parecía nada contento de ver a alguien en el local cuando faltaba tan poco para cerrar, y menos preguntando por su madre.

—Rick Van Auken —dijo el hombre, adelantándose para darle la mano—. Puede que no me recuerdes, pero solía trabajar para la oficina del fiscal. Representé al ministerio público en el juicio de tu padre.

Me quedé parada con la boca abierta, lo suficiente como para atrapar unas cuantas moscas. Rick Van Auken, el socio de mi padre, había sido el fiscal en el caso de asesinato en primer grado del padre de Archer.

—He oído hablar de la petición de apelación. Ya sé que no es muy habitual que intente hacer el seguimiento del caso —continuó diciendo—, pero lo recuerdo. No fue… fácil. Me gustaría hablar con tu madre para representarla si lo precisa.

Archer respiró hondo, abriendo la boca como si fuera a hablar, pero todo lo que salió de ella fue una especie de gruñido malhumorado. En lugar de hablar, hizo un gesto tras él señalando la cocina. El señor Van Auken pareció entender que tenía dificultades para hablar y entró tras el mostrador, siguiéndole hasta la cocina y al piso de arriba, donde estaba la vivienda.

Me dejé caer sobre el sofá, sintiéndome totalmente sudada. Cerré los ojos, deseando que la cabeza dejara de darme vueltas de tanto pensar y pensar, al menos un poco. Di un salto por la sorpresa cuando Archer se dejó caer en el sofá junto a mí pocos minutos después, mirando tan malhumorado y con la misma cara de piedra de siempre. Me pregunté cuánto tiempo habría estado sentada allí.

Sabía que mejor que preguntar «¿va todo bien?» sería decir:
—¿Qué tal está tu madre?
—Sorprendida —dijo él con rigidez, echándose hacia delante para apoyar los codos en las rodillas y con las manos juntas bajo la barbilla.
—Bien. No sé. Estoy bastante seguro de que todos habíamos olvidado que Van Auken fue quien estuvo a cargo del caso. Pero creo que a ella le aliviará verlo —continuó Archer—. Alguien tiene que despejarlo todo. Ha dicho incluso que se ocupará del caso sin cobrar. Supongo que le hará falta hacer un determinado número de horas o algo así, pero no obstante…
—Entonces son buenas noticias —dije poco a poco—. Bien.
Archer me miró, frunciendo los labios.
—Parece como si fueras a vomitar.
—No, no, estoy bien. —Sacudí la cabeza—. Estoy bien.
—Ya, pues no lo parece. ¿Qué te preocupa?
—Rick Van Auken es el socio de bufete de mi padre. Ambos son propietarios de la firma Watson & Bloomfield desde hace dos años, desde que los fundadores se retiraron.
Si Archer estaba sorprendido, lo disimuló muy bien poniendo cara de indiferencia. Cuando volvió a hablar, su voz sonó monótona.
—Lo dices en broma.
Sacudí la cabeza, conteniendo un fuerte suspiro.
—No —dije—. No sabía que el señor Van Auken trabajaba antes para la oficina del fiscal. Es de familia rica. Supongo que siempre había pensado que había tenido la misma buena situación de la que goza ahora. Es… raro.
—Raro —repitió Archer—. ¿Raro que el socio de tu padre resulte ser el fiscal que acusó al mío en su juicio por asesinato? No, no es más que una casualidad. ¿Cómo ibas a saberlo?
Me encogí de hombros.
—No es que pase mucho tiempo con el señor Van Auken, y mi padre desde luego no suele hablar de sus casos conmigo. Ni siquiera sabía lo de tu padre hasta que tú me lo constaste la otra semana.

—¿Confías en el tal Van Auken?

Casi ni lo conocía.

—Todo lo que puedo decirte es que es uno de los mejores. Tu madre está en buenas manos.

Archer suspiró, pasándose los dedos por el pelo.

—Eso espero. Lo último que le faltaba a mi madre sería recibir malas noticias sobre la apelación.

—Toda persona encarcelada por un delito grave tiene derecho a apelar, pero eso no significa que vaya a ganar, ni siquiera que consiga que un tribunal revise su caso.

Archer me miró confundido.

—¿Desde cuándo prestas atención en clase de Gobierno de Estados Unidos? —preguntó incrédulo.

—Desde que decidí que no estaba contenta con la B que había conseguido en esa clase —dije, también agradecida de haber hablado con el señor Monroe antes, después de la clase. Había pensado hablar con mi padre, eso también, pero no se me ocurría cómo sacar a colación el asunto de la apelación sin tener que hablar de Archer y de su familia—. Y fíjate lo útil que está demostrando ser.

Volviendo atrás, probablemente podría haber pedido ayuda adicional a mi padre, pero eso habría significado recibir una clase magistral demasiado complicada. Me las estaba apañando bastante bien por mi cuenta.

—La gente siempre encuentra una manera de manipular las leyes —señaló Archer—. ¿Quién dice que mi padre no tendrá suerte?

—Yo no estaría tan segura.

Archer y yo dimos un salto al oír la voz del señor Van Auken y nos volvimos para verlo de pie en el umbral de la puerta de la cocina con Regina junto a él.

—¿Qué se supone que va a pasar? —le preguntó Archer, arreglándoselas de algún modo para mantener a raya el cinismo en su voz.

—St. Pierre no saldrá. Me aseguraré de que no lo haga.

A pesar de la confianza del señor Van Auken, Archer no parecía tan convencido.

—¿Y cómo lo sabe?

—Archer —dijo Regina, amonestándolo—. No deberías...

—Porque —dijo el señor Van Auken— la prueba contra tu padre era irrefutable. Sus huellas dactilares estaban en el arma homicida. Tenía una copia de la llave de la casa en el bolsillo. La ropa manchada de sangre, de la sangre de Christopher Morales. Si hubo alguna discrepancia en el caso que pudiera servir para que el juzgado aceptara una apelación, tendría que tener un abogado extremadamente bueno de su parte. Pero no lo tiene. Se la negarán.

Se volvió hacia Regina antes de que Archer tuviera la oportunidad de responder.

—Tiene mi tarjeta. Sabe cómo ponerse en contacto conmigo si tiene cualquier pregunta o hay cualquier cosa que le preocupe, ¿de acuerdo? —dijo.

—De acuerdo. —Regina asintió con la cabeza y sonrió levemente—. Gracias, señor Van Auken.

—Llámeme Rick, por favor. La mantendré informada tanto como me sea posible, pero estoy seguro de que este asunto se resolverá positivamente.

El señor Van Auken le dio la mano, me dedicó otra sonrisa y asintió brevemente al mirar a Archer, para luego salir a la calle, donde seguía nevando.

Los tres nos miramos cuando la puerta se cerró.

—Bueno,... —Regina respiró hondo, cruzando los brazos delante del pecho con fuerza. Estaba pálida y tenía la cara triste, pero parecía... estar bien. Que estaba bien era lo mejor que se me ocurría decir—. Bueno, no ha sido la conversación más agradable, pero tampoco ha sido desagradable. Las cosas pueden salir bien.

—Vaya, eso es fantástico —dijo Archer con sarcasmo—. Pero, oye, ¿sabías que el tal Van Auken es el socio del bufete del padre de Hadley?

—¿Qué? —Regina me miró sorprendida—. ¿De verdad?

No pude contener un suspiro de irritación, lanzando una mirada de enfado a Archer.

—Sí, pero se hicieron socios años después del juicio de St. Pierre.

—Esto es... bastante raro —dijo Regina, frunciendo el ceño—. Pero muy conveniente, supongo.

—Exacto —dije, lanzándo a Archer una mirada afilada—. Podría ayudar, si me necesitan. Saber más acerca de lo que está pasando, quizá.

—Él no se lo está tomando muy bien, ¿verdad? —dije, mirando a Regina mientras Archer regresaba a la cocina. Desde allí llegaba el sonido de alguien que metía los platos en el agua del fregadero haciendo más ruido del necesario.

Ella sacudió la cabeza, tomando un sorbo de su té.

—No. Cualquier cosa que tenga que ver con su padre biológico le pone de los nervios. Le hace estar... muy enfadado.

Eso estaba claro. Pero no podía culparle por eso, la verdad era que no. Tenía todo el derecho del mundo a estar enfadado con St. Pierre.

—Tanto como a mí me disgusta siquiera pensar en mi ex —empezó a decir ella con un suspiro—. El señor Van Auken ha expuesto argumentos muy válidos. Me resultará difícil convencerme de ello, créeme, pero... Creo que las posibilidades que tiene de salir de la cárcel van de pocas a ninguna.

—Bien —dije, forzándome a sonreír—. Me alegro.

Regina puso cara de recelo al dejar su taza de té sobre el mostrador, volviéndose hacia la caja registradora.

—Bien. Deberíamos cerrar ya.

Estaba claro que aquella mujer no deseaba seguir hablando, así que empezamos a cerrar, trabajando en silencio.

Esta vez no sentí la necesidad de romperlo con un montón de preguntas sin fin. Solo podía esperar que mañana fuera un día mejor y que todo lo que tenía que ver con el juicio de St. Pierre se olvidase. El señor Van Auken era uno de los abogados más prestigiosos de la ciudad. Sabía lo que se hacía. No habría venido hasta ahí solo para frustrar las esperanzas de Regina. Todas las pruebas apuntaban a St. Pierre. Ni siquiera Caos podría complicar algo tan firme y tan sólido como la verdad.

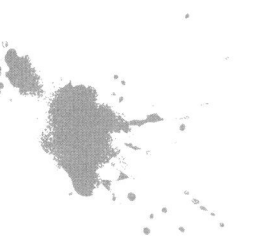

Capítulo 25

Un test repentino.
5 días antes

Archer estuvo tranquilo la mayor parte del día siguiente. Apenas habló a la hora del almuerzo, y mantenía la cabeza enterrada en un libro todo el rato. Ni siquiera se comió parte de mis patatas fritas. No podía culparle por estar tan distante. Sospechaba que seguía pensando en su familia y en el hecho de que su padre estuviera intentando salir de la cárcel.

De hecho, estaba deseando hablar de *El gran Gatsby*, libro que todavía no me había terminado, en la sexta clase de Lengua, al menos para pensar en otra cosa. Pero cuando llegué al aula, me llevé la sorpresa de que estaba vacía. Comprobé la hora que era en el reloj que colgaba por encima de la puerta y vi que todavía faltaban cinco minutos para que la clase empezara. Pero ¿no debería al menos haber llegado alguien? ¿Como por ejemplo, la profesora, la señorita Graham?

Saqué mi ejemplar de *El gran Gatsby* y mi cuaderno de notas del bolso, preguntándome por qué habría llegado la primera. Nunca me había pasado. Por lo general llegaba poco después de que el timbre sonara. Pasé a una página en blanco del cuaderno y empecé a hacer garabatos con mi bolígrafo púrpura favorito.

Seguramente no habían pasado más de uno o dos minutos, pero ya empezaba a sentirme cansada, como si me estuvieran arrastrando bajo la superficie de una manta de niebla muy gruesa cuantos más garabatos dibujaba. Las noches que había pasado dando vueltas me estaban pasando factura finalmente. Todo lo que quería era cerrar los ojos, apoyar la cabeza sobre el pupitre y dormir durante un buen rato. Empezó a caérseme la cabeza y se me empezaron a cerrar los ojos, y entonces una mano que descendió sobre mi hombro me devolvió de repente al presente.

—Bien, hola, mi querida Hadley —murmuró una voz tranquila y sedosa.

Grité al ver lo cerca que Caos estaba de mí, y traté de marcharme de mi sitio para apartarme de él, pero la mano que me había puesto en el hombro me lo impedía. Miré a mi alrededor, preguntándome por qué nadie parecía darse cuenta de que Caos estaba ahí, pero los pupitres seguían vacíos, como si mis compañeros de clase nunca hubieran venido. No había nadie más en la clase, solo él y yo.

—¿Qué haces aquí? —solté, con la voz temblando a pesar de lo dura que intentaba parecer—. ¡Suéltame!

Mi acompañante no me hizo caso. Se desplazó alrededor del pupitre y se inclinó sobre él, todavía con la mano puesta en mi hombro.

—He venido para ofrecerte la oportunidad de reconsiderar tu acuerdo con la Muerte —dijo educadamente—. Porque has tenido una semana llena de acontecimientos, ¿verdad?

Aquello era un eufemismo. La semana pasada había sido la más confusa y más aterradora de mi vida.

—Todo ha ido… bien —dije.

—¿Bien? Yo no utilizaría esa palabra. ¿Sabes cuál ha sido mi parte favorita? —dijo, levantando los labios en una sonrisa espeluznante—. Verte caer y golpearte esa preciosa cabecita cuando rodabas por esas escaleras. Ver la cara que ponía Archer al pensar que te habrías hecho daño de verdad. ¿Te ha gustado el mensajito que te dejé?

—Me ha encantado —dije, obligándome a mantener la calma.

—¿Qué hace falta para que cambies de opinión, a ver? ¿Tal vez un pequeño accidente la próxima vez que Victoria tome el tren? ¿Quizás un caballero que no pueda evitar pensar que Regina es «tan» guapa? Oh, y Rosie es una pequeña tan dulce, ¿verdad? ¿Cómo crees que se lo tomaría tu amigo si algo le sucediera a su hermana? —Se inclinó para acercarse un poco más—. Porque alguien «va a morir», Hadley. Puedes dejar que ese alguien sea Archer o seré yo quien haga que sea otra persona. De verdad, a mí me da igual.

Las palabras se me escaparon antes de que pudiera pararme a pensar en las consecuencias de lo que estaba diciendo.

—Si ya lo has decidido, soy yo tras quien tienes que ir. Ni Victoria. Ni Regina. Y desde luego, tampoco Rosie.

Caos levantó una ceja, parecía agradablemente sorprendido.

—¿Ah, sí?

Como ya lo había dicho, no podía desdecirme: y tampoco quería. Asentí con la cabeza, apretando los dientes.

—Bien, me parece que acabas de darme permiso para aumentar la apuesta —dijo complacido—. Al principio no entendía por qué la Muerte habría ofrecido a una niñita como tú un contrato, pero ahora empiezo a darme cuenta. Me estás tirando el guante, ¿verdad?

Noté el sabor de la sangre en la boca, y me di cuenta de que debía de haberme estado mordiendo el labio.

—Nunca me detengo cuando reto a alguien —dije cuando por fin tuve voz para hacerlo.

—Vaya, eso espero —dijo Caos, en cuyos ojos vi un brillo inquietante—. Eso es lo que va a hacer que esto resulte tan divertido.

No tuve oportunidad de responder.

Parpadeé y al segundo siguiente vi a la señorita Graham dibujando un esquema de la trama del libro que estábamos leyendo en la pizarra, hablando de la compleja relación entre Jay Gatsby y Daisy Buchanan. Mis compañeros de clase estaban todos sentados, y solo un tercio prestaba atención. Era como cualquier otra clase de un día cualquiera.

—Mmm. ¿Señorita Graham? —Traté de levantar la mano, pero sentía el brazo demasiado pesado.

La señorita Graham se quedó a media frase, mirándome por encima del hombro.

—¿Sí? ¿Hadley?

—¿Puedo, bueno, puedo salir, por favor? No me encuentro muy bien.

Debía de tener algo en la cara que decía que estaba a punto de devolver, porque la señorita Graham asintió de inmediato con la cabeza, sacudiendo el libro en dirección a la puerta.

—Adelante.

Metí mis cosas en el bolso y me dirigí a la puerta. Había unas cuantas chicas haciendo cola en los aseos femeninos, la cola salía por el pasillo, pero no les presté atención y me metí en el primer váter que quedó libre.

No devolví como esperaba, sino que me derrumbé y caí al suelo cuando me cedieron las piernas. Metí la cabeza entre las rodillas, tratando de respirar, deseando que el estómago dejara de martirizarme.

—Oye, ¿te encuentras bien? —Oí que alguien llamaba a la puerta del váter contra la que todavía estaba apoyada—. Ya llevas, bueno, un rato. Hemos oído gemidos.

—Sí, estoy bien —grité débilmente—. Tenía el estómago un poco revuelto.

Quien fuera dijo unas palabras para confortarme, y luego oí unas pisadas y la puerta del baño cerrarse.

La cabeza me dio vueltas cuando me arrodillé. Tuve que agarrarme al dispensador de papel higiénico para apoyarme. Me concedí unos minutos para recuperar el resuello antes de colgarme el bolso y salir del váter.

No me apetecía volver a la clase de la señorita Graham. No quería volver a poner un pie en aquella aula. Así que vagué por el pasillo vacío, agradecida de que las clases todavía no hubieran terminado. Cuando llegué a mi taquilla, deseé en realidad haber vuelto a clase. Leí las cuatro líneas escritas con rotulador negro indeleble sobre la puerta de la taquilla, con el pulso a mil.

Ya que te ha gustado tanto la primera nota, había pensado que una segunda daría ese toque final.
Los accidentes suceden a menudo en una ciudad como esta, y los dos sabemos que hay gente a la que vas a echar de menos.

Archer estaba chascando los dedos delante de mí, y me había dado cuenta de que me había estado llamando por mi nombre una y otra vez durante un minuto o más.

—¿Hadley, me oyes?

—¿Qué? Vaya. Lo siento.

Mi voz sonaba distante, tan lejana como lejanos eran mis pensamientos. Tenía un turno corto en Mama Rosa's aquella noche, de unas tres horas, y se estaba convirtiendo en el peor hasta la fecha. Me había sido imposible concentrarme, pues no dejaba de revivir el enfrentamiento con Caos en el instituto, antes de Lengua.

Me costó bastante evitar la mirada de Archer. Observaba cada uno de sus movimientos mientras trabajaba, diciéndome a mí misma una y otra vez que estaba vivo, a salvo, pasando la tarde como cualquier otra persona, y que eso iba a seguir siendo así.

Cuando Victoria había aparecido con Rosie hacía un rato, le había dado un gran abrazo a la niña y durante un rato había tenido miedo de dejarla marchar. Me había costado no abrazar también a Regina cuando la vi. Las advertencias de Caos me habían estado dando vueltas en la cabeza, no podía quitármelas de ahí. No podía soportar el pensar que yo sería la culpable de que pudiera sucederle algo a una niñita tan dulce como Rosie; y lo mismo valía para el resto de la familia de Archer.

—Te dije hace diez minutos que sacaras estos *muffins* del horno —decía Archer, abriendo el horno y usando unos guantes de horno para sacar la bandeja de los *muffins* de arándanos, que, claro está, se habían quemado—. ¿Qué te pasa esta noche? De verdad, estás peor que de costumbre. ¡Y deja de tirar de esas cosas!

Archer depositó la bandeja de *muffins* sobre el mostrador y me agarró de la muñeca. Antes de que ni siquiera pudiera protestar, se puso a quitarme las perlas fantasma, con lo que quedó al descubierto el número 5, pequeño y retorcido, que tenía en la muñeca. Al tocarme, sentía pequeños calambrazos en la piel que hacían que me retorciera. Fuera lo que fuese que estuviera a punto de decir murió en su garganta en el momento en que me miró sin entender.

—¿Qué tiene de importante el número cinco? —preguntó tranquilamente.

«Faltan cinco días para que me asegure de que no te quitas la vida el próximo martes», estuve a punto de decir.

Era todo lo que me quedaba. Cinco días para asegurarme de que Archer seguiría conmigo cuando el contrato expirase. Y ahora, con Caos en el horizonte, era incapaz de pensar en el futuro sin tener ganas de echarme a llorar. Pero tampoco era capaz de verme a mí misma abandonando ahora. Era imposible, ni siquiera me lo planteaba. Pasara lo que pasase, iba a seguir adelante. Tenía que hacerlo.

—Son las horas que tengo que estudiar cada día para prepararme los exámenes finales —solté, tirando del brazo hacia mí y colocándome rápidamente las perlas fantasma en la muñeca para tapar el número 5.

—Oh, vamos. —Archer gruñó—. ¿De veras esperas que me lo crea? ¿Para qué es, a ver?

—¡Chicos, atentos! —La voz de Regina llegó hasta la cocina—. ¡Tenemos clientes a los que atender!

—Procura no quemar este lugar hasta los cimientos —gritó Archer mientras pasaba de largo y salía de la cocina.

—Eso espero —murmuré.

Capítulo 26

Una cena en la parroquia.
4 días antes

Al día siguiente, Archer estaba leyendo un ejemplar con las puntas dobladas de *Hamlet* a la hora del almuerzo y no levantó la vista hasta que dejé mi examen de Geometría sobre la mesa frente a él.

—¡Mira! —dije—. Fíjate qué notas.

Él apartó la vista de *Hamlet* el tiempo suficiente como para echar una mirada rápida a mi examen, y luego volvió a mirar, sorprendido.

—¿Has sacado una A?

—¡Te dije que lo conseguiría! —exclamé, sintiéndome un poco ofendida por la cara de sorpresa que ponía.

Poco a poco empezó a abrirse camino en su cara una sonrisa mientras se fijaba en mi examen y repasaba las preguntas.

—Incluso has empleado las fórmulas correctas. ¡Esta es mi chica!

De inmediato empecé a sentir calor en las mejillas. Me senté y desenvolví el sándwich de ternera asada que tenía de almuerzo. A Archer solo le llevó un segundo imaginarse por qué me había puesto colorada como un tomate, y rápidamente dejó a un lado mi examen y tiró de mi bandeja de patatas fritas hacia él. Estaba bastante segura de que era incapaz de ponerse colorado, pero parecía un poco cohibido.

Acababa de llamarme «su chica». Sentí una necesidad repentina e incontrolable de empezar a reírme.

—Creo que la próxima vez podrías esperar a que me hubiera sentado antes de robarme la comida, ¿no te parece? —dije, deseosa de llevar la conversación por otros derroteros.

—Sí, sí —dijo distraídamente al tiempo que se ponía a leer *Hamlet* otra vez—. En cualquier caso, nunca te acabas las patatas fritas.

—Porque las dejo para ti, tontorrón.

Levantó la vista del libro, con cara de sorpresa.

—¿Qué? —La cara de sorpresa que puso me pareció rara.

—¿Qué de qué? —dije, frunciendo el ceño—. No olvides que te pago las clases de Geometría con patatas fritas. Y, en cualquier caso, te convendría llevar una dieta más variada. Quizá deberías dejar un poco la carne y los pastelillos de cerezas para almorzar, ¿qué te parece?

Archer se mantuvo en silencio y se comió unas cuantas patatas fritas más, para luego sonreír y dejar atrás la cara de sorpresa.

—Las patatas fritas no te convienen.

—Ya, como si los pastelillos de cereza fueran mucho mejores —dije, bebiendo un poco de agua.

—Pues claro que los pastelillos de cereza son mejores. —Archer dejó *Hamlet* y tomó otro puñado de patatas fritas. Estuvo masticando un rato antes de hablar.

—Oye. ¿Qué haces esta noche?

—Nada —repuse lentamente—. ¿Por qué?

—Según parece, mi familia se muere de ganas por verte de nuevo —dijo—, así que me han pedido que te diga que vengas a la cena de la parroquia de esta noche.

Lo dijo de un tirón, tratando de dejarlo caer lo más rápido que le fuera posible. A mí me costó un rato enterarme de lo que me había dicho.

—Que te han pedido… Espera, ¿qué? —Dejé el sándwich que me estaba comiendo a un lado para prestarle toda mi atención—. ¿Que quieres que vaya a una cena en la iglesia esta noche?

—Ni te imaginas la impresión que le has causado a mi familia.

Menuda oportunidad de oro. Esta noche no tenía que trabajar, y ahora no me hacía falta obligar a Archer a que saliéramos después de clase.

—Archer, me encantaría ir a la cena de la parroquia con vosotros —dije, tratando de no sonreír, aunque no me salió bien.

—De acuerdo, bien, no hace falta que presumas tanto por eso —dijo Archer, que parecía escéptico.

—¿Qué? No presumo —dije, mordiéndome la mejilla por dentro para evitar reírme—. Me encanta ir a la iglesia y me encanta cenar. Y me alegra tener la oportunidad de ver de nuevo a todos tus primos, y…

—No sé cómo, pero te las apañaste para que mi madre te diera trabajo, y ahora también me vas a robar a la familia, ¿no? ¿Lo tenías todo planeado?

—¡Oye! ¡Compartir es vivir!

Tomó un puñado de patatas fritas y sonrió.

—Si tú lo dices.

Estaba entusiasmada con la cena en la parroquia de Archer. Me apetecía mucho pasar más tiempo con los Incitti y, además, sería divertido. Cuando empecé a darle la lata para que me ofreciera más detalles, me dijo que la parroquia solía organizar una cena anual en diciembre para recoger dinero para hacer obras de caridad durante las navidades. Según parecía, era el acontecimiento del año: Mama Rosa's cerraba pronto ese día y en la parroquia habría incluso música en vivo.

No quería que pareciera que iba desarreglada, así que me puse un sencillo vestido rojo con unas medias negras y unas bailarinas planas, y luego el abrigo. Me miré en el espejo un rato antes de decidir si iba suficientemente bien, y luego tomé el bolso que yacía sobre el escritorio y salí.

—¿Va a pasar la noche fuera, en la ciudad? —preguntó Hanson mientras salía del edificio.

—Voy a una cena parroquial con un amigo —dije.

—¿Es el mismo amigo con el que ha estado pasando todo el tiempo libre? —dijo guiñándome un ojo.

—Sí —dije con una sonrisa—. Según parece, tenemos mucho en común.

Puede que Archer y yo no compartiéramos los mismos intereses —para mí, las Matemáticas nunca serían una diversión— pero había algo más importante que sí compartíamos: los dos deseábamos hacer algo por aquellos a quienes queríamos. No me llevó mucho tiempo darme cuenta de eso.

Hanson paró un taxi y rápidamente me metí dentro. Di al conductor la dirección de la iglesia. Me encontraría allí con Archer y su familia, en el gimnasio de la iglesia. Oficialmente, la cena no empezaría hasta las seis, pero con el tráfico que había esta noche, dudaba de que pudiera presentarme allí puntual.

Cuando llegué a la iglesia, las puertas del gimnasio estaban abiertas de par en par, había luz que se reflejaba en el suelo y una música rápida y con ritmo de jazz llenaba el aire nocturno. Algunas personas paseaban por la entrada, con café o bebidas gaseosas en la mano mientras se saludaban. Unos cuantos me sonrieron al acercarme a las puertas. Compré un tique a la pareja de ancianos que estaba sentada a la mesa justo en la entrada y me adentré en el gimnasio, echando un vistazo.

El techo estaba decorado con numerosas guirnaldas de luces navideñas que enviaban hacia el suelo una tenue luz amarilla. En un rincón alejado había una fila de árboles de navidad también decorados con luces, y había también montones de regalos apilados debajo. Había largas filas de mesas con todo tipo de platos y ollas de cocción lenta y bandejas llenas de comida dispuestas en el bufé, y la gente hacía cola para recibir su parte.

Me abrí paso entre las mesas de familias que reían y comían juntas, buscando alguna cara conocida. Casi había llegado a la cola de gente que esperaba su turno cuando vi a Lauren DiRosario corriendo hacia mí con una sonrisa en la cara.

—¡Hadley! ¡Me alegro de que pudieras venir! —dijo entusiasmada, agarrándome de los hombros—. Te lo prometo, pensé que me volvería loca si no venía otra chica.

Reí.

—Encantada de resultar de ayuda.

Cruzó su brazo con el mío y me llevó hasta dos mesas que estaban ocupadas por la familia Incitti al completo. Igual que en Acción de Gracias, me bombardearon con un montón de besos y abrazos y «¡Es estupendo volver a verte, Hadley!».

Los únicos que faltaban eran Sofía, Ben y sus tres hijos, que vivían a tres horas, en Albany.

Archer no se levantó a saludarme, pero al menos sonrió. Estaba sentado en su sitio, sirviéndose de un plato de pollo con arroz que había frente a él. Por la cara que ponía, me atrevería a decir que no estaba del todo allí.

—Hola —dije, tomando asiento junto a él.

Levantó la mirada del plato de comida y abrió la boca para decir algo, pero no lo hizo. Me miró de arriba abajo durante un rato y luego levantó una ceja.

—Bonito vestido —dijo.

—Vaya. —Me tiré del bajo del vestido, sintiéndome de repente consciente de cómo iba. Quizá debería haberme puesto una camiseta y unos *jeans*—. Gracias.

Archer dejó escapar un suspiro, pinchando algo con el tenedor y volviéndose en su asiento para inclinarse más hacia donde yo estaba.

—Después de la cena, ¿te apetecería...?

—¡Hadley, vamos! ¡Ven a servirte algo de comida conmigo!

Me arrancaron del asiento y me llevaron hasta la cola que había junto al bufé con Rosie y Lauren antes de que Archer pudiera siquiera acabar la frase. Le lancé una mirada por encima del hombro, pero solo me devolvió una sonrisa. Una de las señoras que trabajaban en la mesa de la comida me dio un plato, que llené con pollo y arroz, puré de patatas, galletas y unas cucharadas de ensalada de frutas.

Hicieron que me sentara en un sitio que estaba junto a Lauren y Karin, unas sillas más allá de donde estaba Archer, que ahora se había enfrascado en una animada conversación con Vittorio y Art sobre la selección italiana de fútbol. Escuchaba la charla fácil de la mesa mientras comía, tratando de quitarme de la cabeza todo lo que había pasado en los últimos días.

Cuando estaba con los Incitti, era fácil olvidarse de lo que me había llevado hasta Archer. Me sentía como si fuera una más, con aquella gente que me trataba como si fuera de la familia. Más exactamente, me gustaba estar con todos ellos. Me gustaba estar con Archer. No podía dejar de pensar en que el hecho de que él hubiera acabado con su vida había sido lo que nos había unido. Si me hubiera puesto de los nervios sin más y no me hubiera comportado como una tonta en primer año de Lengua, entonces puede que nada de esto hubiera sucedido.

—¡Atención todo el mundo!

Levanté la vista del plato cuando Regina se puso en pie, con una copa de vino en la mano, y entonces el parloteo que se oía alrededor de la mesa cesó de inmediato. No sabía qué clase de anuncio iba a hacer, pero esperaba que tuviera algo que ver con la apelación de su exmarido.

—Bien, estoy segura de que no sorprenderá a nadie si digo que estos dos últimos días han sido muy duros —empezó, respirando hondo—. Carlo ha tenido un accidente y nos hemos enterado de que mi exmarido ha apelado su sentencia.

—Espero que ese necio no vuelva a ver la luz del día —oí murmurar a Lauren.

—Bien, después de hablar con el antiguo ayudante del fiscal que llevó el caso —continuó Regina, empezando a sonreír—, tenemos muchas esperanzas de que todo salga bien y que las posibilidades de mi exmarido de conseguir que se revise su caso sean pocas o ninguna.

De repente, todos brindaron y aplaudieron en la mesa, lo suficientemente fuerte como para llamar la atención de la mitad de los congregados en el gimnasio. «Se lo merecen», pensé. Miré a Archer mientras Regina volvía a sentarse después de inclinarse para abrazar a su hermana Karin. Vi que tenía el tenedor en la mano, tan apretado, que los nudillos se le habían puesto blancos mientras tomaba un poco de puré de patatas, pero en realidad, por la cara que ponía, podía decir que estaba tranquilo. Tenía que ser algo bueno.

Archer levantó entonces la vista y me sorprendió mirándolo, y sonrió un poquito. Desde luego, sí, era algo bueno.

Cuando me había comido ya todo lo que tenía en el plato, me disculpé y me fui donde estaban los postres. Ante la duda, mejor tomarse el postre. Tomé otro plato y me serví un puñado de *cookies*, seguidas de unos *brownies* y de un buen pedazo de pastel de vainilla con crema de mantequilla rosa helada. Desde luego no sería muy bueno para mi línea, pero Taylor siempre decía que «las calorías no se cuentan durante las vacaciones», y desde luego yo estaba de acuerdo.

Pinché un poco de pastel y me lo fui comiendo mientras regresaba a mi sitio. Solo había recorrido unos pasos cuando de pronto Carlo apareció delante de mí, con una especie de sonrisa traviesa en la cara. Los moratones se le estaban poniendo amarillos y tenía una docena de cortes rojos y feos, pero por lo demás parecía como si estuviera recuperándose bien del accidente de la otra noche.

—Me alegro de verte fuera de la cama del hospital —dije, sonriendo—. ¿Cómo estás?

—Bueno, estupendamente, Hadley, gracias por preguntar —dijo antes de alargar la mano para robarme un dulce. Me quitó el plato y lo dejó sobre una mesa cercana, y me puso la mano alrededor de la cintura tirando de mí hacia la pista de baile.

—¡Carlo! —exclamé, sujetándome fuerte de su brazo—. ¡Oye, espera! ¡Quería acabarme ese pastel!

—No puedo esperar. Quiero bailar.

Me di por vencida en lo que respectaba a escapar, y dejé que él llevara la batuta, poniendo una mano en su hombro y la otra en la suya.

—¿Qué haces? —le pregunté, tratando de no pisarle—. ¿Tratas de hacerme pasar vergüenza?

—Para nada —dijo Carlo con suavidad—. Solo intento que mi querido primo se ponga celoso.

—No se pondría celoso por mí —insistí. Quería salir de aquella pista de baile tan pronto como me fuera posible—. No es así.

—¿Su chica bailando con otro tipo? ¿Quién no iba a estar celoso?

—No soy su chica —dije, aunque no pude evitar acordarme de que Archer había dicho eso mismo a la hora del almuerzo.

A juzgar por cómo me miraba, Carlo sabía que estaba mintiendo, eso estaba claro. Entonces suspiró un poco y puso una cara inusualmente seria. Me pareció desconcertante que no siguiera con su encantadora sonrisa. Los cortes y los moratones de la otra noche no ayudaban.

—¿Qué pasa? —pregunté cuando se quedó callado.

—No quisiera ser maleducado, Hadley, pero no conoces a Archer como lo conocemos los demás. No sabes lo feliz que solía ser antes de que mataran a Chris.

El súbito cambio de conversación me sorprendió. ¿Por qué sacaba ese tema ahora?

—Lo sé —dije, dudando—. Regina me ha dicho lo mismo.

Nunca conocería esa faceta de Archer, y me dolió de algún modo. La persona que había sido había desaparecido hacía tiempo. Dudaba que regresara alguna vez. Era un sentimiento poco habitual, echar de menos a alguien a quien no se había conocido.

—Porque es así —dijo Carlo—. Tú no ves el cambio que nosotros vemos en él. Está distinto. Es… feliz. Deberías haber visto cómo lo miraba la abuela cuando le oyó reír en Acción de Gracias.

Mantuve los ojos fijos en los pies, tratando de evitar que la cabeza fuera dándome vueltas por teorías ridículas acerca de Archer y su felicidad. No servía para nada.

—¿Y crees... crees que soy yo la razón de que sea feliz?

—Creo que tienes mucho que ver en eso.

¿No era eso lo que había estado tratando de hacer desde el principio de mis veintisiete días?

—No lo dudes —continuó Carlo, haciendo que me olvidara de lo que estaba pensando.

—Yo no...

—Solo quería decirte que no deberías dudar de lo que significas para él. Porque significas algo. Y quiero a mi primo. Y me gusta verle feliz. A todos nos gusta.

Una sonrisa se dibujó en mis labios antes de que pudiera evitarlo. Me gustaba Carlo. Era el típico chico de su edad la mayoría de las veces, pero también era bastante perspicaz. Me imaginaba siendo su amiga.

—Tienes vista —dije.

Su sonrisa traviesa volvió.

—Tú también.

—Pero... Archer no —dije después.

—No —asintió Carlo—. No la tiene. Pero a ti te ve.

La canción acabó y las parejas se separaron, aplaudiendo educadamente a los músicos. Me aparté de mi compañero de baile y ambos nos pusimos a aplaudir.

—Gracias, Carlo —le dije—. Por el baile.

—Gracias «a ti», Hadley. —Me quedé helada cuando se acercó y me besó en la mejilla en un gesto sorprendente de afecto; un gesto que no parecía adecuado para un muchacho de quince años—. Vas a quedarte por aquí, ¿verdad?

Me lanzó una de esas sonrisas escépticas y se alejó, mientras yo me quedaba en la pista de baile. No estaba del todo segura de qué había sucedido, pero estaba encantada de haber tenido la oportunidad de hablar con Carlo. Resultaba difícil dudar de la sinceridad de sus palabras. Iba a hacer todo lo posible por llevarlas en el corazón.

Tenía que decidirme a moverme y salir de la pista de baile cuando empezó a sonar la siguiente canción y las parejas comenzaron otra vez a bailar. Me encaminé hacia el aseo, solo para toparme con Archer en cuanto puse el pie en el estrecho pasillo de al lado del gimnasio.

—Lo siento —dije, dando un paso atrás—. No te había visto...
—Baila conmigo.

Eso era lo último que había esperado que me dijera. Yo no bailaba. Él tampoco. ¿O sí?

—¿Qué?
—Baila conmigo —repitió. Tenía la cara muy seria.

No pude hacerme a la idea. ¿Por qué querría Archer bailar conmigo? ¿Es que Carlo había conseguido que se pusiera celoso?

—¿Has bailado con mi primo y no vas a bailar conmigo? Vaya, gracias, Hadley.

Me reí sin pensar.

—Te voy a pisar —le advertí—. Igual que a Carlo.

Archer sonrió.

—Tengo los pies grandes.

Enlazó los dedos con los míos y tiró de mí por el pasillo, de vuelta al gimnasio y a la pista de baile mientras yo me moría de vergüenza. La banda de música estaba tocando una pieza lenta y dulce que parecía recién salida de los cuarenta.

Archer me puso una mano alrededor de la cintura y me acercó hacia sí, tomando mi mano en la que tenía libre. Me distraía un poco sentir el calor de su piel contra la mía. Estaba segura de que no le pasaba inadvertido lo fuerte que me latía el corazón debido a lo cerca que estábamos el uno del otro. Ya le había pisado dos veces, pero seguía bailando. Incluso me gustaba. Estábamos juntos y, en aquel momento, eso era suficiente.

Capítulo 27

Sucedió una noche

Llevaba nevando un buen rato cuando salí del gimnasio después de decir adiós a la familia Incitti. Archer y yo solo habíamos bailado una vez, pero no podía dejar de sentirme cautivada y de que eso bullera en mi interior cada vez que pensaba en su mano enlazada en la mía. Levanté el brazo para parar un taxi, pero me detuve cuando oí que alguien me llamaba.

—¿Hadley? ¡Espera un segundo! ¡Hadley!

Miré por encima del hombro para ver a Archer corriendo hacia mí.

—¿Es que he olvidado algo? —dije cuando llegó frente a mí y se detuvo.

—Sí —repuso—. A mí. Voy a llevarte a casa.

Por un instante, pensé que no lo había oído bien.

—Vas a llevarme a casa —repetí.

—La última vez que lo comprobé, no te hacía falta ningún audífono —dijo secamente—. Ya me has oído. Voy a llevarte a casa.

No protesté. Aunque hubiera querido hacerlo, no hubiera sido capaz de encontrar las palabras.

—Sabes, esto suena demasiado a cita, Morales —dije según íbamos calle abajo en busca de un taxi—. Me invitas a cenar, me pides bailar, y ahora me acompañas a casa.

Archer se rio.

—Cuando te pida una cita, Jamison, mi familia no tendrá nada que ver.

De alguna manera me las arreglé para dar un paso y luego otro, a pesar de que el corazón me botaba ridículamente en el pecho y la respiración se me había quedado atrapada en la garganta. Había dicho «cuando» te pida una cita. No «si». No podía reprimir el sentimiento de esperanza que me embargaba.

—Bien, de todos modos —dije, esperando que la voz me sonara normal—. Gracias.

Archer se encogió de hombros, metiéndose las manos en los bolsillos mientras seguíamos caminando. Casi no había automóviles por la calle, ni gente en las aceras, y parecía prácticamente imposible que se produjera tal falta de ruido en Nueva York. Los copos de nieve caían en suaves oleadas, cubriendo la ciudad con una capa blanca. Era como el país de los sueños.

Cuando por fin conseguimos un taxi, habíamos recorrido tres manzanas. Le di al taxista mi dirección y Archer se acomodó en su asiento para el viaje. Pasó más rápido que si hubiera habido tráfico, y por eso, estaba agradecida. Estaba deseando salir del taxi. Dejé descansar la mano en el asiento a mi lado, y cada vez se me hacía más difícil no moverla en busca de la de Archer para entrelazar los dedos con los suyos.

Dejé que pagara al taxista, pues me di cuenta de cómo me miró cuando hice el gesto de buscar el monedero, y salí a la acera. Hanson ya se había ido a casa, porque de no haber sido así me hubiera gustado presentarle a Archer.

El portero de noche abrió la puerta del edificio para nosotros asintiendo educadamente con la cabeza, y entramos en el vestíbulo, en dirección al ascensor. Miré de reojo a Archer mientras subíamos al séptimo piso. No podía evitar la sensación de que había cosas que no habíamos dicho flotando en el aire entre nosotros.

¿Qué significaba aquella noche exactamente? Algo había cambiado, eso estaba claro. Él tenía que saberlo igual que yo.

Saqué las llaves del bolsillo del abrigo cuando las puertas del ascensor se abrieron, y Archer y yo recorrimos el pasillo hasta el 7E en silencio.

—Bien. —Al meter la llave en la cerradura, la mano me temblaba. Estaba demasiado nerviosa para mirarle—. Gracias… por, a ver, por acompañarme a casa —dije débilmente.

—No soy un capullo integral —dijo bromeando—. Mi madre me ha educado para ser un caballero, muchas gracias. Sé que hay que acompañar a una chica a su casa en lugar de dejar que vaya por ahí sola en plena noche.

Lo miré con una amplia sonrisa.

—¿Me estás tomando el pelo? ¿Quieres entrar?

Las palabras escaparon de mi boca antes de que ni siquiera supiera lo que estaba diciendo. No quería que la noche acabara, e incluso aunque eso significara lanzarme y hacer el tonto, lo haría con tal de pasar más tiempo con él.

Puso cara de no entender.

—¿Qué?

Reprimí una respiración profunda e hice lo que pude por sonreír.

—¿Quieres entrar? Siempre ponen alguna película que vale la pena en alguno de los canales clásicos a esta hora de la noche.

Se lo pensó un rato, y durante esos segundos pensé que iba a decir que no, pero entonces sonrió.

—Si tienes palomitas, de acuerdo.

Abrí la puerta con llave y la empujé, alargando el brazo en busca del interruptor de la luz para encenderla. Archer me siguió con precaución, mirando a su alrededor con una mirada inteligente en los ojos. Casi ni había traspasado el umbral de la puerta cuando dijo:

—Estás de broma.

—¿Qué? —dejé el bolso sobre la mesita de centro, mirándolo con curiosidad—¿Es que hay algo que…?

—¿Vives aquí? —Hizo un gesto para señalar todo el salón, los sofás de piel y el televisor de pantalla plana, las ventanas que iban del suelo al techo, como si fuera la única explicación que necesitara.

—Pues, sí —dije incómoda—. A mi madre le encanta la decoración. A veces me pregunto por qué se dedicó a los negocios en lugar de a la decoración de interiores.

Archer siguió de pie tras atravesar el umbral de la puerta, el tiempo suficiente como para que me preocupase porque echara a correr, mientras seguía observándolo todo.

—Bien —dijo al fin, sonando algo cohibido—. Supongo que en realidad trabajas para nosotros porque te gustamos. No porque necesites el dinero.

«Por fin», pensé, sintiéndome exultante. «Me gustas, idiota». Esperaba que se diera cuenta de cuál era la diferencia en aquella ecuación.

Preparé dos bolsas de palomitas para el microondas según me había pedido y nos sentamos juntos en el sofá para ver *Sucedió una noche*, una película en blanco y negro. Puede que nuestros compañeros de clase no estuvieran haciendo lo mismo el viernes por la noche, pero no creía que a ninguno de nosotros nos importase. Definitivamente, aquella era la mejor manera de acabar el día.

Cuando abrí los ojos, la película se seguía viendo en la televisión. Archer se había dormido en la otra punta del sofá, con la cabeza apoyada en un brazo y el otro tapándose parte de la cara, respirando lenta y regularmente. Me levanté, quitándome el pelo de la cara, mirando qué hora era en el receptor de televisión. No habíamos dormido ni media hora, pero supongo que estábamos más cansados de lo que creíamos cuando llegamos.

—Archer.

No se movía.

—¿Archer? —repetí, esta vez más alto.

Nada.

—¿Estás despierto? —dije, desplazándome con las rodillas para inclinarme sobre él.

—Ahora sí. —Contuvo una inspiración profunda y abrió los ojos, apoyándose sobre un codo. Miró a su alrededor para recordar dónde estaba antes de mirarme con el ceño fruncido—. ¿Nos hemos dormido?

—Sí —dije—. Son casi las once.

—Vaya —dijo él.

Me sorprendió su actitud descuidada con respecto a la hora.

—Lo más probable es que ni a tu madre ni a tu abuela les guste mucho.

—Lo más probable —dijo. Pero me sonrió, con esa especie de sonrisa que te dejaba sin aliento y que nunca antes había visto—. Se lo imaginarán. Sabían que iba a acompañarte a casa. Además, no es que haya salido para meterme en algún lugar oscuro de la ciudad.

—Vaya, claro —dije, intentando reír con sarcasmo—. Porque el Upper East Side es tan interesante. —Me separé de él y dejé colgar las piernas por un lado del sofá, poniéndome en pie—. Pero, verás. A no ser que quieras conocer a mis padres, sería mejor que te fueras a casa.

—Mmm. —Archer se puso en pie y el pelo se le erizó al tiempo que estiraba los brazos por encima de la cabeza—. ¿Tan malos son?

—No —dije, tomándome un tiempo para pensar en ello—. Pero creo que ya han asumido que, si a estas alturas no he traído a ningún chico a casa, nunca lo haré. Preferiría ahorrarme esa conversación tan incómoda, si no te importa.

—Vaya. —Archer parecía un poco incómodo—. De acuerdo.

Se puso los zapatos y el abrigo y se encaminó a la puerta. Lo seguí, con las manos juntas detrás de la espalda, sin estar segura de qué decir.

—Supongo… Lo que quiero decir es que, nos vemos mañana —dijo, con la mano ya en el pomo de la puerta volviéndose hacia mí.

—Sí —dije—. Por la tarde, cuando empiece mi turno.

—De acuerdo entonces.

No estaba muy segura de qué fue lo que me hizo hacerlo. Antes de que pudiera pensar que tal vez no fuera una buena idea, me acerqué a él y lo abracé fuerte.

No se apartó de inmediato, como había hecho la noche del hospital. En lugar de eso, deslizó los brazos lentamente y con cuidado alrededor de mi cintura y apoyó la mejilla sobre mi cabello. Estaba rígido, un poco cohibido, y me quedé con la sensación de que no estaba acostumbrado al contacto físico, pero este era un abrazo mucho mejor y en circunstancias mucho mejores.

Puede que el abrazo durara un poco más de lo necesario, así que tuve que recordarme a mí misma que tenía que dejarle ir y dar un paso atrás.

—Ah, de acuerdo. Mmm. —Archer se aclaró la garganta, con los ojos fijos en el techo, como si le diera vergüenza mirarme. Eso era nuevo—. Mañana nos vemos.

Parecía como si yo hubiera perdido la habilidad de pensar racionalmente y decidí seguir. No quería analizar cada acción en ese momento, como había hecho desde que empezaron los veintisiete días.

Lo agarré de las solapas y tiré de él hacia mí con dulzura, acortando la distancia que nos separaba. Mis intenciones estaban claras. Iba a besarle, y no me detuvo.

Aquel beso no fue como el primero que nos habíamos dado en el pasillo del hospital la otra noche. No creía que ninguno de los dos fuésemos especialmente hábiles, pero el mínimo rastro de duda que antes hubiéramos compartido había desaparecido. Respirar se hizo mucho más difícil cuando Archer deslizó la mano por detrás de mi cuello, haciendo que acercase la cara más a él.

No podía decir que hubiese besado antes a muchos chicos, pero Archer tenía que ser el mejor. Estaba segura. Sentía esa sensación ligera que borboteaba bajo mi piel cuando me besaba. El pulso me retumbaba en las orejas. De no haber sido porque me llegaron hasta los oídos las voces de mis padres entrando por la puerta, dudo que hubiera dejado de besarle.

«Mierda».

Me separé de él rápidamente, respirando hondo al tiempo que me pasaba los dedos por el pelo en un intento de peinar lo que él había despeinado. Archer me miraba con esa cara entre divertida y horrorizada.

—¿Son tus padres? —susurró.

—Sí —dije entre dientes—. Lo siento, pero me temo que tendrás...

Me quedé a media disculpa cuando oí la cerradura, la puerta se abrió y mis padres entraron. No era raro que llegaran a la vez la mayoría de las noches; ambos trabajaban en oficinas que estaban bastante cerca la una de la otra. Desde luego, nunca habían llegado a casa y me habían encontrado con un chico.

—Hola, Hadley —dijo mi padre, con una sonrisa de cansancio, al tiempo que se quitaba el abrigo y se dirigía al armario para colgarlo. De alguna manera, pasó por delante de Archer sin darse cuenta.

—Hola, papá —dije rápidamente—. Este es...

—Ya recibí tu mensaje de antes. ¿Qué tal la cena en la parroquia? —preguntó mi madre, que seguía pegada a su teléfono móvil mientras dejaba su monedero sobre la mesita centro.

—Ha sido muy divertida. Bueno, este es...

Archer dio un paso hacia delante en ese momento, aclarándose la garganta con mucho ruido y sacando la mano para saludar a mi madre.

—Hola, soy Archer.

Mi madre y mi padre se quedaron parados, el silencio era tenso. Primero me miraron a mí y después a Archer, con cara de no entender. Creo que, hasta este momento de mi vida, nunca había pasado por algo que fuera tan incómodo. Ojalá me hubiera tragado la tierra, era el momento más adecuado.

—Encantada de conocerte —dijo mi madre al fin, sonando bastante distante al darle la mano.

—Tú debes de ser ese amigo que Hadley tiene en el trabajo —dijo mi padre, que se adelantó para darle la mano también.

—Nos conocimos en el primer año de instituto, pero sí —dijo Archer. Me quedé de piedra al ver la seguridad con que afrontaba la situación, sonriendo educadamente a mis padres—. Mi madre es la propietaria de la cafetería en la que ambos trabajamos.

—Ah, ¿sí?

Mi padre estuvo charlando un rato con Archer en plan educado acerca de cómo iba el negocio y mi madre se quedó ahí de pie, sin más, tan perdida y sin saber qué decir como yo. Todo esto era «raro». Nunca me había imaginado a Archer conociendo a mis padres. Él formaba parte de mi otra vida, una enteramente distinta, y que estuviera ahí de repente, presentándose a mis padres, que parecían vivir en un planeta diferente la mayoría de las veces, me pareció cuanto menos discordante.

—Oye, papá. Bueno. Creo que Archer ha dicho hace un rato que tiene que irse a casa —interrumpí, ya que por fin había conseguido la suficiente fuerza como para decir algo.

—Por supuesto, claro —dijo mi padre, mirando la hora que era en su teléfono móvil—. Se está haciendo bastante tarde.

—Ha sido un placer conocerles —dijo Archer, sonriendo.

—Para nosotros también —dijo mi padre, dándole la mano otra vez—. Puedes volver siempre que quieras, por supuesto.

Traté de recuperarme de la sorpresa y me puse los zapatos para acompañar a Archer hasta la puerta.

—Bueno, ha sido un poco incómodo —dije tan pronto como cerré la puerta tras de mí—. Lo siento, no pretendía…

—Qué va —dijo él encogiéndose de hombros—. En realidad, tus padres no son tan malos.

No esperaba que me dijera algo así, pero fue un alivio oírlo.

—No obstante, tu madre parecía que se oliera algo malo —dijo poco después, con una sonrisa.

—Lo sé —asentí—. Siempre pone esa cara cuando la sorprenden con la guardia baja. Creo que es lo que tiene la vida corporativa de negocios.

Le acompañé por el pasillo hasta el ascensor, sintiéndome de repente muy nerviosa. Más o menos estábamos «juntos» pero ninguno de los dos decía nada al respecto.

—Bien, supongo que nos veremos mañana, ¿verdad? —dije cuando las puertas del ascensor se abrieron y Archer entró.

—Sí —dijo él, aclarándose la garganta—. Hasta mañana.

Sonrió —en realidad, fue una sonrisa genuina— al saludarme con dos dedos, y luego las puertas del ascensor se cerraron y desapareció.

Volví a entrar en casa, nerviosa porque sabía que me esperaba un interrogatorio. En cuanto cerré la puerta tras de mí, mi madre se levantó del sofá.

—¿Va a hacer falta que hablemos sobre traer chicos a casa? —preguntó.

Intenté por todos los medios no echarme a reír.

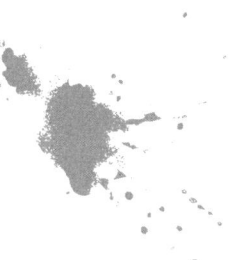

Capítulo 28

Debilidades humanas.
3 días antes

Al día siguiente llegué «demasiado» pronto a mi turno en la cafetería. Quizá había venido tan pronto porque no quería estar por ahí sin hacer nada, o más bien porque estaba deseando ver a Archer de nuevo. En vez de abrazarme a mí misma para evitar las pesadillas con Caos antes de dormirme la noche anterior, decidí ponerme a pensar en aquel beso una y otra vez. Era una alternativa mucho mejor. Me preocupaba que se me notara demasiado que estaba deseando repetir la experiencia.

—Has venido un poco pronto —dijo Archer cuando me vio entrar por la puerta de atrás y llegar a la cocina media hora antes del mediodía.

—Solo quería salir de casa, supongo —dije como si tal cosa, al tiempo que me quitaba el abrigo y colgaba mis cosas en una de las perchas que había junto a la puerta—. Es un bonito día.

Archer miró a través de la ventanita que había sobre el fregadero.

—Está nevando.
—Sí.

Colocó una bandeja llena de sándwiches recién cortados que había sacado del frigorífico y se volvió hacia mí, cruzándose de brazos. Ahí estaba aquella sonrisa traviesa otra vez.

—¿Tan desesperada estás por pasar un rato conmigo, Jamison?

Era una pregunta que ya antes me había hecho en broma y a la que siempre respondía con sarcasmo o enfadándome. Hoy, en cambio, mi respuesta iba a ser algo distinta.

—Sí —dije—. Más o menos.

Por un instante, me miró como si le hubiera sorprendido con la guardia baja, pero entonces volvió a sonreír ampliamente, alargó un brazo y me lo puso en la cintura para acercarme hacia sí. No estaba muy segura de quién había dado el primer paso, pero el beso resultante fue una maravilla.

—¿Va… a pasar esto habitualmente? —pregunté sin respiración cuando nos separamos.

Me miró perplejo tras la pregunta. No obstante, su respuesta fue lenta y calculada:

—No lo sé. Ojalá. Creo que eres la chica más insoportable que jamás haya conocido, pero nunca me imaginé que besarte fuese tan… En serio, ¿acabas de darte un pellizco?

—Lo siento. Quería asegurarme de que no estaba soñando.

Había sido un alivio ver que, desde luego, no había sido un sueño. Archer me quería… por lo que sabía, para besarme, pero eso era un punto de partida, ¿no? De todos modos, no iba a quejarme.

Archer me dejó ir con una sonrisa.

—Por fin encuentro una chica con la que me gusta estar y resulta que también le gusta pellizcarse. Pero ya que estás aquí, podrías empezar a echar una mano.

Me reí también y me acerqué al fregadero, arremangándome para lavarme las manos mientras él colocaba la bandeja de sándwiches en la vitrina de los dulces. Cerré el grifo y me sequé las manos con una toallita de papel, contemplando cómo caía fuera la nieve.

Casi me caigo, al tiempo que contenía un grito, cuando vi que unas letras negras empezaban a dibujarse en la ventana que tenía delante, como si una mano invisible las estuviera escribiendo desde el mostrador con rotulador indeleble.

Me puse a hiperventilar cuando leí el mensaje completo:

> Tengo que decirte que ha sido divertido.
> Pronto habremos acabado.
> Así que prepárate para enfrentarte a todos tus miedos...
> El final de este juego se acerca.

Estaba claro que aquel era un mensaje de cortesía de Caos, y, como los anteriores, no tenía ni idea de qué se suponía que quería decir, aparte de que podía imaginarme que Caos redoblaría los esfuerzos antes de que todo acabara.

—¡Hadley. —La voz de Archer me sacó de la ensoñación—. ¿Podrías echarme una mano con esto?

—Ya voy —repuse.

Rápidamente, tomé otra toallita de papel, la humedecí y froté el cristal hasta que borré el mensaje.

Una calma inquietante se había instalado en la cafetería.

Todo estaba tranquilo. Los pocos clientes que había se habían perdido cada uno en su mundo con sus libros o sus aparatos electrónicos y no decían gran cosa. Debería de haber sido un alivio no tener que estar corriendo de aquí para allá con encargos de bebidas o sirviendo boles de sopa de tomate caliente, y tal vez llevándome por error alguno cuando no tocaba.

En lugar de estar tranquila me sentía… incómoda.

Cuando no me estaba tirando de algún descosido del delantal, me rascaba la muñeca por debajo del brazalete, donde estaban los números que llevaba tatuados. Al mirarme allí donde faltaban ya algunos números me sentí vacía por dentro. Estaba en la recta final; solo quedaban tres días. Y Caos lo sabía.

Miré por encima del hombro cuando oí unos pasos por el suelo de la cocina y vi llegar a Regina. Parecía mucho más contenta de lo que había estado en muchos días. Iba mejor vestida, con ropa un poquito más a la moda en lugar de su modesto atuendo habitual, y llevaba el pelo peinado a un lado con un bonito recogido.

—Voy a salir con mi hermano y mi hermana —dijo a modo de explicación—. Cuidad de todo. Pasadlo bien. Incluso va a venir mi madre.

—Eso es estupendo —dije con una sonrisa—. Se merece una noche libre.

Regina sonrió y me apretó el hombro, y luego de repente me pareció que se ponía nerviosa.

—Estaréis bien aquí, ¿verdad? ¿Solos Archer, Rosie y tú?

—Pues claro —dije—. En cualquier caso, ya casi es la hora de cerrar. Y Rosie suele obedecer a Archer.

—Deja de preocuparte, mamá —oí que decía Archer al salir de la cocina, trayendo a su madre su abrigo y su bolso—. Se supone que vas a tomarte una noche libre. Yo he cerrado ya muchas veces. Sé de qué va.

Regina asintió con la cabeza al tiempo que se ponía el abrigo. Sin embargo, no parecía estar convencida.

—Bueno, sí. Pero llámame si necesitáis algo. Y asegúrate de que tu hermana se va a dormir a las ocho, ¿de acuerdo?

—Sí, también sé a qué hora tiene que irse a la cama Rosie.

Oí una serie de fuertes y sonoros pisotones, tras los que apareció Victoria en el umbral de la puerta de la cocina.

—Fuera de mi camino, muchacho. ¿Estás lista para salir, Regina?

—Claro —dijo la aludida, tratando de poner una sonrisa de confianza—. Vamos.

Rosie apareció de repente, abriéndose paso por entre las piernas de Archer para llegar hasta su madre, quejándose de que todavía no le había dicho adiós. Acompañamos a Regina y a Victoria hasta la puerta delantera, les dimos abrazos y les dijimos que lo pasaran bien.

Archer miró al reloj que había sobre la repisa de la chimenea cuando la puerta se cerró tras su madre y su abuela.

—Queda media hora para cerrar.

—Creo que podremos sobrevivir hasta entonces —dije.

—Eso es discutible —dijo Archer—. ¿Quieres empezar a cerrar o prefieres ocuparte de ese pequeño demonio?

Se refería a su hermanita, que en aquel momento estaba intentando hacerse con los restos de *donuts* que estaban esparcidos por la vitrina de los dulces.

—Empezaré a limpiar —dije.

Los clientes comenzaron a salir a medida que se acercaba la hora de cerrar. Fui por las mesas recogiendo la vajilla sucia y tiré los desperdicios en el cubo que teníamos tras el mostrador. Archer me seguía, limpiando las mesas una a una, mientras Rosie se dejó caer en uno de los sofás, tratando de leer un libro infantil.

—Asegúrate de que dejamos esos en el frigorífico para el repartidor —dijo Archer, señalando una caja llena de pastelillos que habían sobrado—. Voy a empezar con estos platos.

—Desde luego, jefe —dije.

—¡Oye, espérame! —gritó Rosie, levantándose del sofá—. ¡Habías dicho que esta vez podría poner el jabón en el lavavajillas, Archer! —Dio la vuelta al mostrador detrás de su hermano, entusiasmada ante la posibilidad de poner ella el jabón.

—Tienes razón —dijo él—. Lo dije. Pero en realidad, tienes que ayudarme a meter los platos en el lavavajillas, Rosie.

La niña resopló y refunfuñó.

—De acuerdo —dijo, sonando un poco demasiado como su hermano mayor.

Después de guardar la caja de pastelillos en el refrigerador, me di una vuelta para empezar a poner bocabajo las sillas y colocarlas sobre las mesas.

Estaba limpiando los posos de café cuando oí un fuerte «¡crash!» procedente de la cocina.

Era como si lo sucedido la noche de Acción de Gracias estuviera volviendo a pasar. Una parte de mí esperaba encontrarse con la misma escena al entrar en la otra habitación: Regina sollozando con las manos en la cara.

Miré la escena que se desarrollaba ante mí y sumé dos más dos tan rápido como pude. Rosie estaba hecha un lío entre un montón de cristales rotos en el suelo. Tenía las manos llenas de cortes y le salía sangre. Debía de haber tropezado de camino al lavavajillas y haber roto unos cuantos vasos al caer.

—Cariño, ¿te has hecho daño? —pregunté, inclinándome junto a ella y sacudiéndole cristales rotos del regazo—. ¿Te has caído?

Rosie no me hizo caso y levantó la vista para mirar a su hermano con lágrimas cayéndole por las mejillas.

—¿Archer? —La voz le salió como un gimoteo.

Pero... algo raro pasaba con él. Estaba agarrándose al mostrador que había detrás, con los ojos muy abiertos y fijos en las manos ensangrentadas de Rosie. Se había quedado blanco como la cera y le temblaban los labios. Podía oírle respirar de manera entrecortada, con jadeos rápidos y cortos.

—¿Archer? —dijo la niña otra vez, alargando la mano hacia él.

En realidad, no le había tocado, pero Archer se echó hacia atrás como si le hubieran dado un susto. La niña empezó a llorar todavía más fuerte.

—¿Te encuentras bien? —dije lentamente, aunque resultaba obvio que bien no estaba—. Archer, tú...

No había movido los ojos de las manos de su hermana. Entonces me di cuenta de lo que no marchaba bien: Archer no podía soportar la visión de la sangre.

Cuando por fin habló después de un buen rato de casi sofocante silencio, lo hizo en un tono extraño y bastante fuerte.

—No puedo... Es que... la sangre... Tengo que... Tenéis que...

Se dio la vuelta y salió trastabillando de la cocina, por la puerta de atrás, a la calle, cerrando de un portazo tras él.

—Vamos, Rosie, no pasa nada —dije, recogiéndola del suelo y abrazándola. Por suerte, no pesaba mucho para ser una niña de cinco años—. No ha pasado nada. Voy a curarte las pupas, ¿te parece bien?

—Pero no quiero que lo hagas tú —dijo entre sollozos sobre mi hombro—. Quiero que sea Archer.

—Lo sé, cielo, pero él no se encuentra ahora muy bien —dije, eligiendo hacer caso omiso del nudo que tenía en la garganta y que se había formado al decir la niña aquellas palabras—. Le verás después, te lo prometo. Solo necesita tomar un poco de aire fresco.

Rápidamente subí escaleras arriba hasta llegar a la vivienda de la familia, buscando la luz del pasillo de camino al cuarto de baño. Dejé a Rosie abajo, sobre el mostrador, y me puse a buscar el botiquín en busca de tiritas y algo que pudiera usar para desinfectar los cortes que la niña se había hecho. Encontré un par de tiritas y un tubo de desinfectante que dejé aparte para aplicárselos a Rosie una vez que hubiera conseguido que se lavara las manos con agua caliente y jabón.

Seguía sollozando mientras le secaba las manos con cuidado con una toalla. Los cortes no parecían gran cosa una vez le hube limpiado la sangre, y gracias a Dios no tenía trozos de cristal clavados. Le puse un poco de desinfectante en las heridas y luego un par de tiritas.

Luego me la llevé del cuarto de baño hasta el salón y la dejé en el sofá, envuelta en la manta que había sobre un brazo de aquel mueble. Tomé el mando a distancia del televisor y le puse unos dibujos animados, con la esperanza de que así se distrajera un rato y yo pudiera ir a ver cómo estaba Archer.

—Voy a ver cómo está tu hermano —le dije—. Quédate aquí a ver la tele. Si te hace falta algo, grita, ¿entendido?

Rosie asintió con la cabeza, enrollada en la manta y completamente centrada en los dibujos.

Dejé la puerta de la vivienda abierta de par en par y regresé a la cocina. No vi a Archer, pero tampoco lo esperaba. Probablemente seguía fuera.

Decidí concederle unos minutos más antes de salir.

Tomando el cepillo y el recogedor que había apoyados sobre el frigorífico, empecé a barrer los cristales del suelo y los tiré a la basura tras asegurarme de que no quedaba ni uno. Me preparé una taza de té sin pensarlo antes de salir en busca de Archer. Me pareció que era algo que Regina haría, y fuera hacía mucho frío.

Lo encontré sentado en la parada que había junto a la puerta, encorvado sobre las rodillas, con los dedos de la mano izquierda en el pelo. Me recordaba extrañamente a la noche de mi primer turno en la cafetería, salvo porque todo había cambiado exponencialmente desde entonces.

Archer no levantó la vista cuando me senté junto a él y dejé la taza de té entre los dos. Apoyé la espalda contra la pared, poniendo las manos en el regazo. No sería yo la primera en hablar. Aquello había que hacerlo según las normas de Archer. Si quería hablar de ello, bien.

—¿Me has traído un té?

—Me pareció lo más oportuno.

—¿Acaso eres británica? —Tenía la voz tensa, pero pude percibir una nota de agradecimiento.

—Rosie está bien —dije, evitando preguntarle cómo estaba él—. Está viendo la televisión.

Archer permaneció en silencio mientras tomaba la taza de té y le daba un sorbo. Agarraba la taza con fuerza, temblando.

—Supongo, pues, que ya lo sabes —murmuró antes de dar otro sorbo al té.

—¿Saber qué? —dije con suavidad.

—Que todos los rumores que corren por el instituto son mentira. El grandote y terrible Archer Morales no es tan fiero como lo pintan. En realidad, no es más que…

—¿Humano?

—¿Humano? —Archer dejó escapar una carcajada, mirándome sin creérselo—. Si ser humano quiere decir que te mareas cuando ves sangre, entonces, desde luego, lo soy.

—Lo dices como si fuera algo malo —dije—. Archer, la gente tiene miedo de cosas. Que tú no tuvieras miedo de nada no sería normal.

—No lo entiendes, Hadley. Es más que eso —dijo con un gruñido, apoyando la cabeza contra la pared—. No es que me dé miedo.

No me da miedo la sangre. Lo que me pasa es que no puedo... no puedo... Es como volver a la noche en que Chris fue asesinado. ¿Sabes qué? No creo que pueda explicar nunca lo que es esto.

—Inténtalo —dije antes de detenerme a mí misma—. Quiero entenderlo, Archer.

Se puso en pie y se quedó con los labios apretados un rato.

—Nunca quise que me vieras así. Y menos mi hermana pequeña. Debe de odiarme.

Le llevé la contraria de inmediato.

—Rosie no te odia, Archer. Solo quiere que la consueles. Eres su hermano mayor. Jamás podría odiarte.

—Sí, bueno, ¿cómo puedo hacer algo así cuando empiezo a hiperventilar con solo verle unos cortecitos en las manos? —Su voz iba alzándose poco a poco al tiempo que me daba la espalda, todavía sujetando con fuerza la taza de té—. ¿Qué sucederá después? ¿Que Rosie se caiga y se haga una herida en la rodilla y que a mí me dé un ataque de pánico porque le salga un poco de sangre? ¿O que una noche me haga un corte mientras preparo la cena y que me desmaye delante de mi madre? No sería la primera vez.

Me asusté al ver que de repente echaba el brazo hacia atrás y estrellaba la taza contra la pared de la cafetería. Chocó contra los ladrillos y se hizo mil pedazos que cayeron sobre el suelo como si fueran trozos de cristal.

La necesidad que sentí de abrazarlo y no dejar que escapara fue más fuerte que nunca, pero me forcé a mí misma a permanecer tranquila. Cuando Archer se volvió para mirarme, tenía las mejillas coloradas y los ojos extrañamente brillantes.

—Lo siento —murmuró al sentarse junto a mí, apoyando los codos sobre las rodillas y juntando las manos bajo la barbilla.

—Mira, Archer. —Alargué un brazo con precaución para agarrarle el antebrazo y confortarlo—. Sé que no hay nada que pueda decir que sirva para arreglar las cosas, pero creo que... esto, lo que sientes... no es del todo extraño. Lo que viste esa noche... algo así no se olvida tan fácilmente. Quizá nunca lo olvides. Lo que quiero decir es que no voy a mentirte; sé que eso es quizá lo que menos valorarás de alguien. Solo tienes que... que...

Avanzaba a trompicones, tratando de decir algo que tuviera sentido, pero no estaba teniendo suerte. Sin embargo, una leve sonrisa iluminó su cara cuando me miró.

—¿Nunca te ha dicho nadie que lo de la charla motivacional no se te da bien?

—Gracias —dije amargamente—. Estoy tratando de hacerlo lo mejor que puedo.

—Supongo que sí, ya que sigues aquí después de todo.

Me tragué la risa ahogada que casi se me escapa.

—¿Quizá te estés enterando de que estoy aquí para quedarme?

Archer me miró pensativo un instante.

—Quizá.

Nos sentamos en la parada en silencio durante unos minutos más, escuchando los tranquilizadores sonidos de la ciudad a nuestro alrededor.

—Creo que deberíamos volver dentro —dijo él tranquilamente—. Al menos para ver cómo está Rosie.

—Puede que tengas razón —asentí.

Me puse en pie y me agaché para recoger los pedazos más grandes de la taza rota, no quería que nadie se lastimara con ellos.

Oímos el ruido de un automóvil que se acercaba por la calle a la cafetería en el momento en que Archer estaba abriendo la puerta de atrás. Era la furgoneta de Karin, la tía de Archer, a la que yo casi no recordaba. Llegó y se detuvo a poca distancia de donde estábamos.

—¿*Zio* Art?

Archer miró confundido a Art DiRosario cuando este salió de la furgoneta tras parar el motor y se acercó.

—¿Qué haces aquí? —preguntó Archer. Parecía nervioso.

En la cara de Art se dibujó una expresión sombría cuando se plantó delante de nosotros, pasándose una mano por detrás del cuello.

—Ha pasado algo.

Capítulo 29

Las coincidencias no son tan habituales

—*Zio* —insistió—. Por favor, dinos qué pasa.

Art respiró hondo, levantando por fin la vista para mirarle a la cara.

—Tu abuela. Está en el hospital.

Podría haber jurado que no le había oído bien por lo bajito que había pronunciado aquellas palabras, pero la cara de espanto que puso Archer no dejaba lugar a dudas.

—Estás de broma —dijo sin más.

—Victoria ha tenido otro ataque de apoplejía —continuó Art, que lo dijo de carrerilla—. Durante la cena. Llamaron a una ambulancia y la han llevado al hospital. Y, Archer, no tiene buena pinta.

Archer dio un paso atrás, todavía negando con firmeza.

—No.

Me pasé una mano por la cara, conteniendo un fuerte suspiro. En realidad, esto no tenía porqué ser consecuencia de que Caos estuviera en una especie de *vendetta* personal contra mí. ¿De verdad era capaz de provocarle a alguien un derrame cerebral?

Y si Victoria no se recuperaba... ¿Quién sería el culpable?

—Hemos pensado que lo mejor para los niños sería que se quedasen juntos —dijo Art mientras yo le ayudaba a desabrochar a los más pequeños de las sillitas a las que iban sujetos en el automóvil—. Y Archer, había pensado que tú también querrías ir al hospital.

Él solo asintió con la cabeza levemente mientras llevaba a Gina a la puerta trasera de la cafetería. Ayudé a Georgina a subir las escaleras que llevaban a la vivienda mientras los demás, Lauren y Carlo incluidos, nos seguían. Cuando Archer atravesó la puerta, la cara de Rosie se iluminó.

—¡Archer! —gritó en cuanto lo vio.

—Hola, *bambina* —dijo él, acercándose al sofá para agacharse frente a la niña—. ¿Cómo estás?

—Bien —repuso ella—. Hadley me ha puesto tiritas en las manos.

—Bueno, ha sido muy amable de su parte —dijo su hermano—. Me alegro de que te encuentres bien. Pero, escucha. *Zio* Art y yo vamos a salir un rato. Tú te vas a quedar aquí con Lauren y Carlo y todos los demás, ¿de acuerdo?

A la niña le empezó a temblar el labio inferior, pero asintió con la cabeza solemnemente, como si ya supiera que algo no iba bien. Archer y Art dijeron adiós a todo el mundo y luego se encaminaron hacia la puerta. Agarré a Archer del brazo cuando pasaba frente a mí, quería decirle al menos una palabra antes de que se fuera. Solo Dios sabía cuánto tiempo pasaría hasta que volviera a verlo.

—¿Qué? —dijo, sacudiendo el brazo para librarse de mi agarre. Ni siquiera me miró a los ojos.

—Siento que tengo que... ¿Crees que podría...? ¿Podría ir contigo?

—No —dijo él de inmediato, de un modo reflejo—. No tienes que hacerlo.

—Archer, por favor —dije. No quería rogárselo, pero tenía la sensación de que estaba a punto de hacerlo—. Quiero ver cómo está Victoria.

Aquel Archer era totalmente distinto al que antes había estado riéndose y bromeando conmigo. Parecía como si el mundo se le estuviera cayendo encima, y yo sabía que cuando se sentía así empezaba a apartar a los demás de su lado. Sin embargo, no podía «no irme» con él.

Archer miró a Art y a Lauren y Carlo antes de apartarme a un lado.

—Hadley, me importas. Sabes que es así —dijo entonces—. Pero no hay motivo para que vengas conmigo. No te ofendas, pero la verdad es que trabajas para nosotros. Eso es todo. «Trabajas para nosotros». Y este es un asunto familiar. Ahora mismo están pasando demasiadas cosas, y de verdad no puedo… Tenemos que irnos, ¿de acuerdo?

Se dio la vuelta y salió sin decir ni una palabra más, solo deteniéndose para decir adiós a Rosie otra vez antes de marcharse con Art. El eco que produjo la puerta delantera al cerrarse fue como un fuerte chasquido. Nadie estaba ya viendo la televisión, todos me estaban mirando. Incluso los más pequeños se habían calmado y me miraban con los ojos muy abiertos.

—Hadley. —Carlo se acercó unos pasos adonde yo estaba, con la mano extendida como para confortarme—. Archer, él… no quería decir eso. Solo está enfadado porque…

—No, Carlo, no pasa nada, de verdad —dije, y al hacerlo, se me quebró la voz—. Tiene razón. En realidad, debería irme a casa.

—Hadley, no tienes que irte —dijo Lauren rápidamente, pero yo ya estaba en la puerta, preparada para echar el pestillo.

—Decidme más tarde cómo está Victoria, ¿de acuerdo? —dije antes de salir, cerrando la puerta tras de mí y corriendo escaleras abajo hasta la cocina.

Descolgué mi abrigo de la percha de atrás y me lo puse, agarré el bolso y salí por la puerta trasera.

Cuando firmé el contrato con la Muerte, sabía que esto no sería fácil. Con lo que no había contado era con que lo que estaba por venir hiciera que me implicase tanto emocionalmente. Había dicho la verdad en Acción de Gracias cuando le aseguré a Regina que me sentía como una más de la familia. Ella se había convertido en alguien en quien podía confiar, alguien mucho más importante que mi jefa o la madre de mi amigo. Rosie era la niña más dulce del mundo, y yo había empezado a verla como la hermanita pequeña que nunca tuve. Incluso Victoria, con todo su mal humor, se había convertido en una figura constante en mi vida.

Y Archer... Nunca sería capaz de explicar con exactitud cuál era nuestra situación. Era mi amigo, pero había algo entre nosotros. Algo que no podía dejar escapar. Lo que sentía por él... era frustrante y complicado, y al mismo tiempo, me sentía bien.

De alguna manera, a pesar de todo, Archer había dejado que entrara en su vida. Pero el tiempo corría en mi contra y no quería alejarme. No podía. Tenía que estar con él hasta que el contador llegase a cero. ¿Cómo si no podría asegurarme de que no le pasara nada?

«¡Así que vete al hospital!», me gritó una voz desde dentro. «A quién le importa lo que piense Archer ahora mismo».

Antes de que pudiera pensarlo, me las arreglé para conseguir un taxi unas manzanas más allá y me metí dentro, diciéndole rápidamente al conductor que fuera al hospital que había mencionado Art, allí donde habían llevado a Victoria. El taxista arrancó con un gruñido y se incorporó al tráfico.

Cuando por fin llegamos a urgencias, salí trastabillando del vehículo, lanzando un billete de veinte dólares al taxista antes de echarme a correr por la calle. Ya había dado unos cinco pasos cuando oí el ruido de unos neumáticos que chirriaban al contacto con el asfalto. Levanté la vista para ver un automóvil deportivo de color amarillo brillante que iba a la carrera por la calle y que se dirigía justo adonde yo estaba.

Casi no me dio ni tiempo para darme cuenta de que me encontraba en su camino, y entonces salté por los aires. No sentí el impacto al atropellarme, pero sí noté que me faltaba el aire.

Me envió dando vueltas hacia atrás y acabé chochando con otro automóvil que circulaba en el sentido contrario. Oí el ruido de un parabrisas que se rompía bajo mi peso cuando choqué contra él y acabé cayendo sobre el capó del vehículo.

El resultado fue ese horrible ruido de huesos que se rompen cuando aterricé sobre el asfalto. Todo mi mundo se agitaba tan violentamente que casi no podía ni ver. Estaba apoyada sobre la espalda y había perdido la capacidad de respirar. Una sensación de entumecimiento helador me invadía a una velocidad alarmante.

—Señor. Parece que ha surgido un pequeño inconveniente, ¿verdad, Hadley?

No podía moverme, pero todavía era capaz de mover los ojos para ver a Caos en cuclillas junto a mí, con una amplia sonrisa dibujada en aquella cara de engreído que tenía. El personal médico del hospital al otro lado de la calle no parecía verlo mientras corrían hacia mí, gritándose unos a otros en argot médico. Yo no les entendía.

Fue difícil mirarle la cara; no tenía una visión clara, veía puntos negros y veía sus facciones distorsionadas. Quería gritar, pero todo lo que conseguí fue emitir una especie de ruido ahogado, como un resuello. Noté que la sangre me manchaba los labios.

—Seamos justos: te lo advertí —dijo Caos, acariciándome la mejilla—. Traté de explicarte lo que pasaría, pero no me escuchaste. —Puso cara de pena—. Vaya, veamos. Supongo que ahora se hará realidad tu deseo. Vas a ser la heroína trágica que muere, y quizá, solo quizá, tu amigo Archer vivirá. Nunca puedes saber en realidad lo que alguien está pensando, ¿verdad? Qué pena. Dile hola a la Muerte de mi parte, ¿de acuerdo?

Capítulo 30

Una culminación de eventos

Cuando fui lo suficientemente mayor para entender que la muerte era inevitable, quise que lloviera el día de mi fallecimiento. De alguna manera, me parecía simbólico, quitar todo lo malo y oscuro que había habido en mi vida y empezar de nuevo. Pero no llovió mientras me arrastraban bajo el agua, al menos por lo que yo podía decir. Quería seguir consciente, para demostrar a Caos que no podía conmigo, pero estaba cansada de tratar de luchar a mi manera en la superficie. Todo estaba empezando a desvanecerse. Y fue entonces cuando supe que la muerte era de verdad inevitable: no dentro de sesenta o setenta años, sino en aquel preciso momento.

No me dolió, como pensé que pasaría. Fue fácil, como quedarse dormida. Me sentí mucho mejor cuando cerré los ojos, sabiendo que no volvería a abrirlos.

El último pensamiento que flotó en mi mente antes de que todo dejara de hacer tictac hasta detenerse completamente fue que, si tenía que morir tan joven, entonces al menos lo estaba haciendo en lugar de gente a la que amaba. Aquello tendría que contar para algo.

Capítulo 31

Entremedias

—Tendrás que despertarte en algún momento. Vamos, pequeña. Despierta.

Quería que aquella voz callase. Antes de que empezara a hablar, estaba tranquila. En calma.

—No puedes seguir durmiendo mucho más tiempo, Hadley. —La voz se acercaba, estaba en alguna parte por encima de mi cabeza—. Despierta.

Dejé escapar un suspiro molesto y abrí un ojo, preparada para gritarle a aquella voz, pero solo me salió un gritito y me erguí cuando me topé cara a cara con la Muerte.

—¿Muerte? ¿Qué demonios...? —Me quedé casi sin respiración al mirar a mi alrededor, tratando de ver dónde estaba—. ¿Qué está haciendo aquí? ¿Qué «estoy» haciendo aquí? ¿Qué... lugar es este?

Estaba echada en el suelo de una habitación enorme, del tamaño de una catedral. Las paredes eran blancas, el techo era blanco... Todo era blanco.

—Tranquila, Hadley —dijo la Muerte con cautela—. Estás bien.

Me miré. Llevaba los mismos *jeans*, la blusa de manga larga y el abrigo que recordaba haberme puesto aquella mañana.

Salvo porque la blusa estaba llena de rotos, el abrigo me colgaba hecho girones y los *jeans* estaban destrozados. Y llenos de sangre. Los pocos pedazos de piel que podía ver estaban magullados y parecía como si me hubiera quemado la piel en algunas partes al rozar contra algo. Pero no me dolía nada. Eso era lo que más miedo me daba.

—Muerte, yo... —Levanté la vista para mirarlo, con las palabras atrapadas en la garganta—. Yo... Yo...

La Muerte no dijo nada. Se sentó junto a mí en el suelo, estirando las piernas.

Esperé con ansiedad a que dijera algo que pudiera darme una idea de lo que me había pasado. Su cara era una máscara inexpresiva.

—Muerte... —Empecé a llorar sin control—. Estoy... Estoy muerta, ¿verdad? ¿Verdad que sí?

La Muerte asintió con la cabeza una vez. Algo parecido a la lástima brilló en sus ojos por un segundo antes de desaparecer.

—Sí.

Me habían advertido de las consecuencias de alterar el tiempo, y sabía que tratar de ayudar a alguien que claramente no quería que le ayudaran sería difícil, pero esto no era algo para lo que hubiera podido prepararme. Nunca pensé que acabaría muerta, no importaba que Caos me hubiera amenazado con ello.

Había salvado a Archer. O eso esperaba. Pero había perdido a la gente a la que había acabado queriendo como a mi familia. A mis amigos. A mis padres. A Archer. Todo.

Me forcé a respirar, apretando los dientes al notar una nueva ola de dolor. Una ola de dolor emocional, no físico. No esperaba que esto fuera lo que más doliese: lo que podría haber sido y no fue.

Parte de lo que había influido en mi decisión de firmar el contrato en primer lugar era por todas las cosas que Archer desperdiciaría sin saberlo. Tenía que darse cuenta de la importancia de lo que estaba dejando, incluso aunque pensara que no valía la pena.

Lo que él había hecho era dar una solución permanente a un problema temporal. El dolor no le hubiera durado para siempre. Nada duraba para siempre. Quería que Archer lo supiera. Necesitaba que lo supiera.

No había tenido ni idea de lo que me depararía el futuro cuando acepté el contrato que me ofreció la Muerte. Ahora nunca tendría la oportunidad de saberlo. A pesar de todas las dificultades, fuera donde fuese que nos llevara nuestra loca y extraña amistad, una parte de mí sabía que Archer y yo hubiéramos acabado juntos; juntos como se suponía que debía ser. Ahora me habían arrebatado eso, nos lo habían arrebatado. Y eso dolía mucho más que los huesos rotos.

Me sequé las lágrimas de las mejillas con la manga de lo que quedaba de mi blusa. Estaba al borde de un ataque de nervios, pero necesitaba respuestas.

—Entonces... Entonces ¿dónde estoy?

—Piensa en este lugar como una... sala de espera cualquiera —dijo la Muerte—. No es el cielo. No es el infierno. Es solo... aquí.

—¿Qué estoy haciendo «aquí» si... si...? —Contuve otra oleada de lágrimas—. Si estoy muerta, ¿qué estoy haciendo aquí? ¿No debería estar unos cuantos metros bajo tierra, metida en un ataúd o algo así?

—Eso es lo que estás a punto de descubrir. —La Muerte se puso en pie y se agachó para darme la mano—. Demos un paseo, ¿te parece?

Me agarré a la fría mano de la Muerte y me levanté. Me las apañé para dar unos pasos con tiento, pero de repente las rodillas se me doblaron. Me habría caído al suelo si él no me hubiera agarrado por la cintura para que me mantuviera en pie. No podía dejar de pensar en lo agradable que me parecía ahora que estaba muerta.

—Los primeros minutos son siempre los peores. Ven por aquí —dijo, indicando con la cabeza una puerta que apareció de repente en la esquina más alejada de la habitación. Fui trastabillando junto a él hasta que abrió la puerta, una puerta enorme de madera tallada con complicados dibujos de símbolos y figuras que no sabía lo que eran.

—Muerte, ¿qué...? Oh.

Estaba de pie dentro de una habitación enteramente de cristal.

No se veía nada más allá de los cristales salvo una niebla blanca que presionaba contra los lados de la estancia, incluso el suelo, haciendo que pareciera como si estuviera en medio de una enorme nube. En el centro de la habitación había una mesa larga que no habría estado fuera de lugar en una sala de conferencias, rodeada de enormes sillas de piel.

—¿Por qué no tomas asiento? —dijo la Muerte, haciendo una señal hacia las sillas que había alrededor de la mesa—. Tenemos mucho de qué hablar, y no nos queda mucho tiempo.

—¿Por qué? —pregunté—. Estoy muerta, ¿no? ¿No tengo ahora todo el tiempo del mundo?

—Hazme un favor. Siéntate y ya está.

No quería insistir, así que avancé unos pasos y me sentí aliviada al ver que no me caía otra vez. Me senté en la silla que tenía más cerca y me di la vuelta para mirar a la Muerte expectante.

Él se sentó de nuevo en su silla y puso los pies encima de la mesa, con las manos detrás de la cabeza.

—Considera esto como... una reunión para analizar tu rendimiento —empezó a decir.

—Una reunión para analizar mi rendimiento —repetí—. ¿De qué rendimiento hablamos?

—Del cumplimiento de tu contrato, por supuesto. —La Muerte se llevó una mano al bolsillo de su abrigo y sacó un puñado de papeles arrugados que recordaba haber firmado sin leer hacía veinticinco días.

—Oh.

Aquello no sonaba muy prometedor. Ahora estaba muerta, ¿no significa eso que nuestro contrato ya no tenía validez? No había sobrevivido los veintisiete días. ¿Volvería el tiempo a como habían sido las cosas, al tiempo en que Archer se había quitado la vida?

—No hace falta que estés tan asustada —dijo la Muerte, con una sonrisa irónica que le torcía la boca mientras me miraba—. Considerando todos los factores, lo has hecho bien.

Me quedé mirándolo.

—¿Bien? ¿Cree de veras que lo he hecho bien? ¡Acabo de morirme! He muerto antes de que pasaran los veintisiete días, Caos ha bailado bien su vals y lo ha arruinado todo, Victoria está en el hospital y sabe Dios dónde estará Archer. Si se... —Fui incapaz de acabar la frase—. Muerte, he fallado. Eso está muy lejos de haberlo hecho bien.

La Muerte dejó escapar un silbido bajo, echándose hacia atrás en la silla.

—Vamos, pequeña, ¿de verdad pensabas que esto sería fácil? ¿Que todo el monte sería orégano y que serías capaz de hacerlo todo de un plumazo?

—Pues claro que no lo pensaba —solté—. Creía que...

—Puede que esto te sorprenda, Hadley, pero hay muy pocas cosas en la vida que sean fáciles. Así ha sido siempre desde los albores del tiempo, y estoy bastante seguro de que siempre será así. Pero ¿de qué va esto? —Mi interlocutor se acercó más con la silla, agarrándome de la rodilla y obligándome a mirarlo a los ojos—. Hay cosas en la vida que hacen que el resto de mierda valga la pena. Así que te quedas con esos momentos, esa gente, y sales corriendo junto a ellos y luchas todo lo que puedes para no perderlos. Y al final de la vida, cuando miras hacia atrás, estarás satisfecha de que seguiste luchando por conseguir lo que querías.

Fue la vez en que más oí hablar a la Muerte. No sabía nada de esto... por Dios, aparte del hecho de que se hacía llamar Muerte y que parecía contento jugando con mi vida y la de Archer como si formásemos parte de un juego cósmico. No había nada de humano en él, o al menos nada que pudiera ver, pero lo que había dicho era lo más humano que había oído jamás.

—Me has dicho que habías fracasado —siguió diciendo—, Creo que te equivocas. Te elegí por un montón de razones, pero podía ver a través de ti, lo sabes. Puede que no te dieras cuenta, pero tú estabas tan sola como Archer. Y tan perdida como él. Igual de asustada por lo que te deparía el futuro. Lo que pasaba era que lo expresabas de otra manera. No me equivoqué al elegirte. Y no has fracasado.

Durante unos minutos, se hizo el silencio en la sala mientras yo pensaba en lo que me acababa de decir.

—Puede que tenga razón. —La voz se me quebró al hablar—. Pero hay tantas cosas que podría haber hecho mejor, o sobre las que podría haber pensado distinto, o si me hubiera imaginado las consecuencias antes, podría haber...

—Tienes dieciséis años, niña. Estás en ese punto de la vida en el que piensas que todo lo que haces es fastidiar las cosas.

—Gracias.

—Sino hubieras tenido lo que hay que tener, no te hubieras plantado delante de Caos del modo en que lo hiciste —dijo él—. Todo lo que ha sucedido la semana pasada, todos esos accidentes, no han sido más que las peores cosas que Archer temía que sucedieran. Caos las sacó de sus pesadillas y las hizo realidad.

Era obvio que a Archer le importaba su familia por encima de todas las cosas y que haría lo que fuera para protegerles. Estaba segura de que estaría enfadado y frustrado con todo lo que estaba pasando, pero no sabía hasta qué punto sus peores pesadillas, sus miedos más profundos, se estaban haciendo realidad ante sus ojos.

—Y te habrás dado cuenta de que tú estabas dentro de esa categoría, ¿verdad?

Levanté la cabeza tan deprisa para mirar a la Muerte que el cuello me crujió.

—Perdón, ¿qué?

—Tú has sido una de las primeras personas fuera de la familia de Archer que le ha demostrado que importaba —dijo la Muerte—. Le has acompañado para superar algunos de sus peores temores, y no le juzgabas. ¿Cómo podrías no importarle a su manera después de todo eso? Te estaba mirando cuando te caíste por las escaleras en el instituto, vi cómo te miraba. Tenía miedo de que te hubieras hecho daño. Así que no pienses que no eras importante para él. Que no eras especial. Te estarías mintiendo a ti misma.

Puede que fuera especial, pero todavía quedaban dos días para que estuviera segura de haber tenido éxito, y ahora nunca lo sabría. Pregunté lo que me daba miedo preguntar en voz alta desde hacía rato:

—¿Qué pasará si todo lo que he hecho no ha sido suficiente? ¿Habré fracasado?

—Esa posibilidad seguirá ahí, supongo —dijo la Muerte, dudando.

—Entonces, ¿para qué he muerto?

—No contaba con eso —admitió. Parecía apocado—. Y siento que te haya pasado esto. Bueno, no del todo en realidad.

—¿No del todo? ¿Cómo? ¿Qué se supone que significa eso? —pregunté enfadada. ¿La Muerte se alegraba de que estuviera muerta? Típico.

—No tenías que morir —dijo—. Esa es una de las cláusulas del contrato en realidad. ¿Lo ves? —Me quitó el contrato y lo abrió por la última página, señalando un párrafo corto justo encima de mi descuidada firma. El idioma en que estaba escrito seguía resultándome del todo ininteligible.

—¿Cómo se suponía que iba a saberlo? —dije con voz estridente, quitándole otra vez el contrato y sacudiéndolo—. ¡Discúlpeme por no ser capaz de entender lo que sea que signifiquen todos estos símbolos!

—No tienes que enfadarte tanto —repuso la Muerte—. Estaré encantado de contártelo. —Me quitó el contrato y se puso a leer en voz alta el párrafo—: Dice, y señalo; «En caso de que fallezca a manos de fuerzas sobrenaturales, cualquier vínculo que me relacionara con la Muerte no será válido».

—¿«Fuerzas sobrenaturales»? ¿Te refieres a Caos? ¿Eso qué quiere decir? —pregunté con frenesí.

Estaba muerta, pero de alguna manera sentía como si el corazón me estuviese latiendo a un doloroso ritmo dentro del pecho.

—Ahora te toca a ti tomar una decisión, Hadley —dijo, soltando el contrato sobre la mesa—. Me aseguré de dejar una laguna jurídica en el contrato por si acaso sucedía algo desafortunado. Siempre lo hago. Caos ha tratado de hacer daño a suficiente gente como para que yo sepa que es mejor tomar precauciones, aunque debo admitir que esta es la primera vez que consigue matar a alguien con quien estoy trabajando. Estás muerta, no lo dudes, pero tienes dos opciones. Puedes elegir seguir muerta, sea donde sea que eso te lleve, o puedes volver.

—¿Así… sin más? —dije. Ni siquiera era capaz de reconocer mi voz de lo chillona que me salió—. ¿Elijo volver como si no hubiera pasado nada y el contrato nunca hubiera existido?

¿Qué quería decir eso? ¿Que todo lo sucedido en los últimos veinticinco días nunca había pasado? ¿Que nunca habría conocido ni a Archer ni a su familia ni habría estado tan cerca de ellos? ¿Que Archer estaría muerto? Si ese fuera el caso, no estaba muy segura de querer volver. Sabía que había cosas por las que vivir y que tenía suerte con todo lo que me había sido dado, pero viviría una existencia muy… solitaria sin ellos.

—Al contrario —dijo la Muerte—. El contrato era muy real. Tu pasado con la familia Incitti se ha convertido en algo sólido —me dijo con calma, entendiendo el pánico que sentía—. Eso no cambiará. La otra realidad, aquella en la que Archer se suicidaba, ya no existe.

El alivio me inundó con tanta fuerza que casi me caigo de la silla.

—¿Cuándo…? ¿Cuándo ha pasado eso? ¿Cuándo? —pregunté, temerosa de mirarle a la cara.

—El primer día que fuiste a la cafetería de su familia. Cuando te ayudó a hacer los deberes. Archer se dio cuenta de que estabas tratando de conocerle… y le gustó. Nunca lo admitió, pero estaba desesperado por importarle a alguien.

Resultaba difícil creer que Archer había tomado tan pronto una decisión que cambiaría su vida en los veintisiete días que tenía, pero ¿qué más daba que hubiera sido tan pronto? ¿Que hubiera sido un momento en el que se dio cuenta que le importaba a alguien de verdad? Un sentimiento cálido me inundó e hizo que me sintiera entusiasmada y ligera.

—Bien —dije, y sonreí sin esfuerzo—. Estoy encantada.

Después de todo, lo había conseguido.

La Muerte golpeó la mesa con la mano.

—Ahora, a por ello.

—A por ello… ¿Nos vamos? ¿Así sin más?

—Así sin más. A no ser que quieras quedarte aquí.

La Muerte ya se había puesto en pie y se dirigía a la puerta, y yo tropecé y casi me caí de bruces al intentar alcanzarlo. Desde luego, no quería quedarme atrás.

—¿Adónde vamos? —pregunté nerviosa.

—A dar el siguiente paso —repuso él al abrir la puerta.

Hice una pausa en el umbral de la puerta. Las rodillas se me doblaban de lo nerviosa que estaba al darme cuenta de que estaba caminando con un cuerpo que no lo era. La Muerte hizo un ruido de impaciencia y me agarró del antebrazo con gentileza a la vez que tiraba de mí hacia delante para rodearme la cintura con un brazo y sacarme de la habitación.

—Debemos darnos un poco de prisa, Hadley, si no te importa.

—De acuerdo —dije, cohibida por mi falta de control motor—. Por supuesto.

La puerta se cerró detrás de nosotros cuando salimos de la habitación de cristal y la Muerte empezó a arrastrarme, ahora a la izquierda, de vuelta al lugar del que habíamos venido. Esta vez, no obstante, el umbral de la puerta me pareció que se hacía más y más pequeño, que la puerta se retorcía y que colgaba escasamente de uno de sus goznes.

—¡Tachán! —anunció él, gesticulando mucho en dirección a la puerta.

—¿Esta es mi luz al final del túnel? —pregunté llena de curiosidad. Me sentía un poco decepcionada llegado este punto. Estaba pensado que tal vez vería las puertas del cielo o algo un poco más lujoso e impresionante.

La Muerte volvió los ojos, con la boca torcida y poniendo cara de disgusto.

—Si hay algo que quiero que lleves contigo de esta experiencia es que no debes creerte todo lo que ves en las películas de Hollywood. Eso y que en todas partes hay una entrada y una salida.

—Lo recordaré.

La Muerte empujó la puerta con cuidado, y esta se abrió. Me acerqué, tratando de imaginarme qué habría más allá del umbral, pero solo pude ver oscuridad. Por lo que sabía, si ponía un pie ahí acabaría yendo a parar a algún lugar donde de verdad, de verdad, no quería ir. No creía que aquel personaje me estuviera gastando una broma —más allá de firmar un contrato que cambiaría mi vida para siempre, eso sí—, pero no me gustaba pensar que dar ese primer paso me llevaba a un futuro incierto.

—Bien, adelante —dijo la Muerte, dándome un golpecito por detrás para animarme—. Sigue caminando sin más. No te perderás, te lo prometo.

—Entonces, es esto, ¿no? —Miré hacia atrás a la Muerte, todavía con miedo de moverme—. Esto es el final.

—O el principio —dijo.

—Una parte de mí quiere darte las gracias más allá de lo que puedas imaginarte y decirte que sigamos en contacto —le dije—. Pero la otra solo quiere que te mantengas lejos de mí.

La Muerte soltó una carcajada, con los ojos brillando por la diversión.

—No serías la primera, Hadley. Pero no te preocupes. A partir de ahora todo va a ir bien.

—Esta es la parte en la que te abrazo, ¿no?

Me miró horrorizado.

—Por supuesto que no. Esta es la parte en que tú te vas y empiezas a vivir tu vida otra vez.

No podía imaginarme a la Muerte siendo capaz de despedirse con un mensaje mejor que ese.

—De verdad, tienes que trabajar un poco más tus habilidades en la relación con las personas, Muerte. Pero... gracias. Por todo.

Ojalá se diera cuenta de la sinceridad con que se lo decía, incluso a pesar de que era incapaz de encontrar las palabras para hacerlo.

—Buena suerte, niña —dijo él. Esas fueron las últimas palabras que pronunció antes de empujarme hacia adelante y que la oscuridad me tragara por completo.

Capítulo 32

Cosas no dichas.
Dos días después

Lo primero que oí fueron voces. Empezaron a sonar más y más fuerte, confusas, hasta que finalmente pude entender lo que decían.
—… ¿Cuánto tiempo lleva inconsciente?
Un resoplido tranquilo.
—Unos tres días.
Oí a alguien que se aclaraba la garganta, y luego otra vez el silencio.
—Lo que esperamos del coma inducido es que su cuerpo sea capaz de recuperarse más fácilmente, pero tampoco quiero darles demasiadas esperanzas, señor y señora Jamison. Su hija recibió un buen golpe en ese accidente de automóvil. Tiene una fractura en el cráneo, el apéndice roto y tres costillas fracturadas además del brazo.
Me pareció oír que ahora alguien estaba… ¿llorando?
—Entonces, ¿qué está diciéndonos exactamente, doctor?
—Lo que les estoy diciendo, señora Jamison, es que existe una posibilidad de que nunca se despierte. Haremos todo lo que esté en nuestras manos, pero necesitamos que ella luche también.

—Pero... —La voz se quebró con otro sollozo—. Pero tiene que despertarse. Tiene que hacerlo. No puede... no...

Traté de abrir los ojos, pero no pude, era como si los párpados pesaran como ladrillos. Incluso intentar moverme me dolía, pero tenía que hacer que dejara de llorar, tenía que ayudar. Tenía que abrir los ojos.

No sé cuánto tiempo luché para ver, pero me topé con una luz cegadora cuando por fin pude abrir los ojos. Gruñí porque las mejillas me dolieron al hacerlo. Tenía algo en la cara que no estaba en orden.

Estaba en una habitación pequeña y estrecha, en una cama estrecha con sábanas que picaban: era la cama de un hospital, advertí enseguida. Las paredes eran una sombra de blanco que parecía desvanecerse de tantos años de entrar y salir pacientes. Había un montón de máquinas alrededor de la cama que hacían todo tipo de ruidos, tenía el brazo izquierdo escayolado, y un montón de tubos conectados a la mano derecha, y algo me envolvía el pecho, haciendo que me resultara difícil respirar.

Tirada en una silla junto a la cama, casi dormida, estaba mi madre, que tenía un aspecto desaliñado y bastante alejado del de la mujer siempre a la moda y arreglada a la que yo conocía. Echado en un sofá que había bajo la ventana estaba mi padre, que parecía tan cansado como mi madre, incluso aunque estuviera durmiendo.

Traté de mover una mano para alcanzar el brazo de mi madre, pero eso fue incluso más difícil que abrir los ojos.

Me llevó un buen rato decir al cerebro que tenía que mover la boca para poder hablar. Cuando por fin todo pareció ponerse en orden y pude emitir un sonido, la voz que me salió fue ronca e inaudible.

—Ma-ma-mamá...

Mi madre abrió los ojos y se levantó como si en el sillón hubiera algún resorte, inclinándose para agarrarme la mano.

—Oh, gracias a Dios, Hadley, te has despertado —dijo—. Llevas durmiendo cuatro días, pensé... ¡Kenneth! ¡Kenneth, despierta! —Alargó un brazo y le dio unos golpecitos en la pierna, sacudiéndolo—. ¡Hadley se ha despertado!

Mi padre se levantó de inmediato, borrando el sueño de sus ojos. Una mirada de alivio total se adueñó de su cara mientras me miraba.

—Estás despierta —dijo, poniéndose en pie rápidamente y acercándose a un lado de la cama—. Qué bueno es ver que abres los ojos, Hadley.

Ahora incluso estaba más confundida.

—¿He dormido mucho tiempo? —pregunté lentamente.

Mi padre suspiró, alargando la mano para ponerla sobre la mía.

—Unos cuatro días.

—Cariño… —Mi madre me apretó la mano con cuidado. No le dije que dolía. Parecía que aquello la ayudaba a calmarse—. Has tenido un accidente con un automóvil.

Empezaba a recordarlo, pieza por pieza. El accidente. Un vehículo me golpeó. Dos, en realidad. Y había… muerto. La Muerte. Había hablado con él. De eso me acordaba bien.

—Voy a buscar una enfermera —dijo mi padre tranquilamente antes de salir de la habitación.

—Hadley, cariño. —Mi madre me apretó la mano otra vez, mirándome todavía con cara de preocupación—. ¿Cómo te encuentras?

—No… lo sé —dije con sinceridad.

La sensación de mareo estaba empezando a desvanecerse y en su lugar apareció un dolor sordo que comenzaba a abrirse camino despacio. La puerta se abrió un rato después y entró mi padre, seguido de cerca por una enfermera vestida de púrpura.

—Vaya, ni te imaginas qué alivio es verte despierta —dijo la enfermera con una amplia sonrisa—. Nos has dado a todos los presentes un buen susto.

—Lo siento —dije con la voz quebrada.

La enfermera empezó a comprobar el lío de máquinas que estaban alrededor de la cama, revoloteando por allí como si fuera un pájaro, preguntándome cómo estaba y si sentía dolor, cómo me llamaba, quién era el presidente, dónde había ido a la escuela y en qué curso estaba.

Me sabía todas las respuestas a sus preguntas, pero me costó un poco recordarlas. Tenía la cabeza como si estuviera llena de una niebla densa y pesada, probablemente debido a la medicación que sin duda debían de haberme suministrado.

—Bien, voy a llamar al doctor Sherman para que venga ahora mismo —dijo la mujer, volviéndose hacia mi madre y mi padre—. Estará entusiasmado de verla despierta.

—Sí, por supuesto —dijo mi padre asintiendo con la cabeza.

La enfermera frunció el ceño, pensativa.

—¿Quieren decirle a ese chico que ya está despierta? Lleva mucho tiempo aquí y creo que sigue fuera, en alguna parte en la sala de espera.

¿Ese chico? «Vaya». Tuve la sensación de que el pecho se me abría al tratar de respirar.

—Archer. —Habían pasado los veintisiete días. De hecho, ya estábamos en el día veintinueve. No me hacía falta mirarme los números de la muñeca para saberlo—. ¿Dónde está? Quiero verlo, tengo que verlo, yo...

—Hadley, tienes que calmarte —dijo la enfermera con delicadeza, examinando todas las máquinas a las que estaba conectada, pues se habían puesto a pitar de manera errática—. Tómatelo con calma, ¿de acuerdo? No te hará ningún bien estresarte.

—Yo iré a buscar a Archer —dijo mi padre, dirigiéndose a la puerta—. Espera.

La enfermera volvió a decir algo sobre encontrar al doctor y siguió a mi padre al salir. Mi madre se quedó junto a la cama mientras yo trataba de respirar hondo por la nariz y expulsaba el aire por la boca. Cada vez que conseguía inspirar un poco de aire, los pulmones me ardían.

Entonces se abrió la puerta tras lo que me pareció una eternidad.

—¡Archer!

Ahí estaba, de pie, con los ojos muy abiertos y rojos, despeinado, no muy bien vestido, pero estaba vivito y coleando.

Archer estaba «vivo».

Un alivio dulce me inundó, aunque el dolor seguía ahí, irradiando a través de cada centímetro de mi cuerpo, pero valía la pena, del todo.

—¿Está todo el mundo bien? ¿Cómo está Victoria? Por favor, cuéntame que no le ha pasado nada a nadie, te juro que...

Archer levantó las manos para que dejara de hacer preguntas.

—Hadley, para. Respira un poco, ¿de acuerdo?

—Pero yo solo... —Contuve la respiración, tratando de mantener a raya otra oleada de lágrimas. Una de las máquinas a la que estaba conectada empezó a pitar de un modo errático cuando más me latía el corazón—. Necesito saber que todo está bien.

—¿Acabas de despertarte de un coma de cuatro días y quieres saber cómo está todo el mundo? —preguntó Archer, incapaz de creérselo.

—Michaela, ven —dijo mi padre a mi madre, poniéndole la mano en el brazo—. Dejémosles a solas un poco.

Parecía que mi madre se iba a poner a protestar, pero mi padre murmuró algo que hizo que cerrara el pico. Lanzó una mirada a Archer antes de decirme:

—Hadley, llámanos si nos necesitas, ¿de acuerdo?

—Lo prometo —dije, desesperada porque se fueran y pudiera hablar con Archer, a solas.

Mis padres salieron de la habitación. Mi padre cerró la puerta tras ellos con mucho cuidado.

Miré a Archer, fijándome en todas y cada una de sus facciones, inmensamente aliviada al ver que como mínimo parecía estar bien. Me miraba con cara de precaución, como si temiera que fuera a tener un lapsus mental. Llegados a este punto, eso era algo totalmente posible.

—Estás bien —conseguí decir al fin, respirando agitadamente.

Archer frunció el ceño confundido, acercándose más a la cama.

—Pues claro que estoy bien. ¿Por qué no habría de estarlo? ¿Cómo estás tú?

Había muchas razones por las que Archer habría podido no estar bien, pero desde luego no tenía humor para compartir con él lo que sabía a ese respecto. Creo que nunca lo haría.

—No sé, yo solo… Pensé que tú… —Mi primera reacción fue encogerme de hombros, cosa que lamenté enseguida porque un dolor intenso me atenazó al intentar moverme—. ¿Cómo…? ¿Cómo está Victoria?

—Mi abuela está bien —dijo él—. Los médicos dicen que lo superará. Además, es demasiado cabezota como para morirse.

Quise reírme al oír aquel comentario, pero me obligué a no hacerlo. Reírme me habría dolido más que encogerme de hombros, eso seguro.

—Bien —dije.

Archer se dejó caer en la silla que había junto a la cama, la misma que mi madre había dejado libre hacía un momento y se echó para atrás, cubriéndose los ojos con una mano.

Me sentía como si ambos estuviéramos evitando hablar de lo más obvio.

—Verás, si vuelves a hacerme alguna vez algo parecido a esto, yo mismo te mataré.

—Yo… Espera, ¿qué?

Archer se echó hacia delante en la silla, mirándome con intensidad, tanta que casi me daba miedo.

—No soy de ese tipo de chicos, sensibles, emocionales, Hadley, y creo que lo sabes.

—Lo sé —dije. No entendía adónde quería ir a parar.

—Dijeron que estabas muerta. ¿Tienes idea de cómo suena eso? ¿Estar ahí sentado y oír a los médicos y a las enfermeras yendo y viniendo, gritando que no había nada que ellos pudieran hacer para salvarte la vida? —En algún momento de la charla, Archer se había puesto en pie y había empezado a pasarse los dedos por el pelo, como hacía siempre que estaba nervioso. Algunas cosas nunca cambiaban.

—Yo estaba ahí. —Archer se dejó caer en la silla que había junto a la cama y se inclinó hacia delante para apoyarse en los codos, juntando las manos bajo la barbilla. No me miraba a los ojos—. Estábamos en la sala de espera, con la esperanza de que llegaran noticias sobre mi abuela, y entonces vienen corriendo contigo, y tú estabas…

La voz se le quebró en esa última palabra y se apagó. No estaba llorando, pero tenía una cara rara. Tenía el ceño fruncido y la boca torcida. Vi cómo se clavaba las uñas en las muñecas.

—Y piensa por un momento en lo último que te dije. Y Hadley, tú… Estuviste «muerta» aunque solo fuera unos minutos. No quería pensar en lo que haría si te perdía.

—Todo habría ido bien —le dije. Me habría echado de menos, lo sabía. Pero quería creer que hubiera seguido adelante—. Sabes que habrías seguido adelante, aunque yo no estuviera.

—No. —Archer sonaba enfadado y enseguida se dispuso a rebatirme—. No eres tú la que puede decirlo. No puedes decirme lo que siento por ti, Hadley. ¿No me dijiste lo mismo la semana pasada? Que, si morías, yo estaría…

Parecía que quería seguir hablando, pero no podía. Nos hundimos en un silencio profundo. De verdad, me sentí aliviada por el hecho de que estuviera aquí, y de poder verlo con mis propios ojos. No estaba segura de qué más decir. Archer estaba frente a mí. Victoria se recuperaría y mis padres estaban al otro lado de la puerta, esperándome. No sabía qué más podía desear.

—¿Puedo preguntarte algo? —Archer parecía más tranquilo, no tan agitado.

—Sabes que sí —le dije.

—Lo que no entiendo es… —Archer empezó a hablar, luego se detuvo y respiró hondo—. ¿Por qué te molestabas?

—¿Molestarme con qué? —pregunté sin entender—. ¿Molestarme en venir al hospital?

—Conmigo. ¿Por qué? ¿Por qué te molestabas en conocerme? Creo que había dejado bastante claro que no quería una amiga, y entonces apareciste tú y lo enredaste todo.

—Eso suena a que te has vuelto loco por ser mi amigo —dije, queriendo sonreír.

De alguna manera, aquello era muy de Archer. No se me ocurría nadie más a quien le hubiera vuelto loco hacer una nueva amistad.

—No diría que me volví loco —negó—. Diría que estoy un poco molesto. Molesto porque tú eres molesta.

—Me tomaré eso como un cumplido.

—Hadley, estoy tratando de hablar en serio.

—Vaya, vaya. Lo siento.

Dejó escapar un gruñido de frustración y dejó caer la cabeza entre sus manos otra vez.

—No buscaba una nueva amistad, ¿de acuerdo? No quería una amiga, y desde luego no quería que tú fueras la persona que cambiara eso. Porque, al principio, no dejaba de pensar ¿quién se ha creído esta que es? ¿Por qué pensará que está bien meterse en mi vida y ponerlo todo patas arriba?

—¿Lo... puse todo patas arriba? —dije, tratando de no sentirme ofendida.

—Sí, así fue —dijo él—. Tenía todos los motivos para estar enfadado con el mundo, Hadley, y así ya me iba bien. Supongo que incluso pensé que me lo merecía. Era a lo que estaba acostumbrado. Pero entonces, desde el momento en que apareciste, hiciste que me diera cuenta de que... de que no quería seguir viviendo así. Y la cosa es que no sabía cómo cambiarlo.

No era difícil adivinar lo que estaba tratando de decirme.

—Así que tienes miedo. De mí. —Tuve que hacer un esfuerzo para no reírme.

Archer debía de haber estado sobrepasando sus propios límites, porque ni siquiera trató de negarlo.

—El cambio asusta, ¿no? Los cambios no me gustan. Y aunque no me gustaba apartar a todo el mundo de mí, me sentía cómodo porque era lo que conocía, y entonces apareciste tú y lo pusiste todo patas arriba y yo me asusté porque no pensaba que quisiera cambiar nada en realidad.

—Pero un cambio para bien es algo bueno, ¿no? —dije esperanzada.

Mi vida había cambiado exponencialmente desde el momento en que la Muerte se había acercado a mí por primera vez fuera de aquella iglesia la noche del funeral de Archer. Me costaría un tiempo llegarlo a entender, pero sabía que no todo había sido malo. ¿Me había asustado? Desde luego. ¿Pero malo? Creía que no.

—No lo sé —dijo él, con la voz tensa. No había dejado de mover un pie dando golpecitos en el suelo por lo nervioso que estaba. Además, se estaba mordiendo el labio y seguía sin mirarme a los ojos—. No sé. Ese es el caso. Porque... Te miro y veo a la persona que quiero ser. Quiero ser el tipo de chico que sea capaz de darte todo lo que necesites. Y entonces recuerdo cada pensamiento retorcido de los que se me han pasado por la cabeza y me doy cuenta de que nunca seré lo suficientemente bueno para una chica como tú. Y lo que más miedo me da es que a pesar de todo quiero intentarlo más que nada.

Entonces me di cuenta de que lo había estado mirando con la boca abierta como si fuera una idiota, y rápidamente intenté que se me ocurriera una respuesta inteligente, más o menos.

—¿Cuándo he dicho yo que quisiera que fueras alguien distinto de quien eres, Archer? Tengo que darte la razón en lo de que a veces eres un poco idiota, pero eso es mucho mejor que ningún Príncipe Azul. No te querría si fueras de otro modo.

—¿Lo dices... para tranquilizarme? —dijo Archer, mirándome con la boca apretada.

—No —dije—. Has dicho lo que tenías en la cabeza y ahora me toca a mí.

Se detuvo para pensar en ello un momento y luego hizo un gesto con la mano para continuar.

—Te dije que quería ser tu amiga porque quería conocerte, y era cierto. No pensé que sería tan difícil que confiaras en mí, pero cuando empezó a ser así, me sorprendió lo mucho que me gustaba. Tú me gustabas. Acabaste siendo el mejor amigo que nunca pensé que querría, y fue así por cómo eres. Tú, gruñón poco sociable.

—¿Gruñón y poco sociable? —repitió él, levantando una ceja.

—Ni se te ocurra negarlo —dije sonriendo—. Sabes que eres gruñón y poco sociable. Yo diría que soy tu compañera feliz y simpática.

En sus labios se dibujó una ligera sonrisa por la sincera indirecta.

—Esa es una carga difícil de llevar.

—No es una carga —dije—. Es un toma y daca. Todas las relaciones lo son. Así que un día cuando me sienta de mal humor y con ganas de gruñir, como suele pasarte a ti por defecto, tú estarás ahí para decirme que deje de estar así y entonces te comerás todas mis patatas fritas a la hora del almuerzo como siempre haces.

—Vaya, entonces ¿esta es la parte en que nos fabricamos el uno al otro un brazalete de la amistad? ¿La parte en que juntamos las manos y cantamos Kumbayá? También podríamos hacernos trenzas y pintarnos las uñas. El color que más me gusta es el rojo.

Era inútil. Me eché a reír a carcajadas e inmediatamente sentí un espasmo de dolor en el diafragma.

—¡Hadley, deja de reírte! —exclamó Archer, poniéndose en pie de un salto y acercándose a la cama.

—¡Entonces, deja de hacerme reír! —dije, incapaz de dejar de hacerlo yo misma a pesar de que me dolía.

—¿Llamo a una enfermera? —preguntó Archer, que parecía desesperado—. En serio, deja de reírte, no querrás que se te abran los puntos o lo que sea, y yo no...

—Archer, estoy bien, ¿de acuerdo? —Me las apañé para agarrarlo de la muñeca antes de que pudiera salir, a pesar de todos los tubos que tenía adosados a la mano—. Quédate.

Una mirada meditabunda le cruzó la cara mientras me contemplaba, y entonces se libró de mi agarre para alargar la mano y colocarme un mechón de pelo y apartármelo de la cara. La piel me ardía allí donde me tocaba.

—¿Qué? —dije consciente de mí misma.

—Hay otra cosa de la que me he dado cuenta —dijo dudando.
—¿Qué? —repetí, levantando la voz.
—A mí... —Contuvo la respiración y se puso un poco colorado—. A mí me gusta de veras... lanievedepingüino.

No entendía lo que decía al principio, pero cuando por fin caí en la cuenta, tuve que reírme. Dolía, la risa hacía que los puntos que me decoraban la cara me tiraran, pero no podía parar.

—¿Crees que soy tu pingüino? —dije. Era duro no sonar satisfecha conmigo misma.

No respondió. En lugar de eso lo que hizo fue inclinarse para besarme con gentileza. El beso duró unos segundos, pero fue tan suave y dulce que bastó para hacer que la cabeza me diera vueltas cuando se retiró.

—Descansa un poco —dijo, encaminándose hacia la puerta—. Volveré, aunque tengo que reconocer que tu madre ya ha sufrido bastante mi presencia.

—La enfermera dijo que llevabas ahí un buen rato —dije, incapaz de sonreír otra vez.

—Tenía que asegurarme de que estabas bien, ¿no? —dijo, aclarándose la garganta—. Tendrás que hacer horas extra para ponerte al día de todos los turnos que has dejado de hacer en el trabajo.

—Me encantará hacerlo, pero ¿puedes al menos esperar a que salga de la cama?

—Supongo que eso sería lo «más educado».

—Vaya, estás aprendiendo.

Capítulo 33

Espíritu navideño.
Dos semanas después

Iba a volverme loca, ingresada en el hospital. El médico estaba seguro de que me recuperaría del todo, pero me estaban tratando con mucha precaución debido al hecho de que tenía muchas hemorragias internas y del daño que habían sufrido mis órganos, por no mencionar que había tenido una fractura craneal.

—Es un milagro que estés viva, Hadley —me dijo, sonriendo compasivo—. Da gracias a Dios. Sigue así, ¿de acuerdo?

Las enfermeras no se fiaban mucho de dejarme salir de la cama y caminar un poco por la habitación o de ir al cuarto de baño yo sola, pero poco a poco iba ganando en movilidad para desplazarme como yo quisiera.

Mis padres venían a verme cada día. Al principio me sentía incómoda, hacía mucho que no pasábamos tanto tiempo juntos, años. La relación con mi madre y con mi padre nunca había sido perfecta, pero las cosas parecían ser… distintas ahora. Todo mejoraría, o eso esperaba, pero llevaría tiempo.

Recibí otras visitas: Taylor, Chelsea y Brie. Estaban encantadas de que me estuviera recuperando totalmente, y se sentían tan contentas que no dejaban de contarme cómo iba todo por el JFK y todos los dramas que me estaba perdiendo. Era un alivio que las cosas volvieran a ser así de normales.

Archer era otro de mis visitantes habituales. Más a menudo que otra cosa, se sentaba en la silla que había junto a mi cama en cuanto mis padres no estaban, y los dos hablábamos de su familia y de cómo iban las cosas en la cafetería, pero casi nunca del instituto. Traté de hacer que me hablase de lo que me estaba perdiendo de las clases, pero se negaba a hacerlo, diciendo que ya tenía bastantes problemas con la Geometría tal como era, y que las heridas que me había hecho en la cabeza no me ayudarían mucho. Recibí también mensajes de mis profesores, diciendo que ya tenía bastantes cosas de qué preocuparme y que los deberes podrían esperar.

Para mi disgusto, no me dieron el alta a tiempo para las vacaciones de Navidad, así que seguí atrapada en la misma aburrida habitación de hospital durante las fiestas. Pero el Día de Navidad, recibí el mejor regalo que hubieran podido hacerme. Me quedé con la boca abierta y un poco del pudín de chocolate que me estaba comiendo aterrizó en mi regazo al ver a Archer entrar seguido de Regina, Rosie y luego Lauren y Carlo.

—¡Hola, Hadley! —exclamó Rosie entusiasmada al tiempo que todos rodeaban la cama, con preciosos regalos envueltos en papel brillante y bolsas de comida en mano.

—¿Qué-qué…? —Tragué saliva al tiempo que una inesperada ola de emoción me invadía—. ¿Qué hacéis todos aquí?

—Bueno, no pongas esa cara de sorpresa —dijo Archer, dejando un regalo a los pies de mi cama.

—Después de todo, es Navidad —dijo Carlo, como si fuera algo obvio—. No íbamos a dejar que pasaras el día sola.

—Pero no estoy sola, mis padres acaban de salir para…

—Nosotros somos también tu familia, ya lo sabes —dijo Rosie, mientras tiraba de las sábanas para meterse conmigo en la cama.

Inmediatamente miré a Archer al escuchar las palabras de su hermana, recordando lo último que él me había dicho antes de que me golpeara aquel automóvil. Eso era lo que tenían las palabras. Dichas en el lugar equivocado en el momento equivocado, incluso aunque no se pronunciaran con seguridad, tenían la costumbre de dejar su marca durante mucho tiempo.

—Vamos —dijo Archer, tratando de sonreír.

—Hemos traído postres —dijo Lauren emocionada, poniendo una de las bolsas en la mesita de noche que había a un lado de la cama—. ¡*Zia* Regina te ha hecho *cannoli*!

Inmediatamente, dejé de lado lo que quedaba del pudín que me estaba comiendo. ¿Quién preferiría un pudín de fabricación industrial teniendo cannoli?

—Me acordé de lo mucho que te gustaron el Día de Acción de Gracias —dijo Regina riéndose mientras yo me hacía con manos ansiosas con la bolsa que había dejado en la mesilla.

—De verdad, no teníais que hacerlo —dije, aunque ya había destapado el recipiente que Lauren me había dado y estaba pinchando dentro con el tenedor.

—*Caro*, nadie debería pasar la Navidad en el hospital —dijo Regina, sentándose en la silla que había junto a la cama.

—Pues ahora todos la estáis pasando aquí —señalé, con la boca llena de *cannoli*.

—¿Me tomas el pelo? Esto es como estar en el cielo comparado con pasarlas con el resto de la familia —dijo Carlo, resoplando—. Llamarán a la policía si todos siguen bebiendo y jugando a las cartas como estaban haciendo cuando hemos salido.

—En eso no te equivocas —asintió Archer.

—Todo el mundo quería venir a verte, por supuesto —dijo Lauren—, pero *zia* Regina dijo que tal vez eso sería demasiado para ti.

Lo dudaba mucho, pero Regina había hecho bien. Tener a un puñado de niños jugando al escondite en la habitación de un hospital no era muy buena idea.

—Afróntalo, Hadley, eres una de nosotros —dijo Carlo, sonriéndome en plan travieso—. Y una vez estás dentro de la familia, no hay escapatoria.

—Bueno, ¿no vas a abrir los regalos? —preguntó Rosie, que seguía intentando subirse a la cama.

—Ah, sí.

La verdad, lo que quería era seguir comiendo postres. Como Taylor y yo habíamos decidido, las calorías no importaban cuando has tenido un accidente y te ha atropellado un automóvil. Sin embargo, si seguían esforzándose tanto en darme regalos, no podría exactamente decir que no.

Mis padres me habían traído ya algunos regalos de Navidad: un iPad nuevo (para cuando se me hiciera muy cuesta arriba estar en el hospital, que era siempre), un surtido variado de tarjetas de regalo de Barney's, American Apparel y Forever 21 que sumaban en total doscientos dólares, además de un puñado de trufas Lindsor. Aprecié el gesto, y me sentí encantada de tener algo nuevo con lo que entretenerme que no fuera la televisión, pero la extravagancia de los regalos se notaba demasiado. Sabía que mis padres trataban de satisfacerme en todo, y yo esperaba que se dieran cuenta más pronto que tarde de que no me gustaban las cosas: yo solo los quería a ellos.

—¡Abre el mío primero! —dijo Rosie entusiasmada. Se había subido a la cama y me estaba mostrando un paquete envuelto con papel brillante.

Me las arreglé para abrirlo con escasa dificultad a pesar de todos los tubos que tenía conectados a la mano.

—Caramba, ¡un cuaderno nuevo para colorear!

El cuaderno de la tierra de la fantasía para colorear era gigante. Al tenerlo en las manos, pensé que era un regalo típico de Rosie, así que no pude dejar de sonreír.

—Y mira, ¡hay un estuche con sesenta y cuatro lápices de colores! —dijo Rosie, sacudiendo el estuche delante de mí.

—Seguro que es más para ella que para ti —dijo Archer, riéndose entre dientes e inclinándose hacia la mesilla que había junto a la cama.

—¿Y qué más da? —dije—. Nunca se es demasiado mayor para colorear. Y, además, ya me he cansado del Candy Crush.

Rosie ya había abierto el estuche que contenía los lápices de colores y pasó una página del cuaderno. Se puso a trabajar en un dragón rellenando la figura de rosa brillante. Desde luego, me pondría a pintar con ella más tarde.

—Este es de nuestra parte —dijo Lauren, entregándome un regalo que sospechaba era algún tipo de libro—. Bueno, mi madre ha sido quien lo ha elegido, pero es de parte de todos.

Resultó ser un libro de cocina italiana con todo tipo de recetas que iban desde albóndigas hasta salsa Alfredo pasando por *cookies* y *mascarpone*. En la primera página había una nota que decía:

Para cuando no puedas venir a una cena familiar.

Con mucho cariño de la familia Di Rosario.

—Es perfecto —dije sonriendo—. He estado intentando aprender a cocinar.

—Esperemos que seas mejor cocinera que camarera —dijo Archer en voz baja, pero todos lo oímos.

Regina le regañó diciendo algunas palabras en italiano que hicieron reír a Lauren y Carlo. Yo me conformé con tirarle el tazón vacío de avena que acababa de comerme.

El siguiente regalo que recibí era de Sofía, su marido y sus hijos. Era una bufanda de punto preciosa de color púrpura, que iba acompañada de una tarjeta en la que me deseaban Feliz Navidad y esperaban que pronto saliera del hospital.

Me enrollé de inmediato la bufanda en los hombros y agradecí el calor que me daba, aliviaba al menos un poco el frío del aire del hospital.

El regalo de Regina fue un precioso brazalete de plata con unas piedrecitas rosas engastadas en la cadena que brillaban cuando les daba la luz.

—Me lo regalaron el verano que estuve en Sicilia de vacaciones, cuando tenía quince años —me dijo—. Ahora me queda pequeño y Rosie todavía es muy niña para llevar algo así, así que pensé que no te importaría cuidarlo por mí.

—Regina, esto es... —Era incapaz de encontrar las palabras justas para expresar cómo me había llegado al corazón aquel regalo.

—Me alegro de que te guste —dijo con una sonrisa.

—¿Gustarme? ¡Me encanta!

—Quizá puedas ponértelo cuando salgas del hospital —dijo Archer después de verme un rato tratando de ponérmelo solo con una mano.

—Quizá —dije, dejando escapar un suspiro.

Estúpido hospital.

—¿Este es tuyo, Archer? —pregunté, alcanzando el último regalo, que yacía a los pies de la cama, mientras él volvía a guardar el brazalete en su caja.

—Se me conoce por hacer regalos muy de tarde en tarde —dijo él, encogiéndose de hombros.

Antes de abrirlo, supe que se trataba de otro libro, pero no se me ocurrió que pudiera ser... *Geometría para Dummies*. ¡Vaya, gracias! ¡Este es seguramente el peor regalo que me han hecho nunca!

Todavía me dolía cuando me reía, pero era imposible no hacerlo cuando todo el mundo estalló en carcajadas.

—No siempre voy a estar ahí para explicarte otra vez el teorema de Pitágoras —dijo Archer, sonriéndome.

—¡A ver! —protesté—. Eso solo fue una vez, y por si no lo recordabas, saqué una A en el último examen. Solo porque tú...

—¿Hadley?

Eran mis padres, estaban en el umbral de la puerta, traían comida china para llevar y parecían sorprendidos al verme rodeada de tantas visitas.

—Hola, mamá, papá —dije, de repente un poco nerviosa.

—¿Quiénes son? —preguntó mi padre, volviéndose para mirarme.

—Recordáis a Archer —dije—. Y estos son Regina, su madre, y mi jefa; Lauren y Carlo, sus primos; y Rosie, su hermana pequeña.

—Vaya, hola —dijo mi padre, mientras mi madre seguía en silencio, todavía descolocada—. Usted debe de ser la propietaria de la cafetería, ¿verdad?

—Sí. —Regina se levantó y dio la mano a mi padre—. Es un gran placer conocerles al fin.

—Si hubiéramos sabido que iban a venir, podríamos haber traído un poco más de comida —dijo mi padre, dejando los recipientes que traía sobre la mesilla.

—No se preocupe —dijo Regina, sacudiendo una mano.

—Solo queríamos darle a Hadley una sorpresa, eso es todo —dijo Carlo, sonriendo con indulgencia a mis padres—. Verán, todos la queremos mucho.

—Su hija es una chica muy trabajadora —añadió Regina, dedicándome una sonrisa de satisfacción.

Medio esperaba que Archer hiciera algún comentario del tipo de que no era capaz de preparar un café con leche, pero en lugar de eso, dijo:

—Cuando trabajas con Hadley, nunca te aburres.

Dadas las circunstancias, tenía que asumir que se trataba de un cumplido.

—Tal vez deberíamos marcharnos —continuó Regina, mirando a Lauren, Carlo y Archer—. Rosie, vamos. Hay que recoger ya los lápices de colores, ¿de acuerdo?

Sentí la necesidad de gritarles que no se fueran, pero fue mi madre quien, inesperadamente, dijo:

—¿Por qué no se quedan al menos a almorzar? Hemos traído muchas cosas.

—Sí, por favor, quedaos —dije rápidamente, recuperándome tras lo que me había sorprendido la inesperada amabilidad de mi madre. Esta era una nueva y encantadora faceta suya.

Archer me miró.

—¿No quieres que me vaya? —susurró.

—Cállate —dije entre dientes, aunque me resultaba difícil no echarme a reír.

El almuerzo fue mejor de lo que esperaba. A mis padres les costó un poco acostumbrarse a los Incitti, ya que aquella bulliciosa familia era tan distinta a la nuestra, pero pronto empezaron a reírse también. Mi padre era incapaz de resistirse al encanto de Rosie y mi madre pasó un buen rato, algo que me sorprendió, hablando de negocios con Regina. Nunca pensé que aquellas dos partes tan importantes de mi vida acabarían unidas, y me sorprendió lo mucho que me gustaba. Me gustaba de veras.

Todo el mundo empezó a recoger sus cosas para salir toda vez que el final del horario de visitas se acercaba. Mis padres podían quedarse, pero ya habían pasado aquí la noche anterior, así que me las arreglé para convencerles de que estaría muy bien dormir en su propia cama aquella noche.

—Bien —dije a Archer mientras Regina trataba de obligar a Rosie a ponerse el abrigo y Lauren y Carlo recogían lo que había sobrado—. ¿Cuándo vas a volver para verme?

Archer rio, dedicándome una mirada de diversión al tiempo que se ponía el abrigo.

—Si todavía no me he ido.

—Prueba a pasar tanto tiempo en un hospital y entonces ya me contarás cómo llevas lo de estar solo —dije.

—Sí, no gracias —dijo—. Ya es bastante malo almorzar en el instituto sin ti. Tus amigas insisten en que me siente con ellas. Te lo juro, si tengo que seguir escuchando una palabra más en boca de Taylor sobre lo guapo que es Liam Hemsworth, voy a perder la compostura.

—Deberías sentirte alagado —dije guiñando un ojo—. Eso quiere decir que les gustas.

Casi me pareció que no estaba pensando en ello cuando de pronto se inclinó y me dio un beso: un beso delante de su madre y de mis padres.

—Mmm —dije, poniéndome colorada—. Supongo… supongo que nos veremos luego, ¿verdad?

—Sí, sí —dijo Archer con una sonrisa—. Sabes que sí.

Mi madre, naturalmente, tuvo que sacar el asunto a colación un segundo después de que Archer y su familia se fueran.

—Entonces, sales con ese chico, ¿no? —dijo, con las cejas levantadas.

—En realidad... no estoy del todo segura —admití, un poco cohibida—. Creo que podemos dejar los detalles más puntuales para más tarde.

Ya hablaríamos de eso otro día. No creía que ninguno de nosotros dos tuviera prisa en acelerar las cosas. Ya había pasado todo bastante rápido. Estaba encantada de esperar.

Capítulo 34

De vuelta a la normalidad.
Dos meses después

—Creía que estaba preparada para hacerlo, pero… ahora no estoy tan segura.

Estaba de pie en la acera, frente al JFK, con Archer de la mano, mirando al viejo edificio de ladrillo que, de alguna manera, había echado de menos durante el tiempo que había estado fuera.

—Puedes irte a casa, lo sabes —dijo Archer, mirándome—. El médico ha dicho que podrías esperar una semana más.

No me habían dado el alta en el hospital hasta bien pasado Año Nuevo. Era bastante frustrante y me daba rabia tener que tomarme las cosas con tanta calma y tener que seguir tomándome la medicación para el dolor, pero deseaba volver al instituto tan pronto como fuera posible. Ya sabía que me tocaría tomar clases particulares el próximo verano para ponerme al día y recuperar todo lo que había perdido durante el tiempo que estuve en el hospital. Estaba preparada para volver a la normalidad.

—Sí, pero prefiero esto a quedarme todo el día encerrada en casa —dije—. Echo de menos estar con la gente. Incluso echo de menos el instituto.

Archer frunció el ceño y alargó el brazo para ponerme la mano en la frente.

—¿Tienes fiebre? ¿Necesitas un paracetamol? Porque no puedo creerme que hayas dicho que echas de menos las clases.

—Supongo que cuando tienes un accidente y te golpeas la cabeza, es lo que pasa.

Sonó el timbre que señalaba que la jornada empezaría dentro de un minuto, pero no es que fuera exactamente capaz de ir a la clase como hacía antes. Archer y yo nos unimos a la marea de estudiantes que entraban corriendo por las puertas delanteras, mientras él recibía unas cuantas miradas de curiosidad aquí y allá y un puñado de sonrisas amables; parecía como si el tiempo no hubiera pasado desde la última vez que estuve allí.

—¿No está tu aula en esa dirección? —le pregunté, señalando en la dirección contraria mientras me seguía por las escaleras.

—Sí, pero me han dado permiso para ayudarte a llegar a todas tus clases —dijo, agarrándome de la cintura para que no me cayera al subir las escaleras.

—¿De verdad?

—No. Lo que pasa es que no me importa si llego tarde a alguna clase.

Eso me hizo sonreír.

Solo habíamos tenido veinticinco días para conocernos antes del accidente, y cuando habían pasado poco más de dos meses, sabía que no había pasado de la superficie, todavía me faltaba mucho para conocer a Archer. Pero cuando estaba en el hospital, había visto una parte de él totalmente distinta. Era más dulce y más cariñoso de lo que jamás me habría imaginado. Seguía yendo por ahí con ese sarcasmo que le caracterizaba, pero no me importaba mucho. De no haber sido así, no sería Archer.

Según parecía, a pesar de los desvelos de Caos, su vida no había desaparecido en la oscuridad. Victoria se había recuperado completamente, aunque me parecía que se había vuelto más descarada de lo que ya era antes. Y el hecho de que su padre, St. Pierre, hubiera fracasado en su petición de apelación le había ayudado desde luego a estar de mejor humor. Se habían acabado los accidentes y por eso estaría siempre agradecida.

En cuanto a Archer y a mí... Todavía teníamos que trabajar en algunas cosas, pero me confortaba saber que podríamos hacerlo juntos. Íbamos a hacerlo juntos. Ya no tenía dudas acerca de qué relación teníamos.

—Aquí tienes —dijo Archer, dándome con cuidado el bolso en el que llevaba todo lo del instituto—. Te veo después de clase.

—Gracias —dije sonriendo—. Deséame suerte.

Frunció el ceño al verme la muñeca en el momento en que estaba tomando el bolso.

—Vaya, ya no llevas las perlas.

Se refería a las perlas fantasma, lo único que permanecía conmigo después del accidente. Seguí llevándolas durante todo el tiempo que estuve en el hospital y solo ayer mismo había decidido quitármelas. Las había guardado con cuidado en mi joyero, allí estarían a salvo. Me había acostumbrado a llevarlas siempre, pero ya no me hacía falta lucir semejante recordatorio.

—Pues no. —Bajé la vista para mirarme a la muñeca, ya solo veía la piel en lugar de aquellos números negros que debía esconder—. Yo, verás, se me ha olvidado ponérmelas.

—Qué pena. Eran muy bonitas.

No estaba segura de si alguna vez podría contarle lo de mi acuerdo con la Muerte, lo que había hecho para salvarle la vida. Desde luego, no sería una conversación fácil, y a pesar de que me creyera estaba segura de que se quedaría total y absolutamente pasmado. De momento, sería mejor mantener en secreto esa parte de nuestra historia.

Pero mientras me recuperaba no había resultado nada fácil, sabía sin duda que había hecho lo correcto. Por él y por mí. Había aprendido más sobre mí misma en los últimos meses de lo que nunca me hubiera imaginado. Entonces no lo sabía, pero Archer había sido lo que necesitaba.

—¡Hadley! —La señora Anderson apareció en el umbral de la puerta del aula, con una amplia sonrisa en la cara—. ¡Cuánto me alegro de volver a verte! ¡Entra, entra!

Archer me sonrió un poco antes de bajar en dirección al vestíbulo. Lo miré partir, todavía impresionada por lo lejos que habíamos llegado. Sinceramente, no sabía adónde nos llevaría la vida, al menos todavía no, pero estaba deseosa de saberlo.

Ya había acabado para siempre con un futuro oscuro. Estaba lista para lo que viniera a continuación.

Agradecimientos

Hay tanta gente a la que quiero dar gracias por hacer posible *En 27 días* que, para ser sincera, no sé por dónde empezar.

En primer lugar y, antes que nada, quiero dar las gracias a mis padres, Sharon y Tony. Me habéis animado a luchar por mi sueño de ser escritora desde que era una niña, y de no haber sido por vosotros, no sé dónde estaría hoy. Os quiero. Gracias también a mis hermanos Emily, Matthew y Kaleena, y a toda mi familia y amigos, demasiada gente para enumerarla aquí, pero sabéis quiénes sois. No creo que pudiera haber llegado tan lejos sin vuestro amor y vuestro apoyo.

Más gracias tengo que dar a Jillian Manning, la extraordinaria editora de Blink, que encontró mi historia en Wattpad y me ofreció la oportunidad única de publicar como tradicionalmente se ha hecho. Te importa tanto la historia de Archer y Hadley como a mí, y eso significa mucho, de verdad.

Shannon Hassan, mi increíble agente en Marsal Lyon, que dio una oportunidad a una autora desconocida y superó numerosos obstáculos para ponerme en el lugar en que hoy me encuentro: mil gracias. Eres más que fantástica.

Profesor J. Morales, de la CSU-Pueblo, quiero darle las gracias por toda su ayuda. Me ha estado apoyando durante todo el proceso desde el principio y me ha dado ánimos desde la barrera siempre. Desde luego, seguro que obtendrá los resultados más positivos en las evaluaciones de sus alumnos el semestre próximo.

También quisiera dar las gracias a todos los miembros del Swanky 17's, una red para autores noveles que publicaron su primer trabajo en 2017. Aunque puede que no hayáis leído *En 27 días*, me ofrecisteis muchísimo apoyo y ánimo durante todo este proceso, y os estaré eternamente agradecida. Todos sois muy amables y ha sido un honor conoceros.

A Wattpad y sus administradores y a cada lector de ahí fuera, os debo mucho más de lo que puedo agradecer mencionándoos en esta página, pero sabed que os aprecio a todos y cada uno de vosotros, y siempre lo haré.

Finalmente, gracias al fantástico equipo de Blink que me ayudó a hacer este libro posible: puede que no os haya conocido personalmente o que incluso no haya tenido contacto con vosotros, pero me habéis ayudado a convertir en realidad mi mayor sueño, y por eso os estoy increíblemente agradecida.

En 27 días.
Preguntas para el debate

1. Si fueras Hadley, ¿estarías dispuesta a hacer lo que hiciera falta para salvar la vida de un chico al que casi ni conoces? ¿Por qué sí o por qué no?

2. ¿Por qué crees que la Muerte eligió a Hadley para salvar a Archer? ¿Qué fortalezas tiene que la hagan idónea para hacerlo?

3. Hadley no se enamora de Archer a primera vista, pero se enamora de su familia. ¿Qué tiene esta para atraerla tan rápidamente?

4. Hadley se da cuenta muy pronto de que Archer prefiere estar solo. ¿Por qué crees que él tiene miedo de acercarse a los demás?

5. Archer se comporta a menudo de manera grosera o desdeñosa con Hadley. Si fueras ella, ¿cómo reaccionarías? ¿En qué te resultaría duro ayudar a alguien que no quiere que le ayuden?

6. Aunque la Muerte a veces aconseja a Hadley, no responde a muchas de sus preguntas. ¿Por qué crees que ese personaje mantiene las distancias?

7. Caos no aparece hasta muy avanzada la historia. ¿Qué hecho crees que hace que se presente a Hadley? ¿Crees que le da miedo ella según se va acercando más a Archer? ¿Por qué?

8. ¿Cuáles son las similitudes entre Caos y la Muerte? ¿Cuáles sus diferencias?

9. La relación de Hadley con sus amigas y su familia pasa por mucha tensión durante esos veintisiete días. ¿Cómo te sentirías si fueras Taylor? ¿O si estuvieras en el lugar de los padres de Hadley? ¿Crees que estas relaciones mejoran hacia el final de la historia?

10. ¿Quién crees que ha cambiado más al final de la historia, Archer o Hadley?